Veröffentlicht von
DREAMSPINNER PRESS

5032 Capital Circle SW, Suite 2, PMB# 279, Tallahassee, FL 32305-7886 USA
www.dreamspinnerpress.com

Zerbrochenes Glas
Urheberrecht der deutschen Ausgabe © 2018 Dreamspinner Press.
Originaltitel: Head-on
Urheberrecht © 2014 John Inman
Original Erstausgabe. Juli 2014
Übersetzt von Melina Wilke.

Umschlagillustration
© 2014 Reese Dante.
http://www.reesedante.com
Die Illustrationen auf dem Einband bzw. Titelseite werden nur für darstellerische Zwecke genutzt. Jede abgebildete Person ist ein Model.

Deutsche ISBN. 978-1-64080-555-2
Deutsche eBook Ausgabe. 978-1-64080-554-5
Deutsche Erstausgabe. Januar 2018
v 1.0

Gedruckt in den Vereinigten Staaten von Amerika.

ZERBROCHENES GLAS

JOHN INMAN

Ein zerbrochener Geist
Ein zerbrochenes Herz
Ein zerbrochenes Leben, verwaist.
Aus „Zerbrochen"
Agnes Znyder Cousino

PROLOG

„SAN DIEGOS genauester Wettermoderator", zumindest hatte die *Union Tribune* ihn in ihrer letzten Sonntagsausgabe so bezeichnet, stand gerade etwas neben sich.

Eigentlich war er sogar stockbesoffen.

In seinem brandneuen BMW, der immer noch herrlich nach Dakota-Leder roch, war er im Blindflug auf dem Broadway unterwegs. Der Wagen roch nicht nur ausnehmend gut, er fuhr sich auch traumhaft – selbst mit nur einem Finger, so wie es im Moment der Fall war.

Er kam gerade von einem Abendessen mit seinem Chef, dem Geschäftsführer von Channel 10 News und Vertretern des südwestpazifischen Verbands der National Television Academy. Bei diesem Abendessen hatte man ihn wissen lassen, dass es durchaus sein könnte, dass er demnächst für einen lokalen Emmy nominiert würde.

Bei so einem formellen Abendessen wurde man in der Regel nicht satt, aber der Alkohol floss in Strömen. Mann, diese Typen von der Academy konnten vielleicht trinken! Aber schließlich hatten sie ja auch Grund zu feiern gehabt, oder? Während er fuhr, ein ganz kleines bisschen aufgeregt wegen der Möglichkeit, eventuell einen Emmy absahnen zu können, sprach „San Diegos genauester Wettermoderator" am Handy mit so ziemlich jedem, den er kannte. Zwischen den Gesprächen schickte er SMS an *alle anderen*, die er kannte, denn er war viel zu aufgeregt, um darauf zu warten, dass die Nachricht sie im Schneckentempo erreichte.

Er war erst seit zwei Jahren dabei und trotzdem blühte ihm schon ein derartiger Erfolg! Wenn er sein Blatt richtig ausspielte, winkte ihm vielleicht sogar ein größerer Preis als nur eine schnöde, lokale Emmy-Nominierung. Er könnte einen Sendeplatz als Top-Meteorologe bei einem der *nationalen* Partner ergattern. Das wäre doch was: Er würde in einem zweitausend-Dollar-Anzug in einem New Yorker Studio stehen und den Bürgern erläutern, welches Wetter sie zu erwarten hatten. Und er würde es nach Größen wie Brian Williams oder Diane Sawyer tun. Und noch besser: Er würde es für ein Gehalt tun, das seinen jetzigen Verdienst wie Peanuts aussehen ließe.

Während er den Wagen mit dem Ellbogen lenkte, zog er sich das Anzugjackett aus und lockerte die Fliege, bevor er beides auf den Rücksitz warf. Als er diese herkulische Tat vollbracht hatte, ohne irgendwelche Fußgänger umzumähen, widmete er sich wieder seinem Handy. Er schickte eine Nachricht an seine Mutter, die begeistert von seinem Karrieresprung sein würde. Alles, was auch nur im Ansatz snobistisch war, lag seiner Mutter. Und da ihm nicht danach war, mit ihr zu *sprechen*, tat es auch eine Textnachricht.

Seit ungefähr einer Stunde rollten Nebelbänke von der Bucht herein und die Hochhäuser in der Nähe des Wassers lagen bis zum sechsten Stockwerk unter einer Dunstglocke.

Wenn er nicht so betrunken gewesen wäre und wenn ihn die SMS an seine Mutter nicht so abgelenkt hätte (vermutlich würde sie die Nachricht ohnehin erst morgen lesen), wäre ihm vermutlich das Auto aufgefallen, das sich aus einer Parkhauseinfahrt in den Verkehr einordnete.

Vermutlich wäre ihm auch aufgefallen, dass sein Wagen gefährlich über die Mittellinie glitt.

Als er die Gefahr schließlich bemerkte, war es längst zu spät.

Erst, als das auf ihn zukommende Fahrzeug weniger als fünf Meter von der blitzblanken Stoßstange seines nagelneuen BMW entfernt war, bemerkte „San Diegos genauester Wettermoderator" die Gefahr. Und erst dann fielen ihm die zwei erschrockenen Gesichter hinter der Windschutzscheibe des anderen Fahrzeugs auf. Zwei Männer. Einer mit dunklen Haaren, einer mit hellen. Ihre Münder waren in einem stummen Schrei weit geöffnet.

Doch die Stille hielt nicht lange an. Gerade, als er mit all seiner Kraft auf die Bremse trat und sich mit solcher Wucht ins Lenkrad warf, dass es ihn bis hinunter in seine spiegelblanken Prada-Schuhe erschütterte, zerschnitt ein Schrei die Nacht. Ob er von ihm selbst oder von den beiden Männern in dem anderen Auto stammte, konnte er nicht sagen.

Um ihn herum explodierte die Nacht mit dem ohrenbetäubenden Lärm von Metall, das sich in Metall frisst. Seine Windschutzscheibe zersprang in eine Supernova aus kleinsten Glassplittern, die in Zeitlupe zerstoben. Sein Handy, das ihm beim Aufprall aus den Händen gerissen wurde, flog ebenfalls aus dem Auto. Und während unser Wettermoderator fasziniert und sprachlos den Tanz von Metall und Glas und Plastik beobachtete, drehte sich der BMW um die eigene Achse und landete mit einem tiefen *whump* auf dem Dach.

In dem Moment, als auch alle anderen Scheiben im Auto zerbarsten, erkannte er, dass das Leben, wie er es bisher gekannt hatte, zu Ende war.

Als ihn Licht und Lärm und auch sein Bewusstsein verließen, hörte er noch einmal einen markerschütternden Schrei aus Richtung des Wracks. Der Schrei klang unglaublich *nah*.

Er wusste nicht, wie viel Zeit verging – Minuten, Sekunden, Stunden – bis er in der Lage war, sich vom Sicherheitsgurt zu befreien und auf Händen und Knien aus dem Wagen zu klettern. Der kalte Asphalt und unzählige Glasscherben bohrten sich in seine Handflächen. Der Geruch nach heißem Metall und Benzin stieg ihm in die Nase. Mühsam kämpfte er sich auf die Füße und noch immer drehte ihm der Alkohol, den er beim Abendessen getrunken hatte, den Magen um. Das erste, was er sah, war der Fahrer des anderen Autos, der – schon jedes Lebensfunkens beraubt – mit einem ungläubigen Gesichtsausdruck halb über der Autotür hing, so als wäre er überrascht über sein eigenes Dahinscheiden.

Und in diesem Moment erschütterte ein weiterer Schrei die Nacht, der aus dem Inneren des völlig zerstörten Autos kam.

Der Schrei schien endlos in den hohen Häuserschluchten widerzuhallen und die Stadt selbst machte den Eindruck, als würde sie bei diesem so offensichtlichen Schmerz den Atem anhalten.

Unser Wettermoderator schwankte gefährlich hin und her. Bevor er erneut das Bewusstsein verlor, erkannte er – wusste er plötzlich –, dass er ein Echo dieses Schreis für den Rest seines Lebens hören würde.

1

GORDON STAFFORD öffnete die Augen. Ein neuer Morgen erwartete ihn.

Als die helle Sonne Kaliforniens ihm in die Augen schien, blinzelte er und wartete, so wie er es jeden Morgen tat, darauf, dass die Traurigkeit ihn übermannen würde. In Erwartung dieses Gefühls von Traurigkeit, der Erkenntnis einer ewigen Niederlage, dieser Welle des Bedauerns, die ihm durch Mark und Bein ging, schloss er die Augen. Jeden Morgen, wenn er die Augen öffnete, *jeden verdammten Morgen*, ging er unter diesem Ansturm von Verzweiflung in die Knie. Dieser Morgen bildete da keine Ausnahme.

Noch bevor er die Hand heben konnte, um sich den Schlaf aus den Augen zu reiben, waren sie da: diese schrecklichen Erinnerungen. Diese Scham. Sie mauerten ihn ein, Stein für Stein. Elend für Elend. Sie nagten an ihm, raubten ihm den letzten Rest von Glück, von dem er vermutete, dass es noch irgendwo tief in dem Mann überlebt hatte, der er einmal gewesen war.

Jeden Morgen musste er sich derselben Schlacht stellen. Jeden Morgen versuchte er, dieses Quäntchen Glück in sich zu finden, bevor die Traurigkeit alles wegwischte – er wollte dieses Gefühl nur einmal kurz berühren, um sich zu vergewissern, dass es noch da war.

Doch jeden Morgen verlor er den Kampf. Mit jedem Sonnenaufgang ergossen sich Trauer und Bedauern in sein Herz, manchmal sogar bevor ihn die Träume der Nacht ganz verlassen hatten. Und wieder begruben sie jeden Funken Hoffnung unter der schweren Last der Erinnerung.

Die Schuld, die er in der Vergangenheit auf sich geladen hatte, erdrückte ihn. Seine verdammte Vergangenheit.

Gordon seufzte tief, blinzelte gegen das helle Morgenlicht an und stemmte sich auf einem Ellbogen hoch. Die Bewegung sorgte dafür, dass ihm ein stechender Schmerz durch den Schädel fuhr. Oh Gott, ein Kater. Wie viele Bier hatte er letzte Nacht getrunken? Er versuchte, sich zu erinnern, doch es war hoffnungslos. Er konnte sich nicht einmal daran erinnern, wie er nach Hause gekommen war.

Schon wieder ein Filmriss. Wunderbar. Er fragte sich, ob es an der Zeit war, sich bei den Anonymen Alkoholikern anzumelden.

Er zog das Laken beiseite und sah seinen nackten Körper auf dem Bett an. Sein Schwanz war steif. Das war er immer, wenn er am Abend zuvor getrunken hatte. Er nannte das seine Säufergeilheit. Er legte eine Hand auf seinen Schwanz. Dann bewegten sich seine Finger noch etwas weiter und er spielte kurz mit seinen Eiern, einfach weil es sich gut anfühlte. Seine andere Hand ließ er über sein recht spärlich wachsendes Brusthaar wandern. Weil auch das sich gut anfühlte.

4

Als aus dem Nichts eine dritte Hand auftauchte und sich auf seinen Bauch legte, sprang Gordon vor Schreck fast aus dem Bett.

Erst da fiel ihm auf, dass er nicht allein war.

Das Herz schlug ihm bis zum Hals, als er nach unten blickte und den Mann entdeckte, der gerade erst aufwachte, sein Gesicht auf Höhe von Gordons Hüfte. Der Mann bedachte Gordons Hüfte mit einem Kuss und schmiegte sich dann enger an ihn. Der Schwanz von dem Typ, genauso hart wie Gordons, drückte gegen Gordons Schienbein.

Gordon ließ seinen Kopf zurück auf das Kissen fallen. Er war hin und hergerissen – einerseits zwischen dem himmlischen Gefühl, das ihm die Lippen dieses Fremden bescherten, und andererseits dem Kater, der immer noch mit spitzen Klingen in seinem Hirn herumstocherte.

Als die Zunge des Mannes über Gordons Schwanz leckte, über dessen gesamte Länge, vergaß Gordon seinen Kater und beschloss, sich von diesem talentierten Unbekannten verwöhnen zu lassen.

Der Typ war gut. Er lutschte ihm den Schwanz, als gäbe es kein Morgen. Wieder und wieder hob Gordon den Hintern, um seinem Partner entgegenzukommen. Er öffnete die Augen und schielte nach unten, um festzustellen, ob der Kerl ihm irgendwie bekannt vorkam. Tat er nicht. Er war rothaarig. Gordon kannte eigentlich keine Rothaarigen. Doch offensichtlich kannte dieser Rothaarige ihn. Und so wie er sich Gordons Steifen vornahm – ganz, als hätte er das schon einmal getan und wäre dankbar für eine Wiederholung – kannte er Gordon ziemlich gut. Zumindest Gordons untere Körperhälfte, vom Bauchnabel an abwärts.

Der Typ war immerhin recht ansehnlich, fand Gordon. Er fragte sich, ob er seinen Schwanz zumindest lange genug aus dem Mund des Typen ziehen sollte, dass er sich vorstellen konnte. Wäre wahrscheinlich nur höflich. Andererseits … dieser heiße Mund fühlte sich so geil auf seiner Latte an. Fast so gut, wie sich diese bewegliche Zunge auf seiner Eichel anfühlte. Und jetzt hatte die freie Hand des Typen es auch noch übernommen, mit Gordons Eiern zu spielen, sodass er das nicht mehr selbst machen musste. Da verlor Gordon jegliches Interesse an einer Unterbrechung.

Himmel, war der Kerl gut.

Zunächst befreite der Typ Gordons Eier. Kurz darauf wanderte seine Hand in Richtung Fußende des Bettes, sodass er mit seinem eigenen Schwanz spielen konnte. Gordon konnte fühlen, wie er sich selbst einen runterholte, denn durch seine Bewegung strich er ständig über die feinen Härchen an Gordons Schienbein.

Gordon hatte mal einen Terrier besessen, der sich mit ebensolcher Hingabe an seinem Bein gerieben hatte. Wie war noch der Name dieses Hundes gewesen? Ach ja, Spike.

Alle Gedanken an Spike flogen davon, als der Typ, der sein Gesicht in Gordons Intimbereich vergraben hatte, plötzlich seinen Schwanz bis zur Wurzel schluckte. Gordon spannte den Rücken an und sein Hintern schnellte mindestens einen halben Meter vom Bett hoch.

Nur zwei Sekunden später schnappte Gordon nach Luft. Er zitterte wie Espenlaub, biss sich in den Unterarm und eimerweise Sperma ergoss sich in den Mund des Typen. Ein Spritzer nach dem anderen. Noch mehr und noch mehr und noch mal mehr. Mann, diese Säufergeilheit-Orgasmen waren einfach *zu gut*!

Als Gordon nichts weiter zu geben hatte und erschöpft auf das Bett zurücksank, ließ der Rothaarige Gordons Schwanz aus seinem Mund gleiten und leckte sich genüsslich die Lippen. Er krabbelte über das Bett und setzte sich mit seinem warmen Hintern auf Gordons Brust. Er warf Gordon ein aufreizendes Lächeln zu, während er sich selbst einen runterholte. Er hatte einen nicht zu übersehenden Klecks Sperma auf dem Kinn.

Mit dem Finger stupste Gordon den Klecks in den geöffneten Mund des Typen, ungefähr so, wie Amy Vanderbilt einen Klecks Vanillepudding entfernen würde. Nur keine Verschwendung!

Der Typ lächelte ihm ein kurzes Danke zu und rieb sich dann wieder den Schwanz. Er rückte noch ein wenig näher, bis seine Eier gegen Gordons Kinn drückten.

Weil er den Eindruck hatte, er müsse nach diesem fantastischen Blowjob zumindest so tun, als würde er sich revanchieren, fing er halbherzig an, an den Eiern des Typen zu knabbern, während dieser sich selbst befriedigte.

Offensichtlich war das eine gute Idee. Der Typ spannte plötzlich die Oberschenkel an, als wolle er Gordon auf dem Bett festnageln, und mit einem begeisterten Schrei der Ekstase schoss sein Sperma gerade so an Gordons Nase vorbei, um mit einem hörbaren Aufklatschen an der Wand hinter dem Bett zu landen. Der Typ kam mit solcher Wucht, dass Gordon fast befürchtete, ein oder zwei Organe kämen auch herausgeschossen. Vielleicht die Milz. Oder eine Niere.

Der rothaarige Unbekannte ragte hoch über ihm auf und sein immer noch steifer Schwanz stupste Gordon mehrmals ins Gesicht, um auch die letzten Tropfen Sperma loszuwerden, die nicht in die Umlaufbahn entwichen waren. Gordon erlaubte ihm großzügigerweise, seine tropfende Eichel über Gordons Lippen wandern zu lassen, bis auch das letzte bisschen Sperma verteilt war.

Nun, da die Aufregung abebbte, meldete sich erneut Gordons Kater. Er hatte das Gefühl, ein ganzer Haufen Spechte hämmerte auf der Suche nach Termiten auf der Innenseite seines Schädels herum.

„Fertig?", fragte Gordon den Rothaarigen, der immer noch mit seinem Schwanz über Gordons Gesicht wischte.

Der Mann lächelte ihn an und machte ein überrachtes Gesicht, als Gordon sein Lächeln nicht erwiderte.

„Stimmt was nicht?", fragte der Rothaarige. Seine Stimme war immer noch tief und rau vor Verlangen.

„Ja", sagte Gordon und drehte das Gesicht weg, sodass ihm der Typ nicht ständig mit seinem tropfenden Schwanz davor herumwedeln konnte. „Ich muss zur Arbeit. Du solltest gehen."

Der Rothaarige kniff die Augen zusammen und sein Schwanz stellte die Tropferei ein. Auch der erotische Unterton in seiner Stimme verschwand sofort. „Mann, ein geborener Romantiker."

Gordon beantwortete diesen Kommentar mit Schweigen.

Der Typ ließ ein ziemlich weinerliches *Mrmfh* hören und kletterte von Gordon herunter. Er sah auf ihn herab. „Darf ich wenigstens noch pissen, bevor ich gehe?", fragte er, offensichtlich alles andere als glücklich darüber, wie sich der Tag entwickelte.

„Klar", sagte Gordon. „Aber beeil dich."

Würde der Rothaarige die Augen noch mehr zusammenkneifen, wäre er wohl blind. „Werde ich, Blödmann. Kannst dich drauf verlassen. Vielleicht treffe ich sogar das Klo."

Eingeschnappt machte er auf dem Absatz kehrt. Er klaubte seine Sachen auf, die überall im Schlafzimmer verstreut herumlagen und stürmte durch den Flur davon.

Gordon konnte gerade noch erkennen, dass der Typ Sommersprossen auf den Schultern und einen ziemlich ansehnlichen Hintern hatte, bevor er im Bad verschwand und die Tür hinter sich zuknallte.

Gordon zählte langsam bis zehn. Dann zählte er weiter. Als er bei dreiundzwanzig angekommen war, hörte er, wie sich die Badezimmertür öffnete und Schritte in die entgegengesetzte Richtung verklangen. Ein paar Sekunden später knallte die Wohnungstür. Ziemlich laut.

Gordon seufzte erleichtert auf. Er war allein.

Wie ein alter Mann kämpfte er sich aus dem Bett hoch. Einen Moment hielt er sich den Kopf, dann taumelte er auf die Beine und tapste nackt in Richtung Bad.

Noch bevor er dort ankam, übermannten ihn seine Erinnerungen. Die hellen Scheinwerfer im Dunkel, die überraschten Gesichter hinter der Windschutzscheibe. Zwei Männer – einer blond, einer dunkelhaarig. Er erinnerte sich auch an den Schrei, doch bis heute wusste er nicht, ob er von den Männern kam, die auf ihn zurasten, oder ob er ihn sich nur einbildete.

Er stand mitten im Flur, blind im Angesicht dieser schnellen Aufeinanderfolge von Schatten und Licht, die in seinem Hirn aufblitzten. Ein Schauer durchfuhr ihn und sein Herz wurde schwer, als diese altbekannte Traurigkeit von ihm Besitz ergriff.

Er fragte sich, um welche Uhrzeit die Bar öffnete.

GORDON SCHRUBBTE sich zweimal unter der Dusche ab. Dann putzte er sich zwanzig Minuten lang die Zähne, weil er keine Ahnung hatte, was sein Mund letzte

Nacht mit dem Rothaarigen angestellt hatte. Er war so leicht zu haben, wenn er betrunken war.

Er benutzte die Zahnseide, gurgelte, nahm dann noch mal die Zahnseide und putzte sich dann noch einmal die Zähne. Er hatte keine Zwangsneurose. Nein, *überhaupt nicht.*

Während er sich die Zunge putzte, wobei er würgte, als müsse er gleich seine Socken auskotzen, besah er sich sein Spiegelbild (den Spiegel selbst könnte er auch mal wieder putzen). Dann erinnerte er sich an seine Morgengymnastik und beschloss, dass auch die Wand des Schlafzimmers mal wieder tiefengereinigt werden müsse.

Wenn er ehrlich mit sich war, musste er bei seinem Anblick im Spiegel zugeben, dass er überrascht war, dass er gestern einen Typen hatte abschleppen können. Die dunklen Ringe unter den Augen standen ihm nicht besonders. Außerdem brauchte er dringend einen Haarschnitt und er hatte einen Schnitt am Kinn, wo er sich beim Rasieren mit seinen unsicheren Händen geschnitten hatte – das war gestern gewesen. Selbst jetzt, wo er allein in seinem Badezimmer stand, machte er dasselbe miesepetrige Gesicht, das er in letzter Zeit immer zog. Gott, er war so erbärmlich. Gordons Leben befand sich in einer stetigen Abwärtsspirale und das wusste er auch. Es zu wissen, half allerdings nicht dabei, auch etwas dagegen zu tun.

Er spuckte Zahnpasta ins Waschbecken und würgte erneut. Und während er spuckte und würgte, starrte er sich weiterhin im Spiegel an und blinzelte in der Hoffnung, seine Augen würden dann weniger rot erscheinen. Das funktionierte allerdings nicht. Sie blieben rot. Irgendwo hatte er noch Visine, doch er verspürte kaum Lust, jetzt danach zu suchen.

Er zog das Schubfach neben dem Waschbecken auf und starrte den geladenen Revolver an, der seit drei Monaten dort lag. Er hatte ihn halbherzig unter einem Stapel Waschlappen versteckt. Gordon starrte den Revolver für ungefähr zwanzig Sekunden an. Dann atmete er tief ein und schob schwungvoll das Schubfach zu. *Nicht heute*, dachte er.

So wie jeden Morgen.

Gordon Stafford sah mit seinen roten Augen wieder in den Spiegel. Er überlegte kurz, ob er sich rasieren sollte, beschloss dann jedoch, dass das Risiko, sich mit seinen zittrigen Fingern die Kehle aufzuschlitzen, zu groß war. Außerdem musste er ja nicht wirklich zur Arbeit, egal, was er dem Rothaarigen erzählt hatte. Er konnte nicht. Er hatte keine Arbeit. Jedenfalls keine *richtige* Arbeit. Er wollte auch keine. Er hatte aus erfolgreicheren Tage noch ein paar Ersparnisse auf der Bank liegen. Es war zwar nicht viel, aber damit sollte er zumindest noch ein paar Monate über die Runden kommen. Wenn das Geld langsam dem Ende zuging, konnte er sich ja noch mal mit dem Revolver in seinem Badschrank beschäftigen. Vielleicht würden sie sich dann besser kennenlernen.

Vielleicht würde er dann zu ihm sprechen. Endlich.

Gordon nahm noch mehr Mundwasser und gurgelte, bis er den Eindruck hatte, dass sein Mund in Flammen stand. Er starrte mit blutunterlaufenen Augen immer noch sein Spiegelbild an und versuchte, den Kater zu ignorieren, der in seinem Schädel hämmerte.

Sein Gesicht machte zwar einen ziemlich verwüsteten Eindruck, aber er war erst sechsundzwanzig und der Rest seines Körpers sah auch immer noch danach aus. Vielleicht ein bisschen zu dünn, da er nicht vernünftig aß, aber immer noch kerzengerade, breitschultrig, mit schmalen Hüften und langen Beinen. Seine lockigen, braunen Haaren – im Moment eben viel zu lang – umrahmten seinen Kopf und hingen ihm ständig in die Augen. Er war ununterbrochen damit beschäftigt, die Strähnen aus dem Gesicht zu streichen. Andererseits war das auch gar nicht so schlecht. Dieser Vorhang aus Haaren konnte ganz praktisch sein, da man sich dahinter prima verstecken konnte.

Und in letzter Zeit brauchte Gordon einen Ort, um sich zu verstecken. Ständig.

Nachdem er so sauber war, wie man nur sein konnte, ohne sich die oberste Hautschicht abzuschrubben, zog er eine Jeans und ein weißes T-Shirt an, schlüpfte in ein Paar Tennisschuhe und steckte sich einige Dollarscheine in die Hosentasche. Aus reiner Gewohnheit griff er nach dem Handy, das auf dem Garderobenschrank lag, doch dann erinnerte er sich daran, dass er es ja gar nicht mehr benutzte. Er hatte es schon seit Wochen nicht mehr aufgeladen. Ähnlich wie beim Rest seines Lebens, hatte er das Handy einfach einen langsamen Tod sterben lassen und hatte sich nicht mehr damit abgegeben, es aufzuladen, weil es ihn nicht länger kümmerte, ob es ihn mit dem Rest der Welt verband.

Er war ja auch nicht länger mit dem Rest der Welt verbunden.

Draußen lag die Straße San Diegos, die er seine Heimat nannte, verschlafen in der brütenden Hitze. Selbst die Kinder, die in der Nachbarschaft wohnten, waren drinnen geblieben und spielten Videospiele oder raubten ihren Müttern den letzten Nerv, anstatt mit dem Fahrrad oder dem Skateboard die Straße rauf und runter zu fahren. Der Tag würde unerträglich heiß werden und jeder wusste es.

Ein paar unbelehrbare Jogger stürmten an ihm vorbei, während er sich zur Bushaltestelle aufmachte, doch er würdigte sie keines Blickes. Selbst die Männer in ihren superkurzen Shorts und den durchtrainierten Beinen weckten heute nicht sein Interesse. Oder jedenfalls kaum.

Gordon spürte, wie der Alkohol in der glühenden Hitze durch seine Poren sickerte. Obwohl es so heiß war, ließ er seine Haare ins Gesicht hängen, damit er keinen der wenigen Menschen grüßen musste, die auf dem Fußweg unterwegs waren. Eines hatte Gordon gelernt, seit er der Welt den Rücken gekehrt hatte: Wenn du ihr auch nur den Hauch einer Chance gibst, ist die Welt gern bereit, auch dir den Rücken zuzukehren.

Und damit war Gordon mehr als einverstanden.

Er wartete dreizehn Minuten an der Ecke Juniper/30th, bis der Bus ins Zentrum an der Haltestelle hielt. Es fühlte sich wie eine Stunde an. Verkatert wie er war, stieg er ein und musste feststellen, dass alle Plätze besetzt waren. Also stand er im hinteren Drittel des Busses, hielt sich an einer Halteschlaufe fest und schwitzte vor sich hin, da die Klimaanlage ausgefallen war. Irgendjemand in nächster Nähe brauchte dringend ein Bad, aber er konnte nicht so recht lokalisieren, wer.

Gordons Gemächt befand sich auf Höhe eines jungen Kerls, der neben ihm im Gang saß. Er sah aus, als würde er aufs College gehen. Irgendwie orientalisch, süß, jung. Gordon hatte den Arm über dem Kopf, um sich festzuhalten, damit er nicht jedes Mal auf die Nase fiel, wenn der Bus um eine Kurve fuhr. Da Gordon nur ein paar Zentimeter entfernt war, nutzte der junge Mann die Chance und besah sich interessiert, was Gordon zu bieten hatte, inklusive der paar Zentimeter blanker Haut zwischen T-Shirt und Hosenbund, die seine Position unfreiwillig freilegten. Von Zeit zu Zeit hob er den Blick und sah Gordon in die Augen, doch dann konzentrierte er sich wieder auf die Teile von Gordons Körper, die ihn scheinbar mehr interessierten. Der Typ hatte einen Stapel Schulbücher auf dem Schoß und eine seiner Hände befand sich unter diesem Stapel. Gordon vermutete, dass er an sich rumspielte.

Das machte ihn an. Was seltsam war, aber es machte ihn trotzdem an. Er fühlte, wie sein Schwanz dick und schwer wurde und probehalber ließ er sich von der Schwerkraft etwas mehr in die Richtung des jungen Mannes manövrieren, als der Bus eine Kurve nahm. Gordon unterdrückte ein zufriedenes Lächeln, als er den interessierten Ausdruck auf dem Gesicht des Studenten sah. Er bildete sich sogar ein, einen kleinen überraschten Laut vernommen zu haben, als sein bestes Stück auf das Gesicht des Studenten zuhielt.

Die Bremsen des Busses quietschten und er kam an der Haltestelle San Diego High zum Stehen. Der orientalisch aussehende Bursche schnappte sich seine Bücher und lächelte Gordon entschuldigend an, als wolle er sagen, dass er hier aussteigen müsse.

Gordon machte ihm Platz. Himmel, der Bengel war gar kein Student. Er ging noch zur High School!

Das Blut schoss ihm ins Gesicht, als der Junge noch absichtlich mit dem Unterarm an Gordons Hosenbund entlangstrich, während er von seinem Sitzplatz aufstand. „Tschüss", sagte der *Schüler* leise mit einem enttäuschten Unterton in der Stimme.

„Blöder Kerl", wollte Gordon sagen, doch er biss sich auf die Zunge. Stattdessen wandte er dem Jungen einfach den Rücken zu und schnappte sich den freigewordenen Platz.

Oh verdammt, werden die heutzutage schnell erwachsen. Schlimm genug, dass ich gegen meine Auflagen verstoße, weil ich jeden Abend Alkohol trinke. Ich glaube nicht, dass es dem Richter gefallen würde, wenn er erfährt, dass ich mich an einem Minderjährigen vergreife.

10

Bei dem Gedanken lief Gordon ein Schauer über den Rücken.

Nun, da er saß, bemerkte er auch, dass die alte Frau mit der Papiertüte auf dem Schoß, die auf dem Fensterplatz neben ihm saß, diejenige war, die den penetranten Geruch verbreitete. Sie roch nach Urin und schlechtem Tabak. Er schielte zu ihr herüber und bemerkte ihr fettiges Haar, die Schuppen und ein Geschwür an ihrem Hals. Sie summte tonlos vor sich hin, während sie aus dem Fenster sah. Ihr Blick war leer.

Gordon hielt den Atem an, stand auf und arbeitete sich in den hinteren Teil des Busses vor. Da es keine weiteren freien Plätze gab, stellte er sich einfach in die Nähe des hinteren Ausgangs, ergriff eine Halteschlaufe und wartete darauf, dass sie endlich an seiner Haltestelle ankamen.

Als es schließlich so weit war, entkam er durch die hintere Tür des Busses und tauschte die Hitze des Gefährts gegen die Hitze der Stadt. Er wandte sich Richtung Süden.

Die Innenstadt war ein buntes Durcheinander von Menschen und manchmal auch von Architektur. Am unteren Ende des Broadway, unten an der Bucht, waren die Gebäude modern und sauber. Die Hochhäuser glitzerten in der Sonne. Sogar die Fußgänger waren gut angezogen.

Das andere Ende des Broadway, dort wo Gordon ausgestiegen war, war jedoch kaum vorzeigbar. Obdachlose hatten sich mit Planen zugedeckt und schliefen auf der Straße, in den Hauseingängen stank es nach Urin, auf schmutzigen Schaufensterscheiben fanden sich Handabdrücke. Es gab zahlreiche heruntergekommene Gebäude, die nur noch darauf warteten, dass eine Abrissbirne sie von ihrem Elend erlöste. Dieser Teil des Broadway versprach wenig Hoffnung und kaum Möglichkeiten auf Verbesserung. Ungefähr so wie Gordons Leben.

Vermutlich hatte er deshalb das Gefühl, dass er gut hierherpasste. Auch er brauchte eine Abrissbirne, die ihn von seinem Elend erlöste.

Drei Blocks weiter südlich, in einem noch schäbigeren Teil der Stadt, ging Gordon an einer langen Schlange Obdachloser vorbei, die standen oder saßen, sich lautstark beschwerten oder sich selbst etwas in den Bart brubbelten. Ein paar der armen Seelen, denen die Meth-Abhängigkeit ins Gesicht geschrieben stand, hielten ihm die leere Hand entgegen und bettelten um ein paar Cent. Um Geld für Essen, für Schnaps, für Drogen.

Auch Gordon brubbelte sich etwas in den Bart: Er murmelte Entschuldigungen. Er versteckte sich hinter dem Vorhang seiner Haare und lief weiter. Jemand rief ihm einen Fluch hinterher.

Gordon seufzte, entweder vor Erleichterung oder aus Furcht, schlüpfte in eine schmale Gasse und zog eine Metalltür auf. Er wandte dem Unglück draußen den Rücken zu und musste sich stattdessen hier drinnen einer anderen Art von Elend stellen.

Mamas Soup Kitchen.

„Du bist spät dran!", rief ihm Mama Davis in dem Moment zu, als er durch die Tür trat. Dann schenkte sie ihm ihr breitestes Lächeln und zog ihn in eine feste Umarmung. Ihr Gesicht hatte die Farbe von Asphalt, ihre Augen waren so hell, dass sie den Verkehr anhalten konnten, in ihrem schütteren Haar türmten sich Zöpfe für dreihundert Dollar, die ihre Tochter ihr jeden Monat annähte. Diesen Monat waren die Zöpfe mit Gold durchzogen und an ihrem Ende klimperten silberne Perlen. Wenn sie lachte und den Kopf zurückwarf, konnte man manchmal hören, wie die Perlen klingelten und klimperten.

Mama Davis war geschätzte vierzig bis neunzig Jahre alt. Ihre Zöpfe waren nicht das einzige, was an ihr golden war. Dasselbe galt für ihr Herz. Durch und durch aus Gold.

Sie nahm Gordon bei der Schulter und hielt ihn weit genug von sich weg, dass sie ihn ausgiebig betrachten konnte. „Schätzchen, du siehst nicht so toll aus. Bist du sicher, dass du heute arbeiten willst?"

Gordon holte von irgendwo ein Lächeln her. Er musste arbeiten, ob er das nun wollte oder nicht. Sie wusste das genauso gut wie er. „Mir geht's gut. Hab nur nicht so gut geschlafen."

Mama nickte, ihre Augen strahlten ihn weise und mütterlich an. Zu weise. Sie glaubte ihm kein Wort. Das überraschte Gordon nicht. Sie hatte viel zu viele verkaterte Unglücksraben in ihrem Leben gesehen. Sie selbst war mal einer davon gewesen. Gordon war nicht dumm genug, zu glauben, dass sie nicht genau sehen konnte, dass er einen Kater hatte.

Mama Davis nahm ihn sanft am Arm und führte ihn durch die Küche, in der es zuging wie in einem Bienenstock und in der es heiß war wie in einem Hochofen. Sie führte ihn in den Essenssaal und sorgte dafür, dass er sich ganz allein an einen Tisch setzte. Er war die einzige Person im ganzen Gebäude, die saß, und das war ihm unglaublich peinlich.

„Zuerst füttere ich dich. Und dann füttern wir die vielen armen Schafen, die draußen vor meiner Tür stehen."

„Ich bin nicht hungrig", sagte Gordon.

„Doch, bist du", widersprach Mama. „Bleib hier."

Zwei Minuten später war sie wieder da. Sie hatte ein Metalltablett in der Hand, auf dem sich Würstchen, falsches Rührei und drei Dosen Milch befanden.

Mama Davis klopfte Gordon auf die Schulter und sagte: „Iss das und komm dann in die Küche." Dann verschwand sie, um darüber zu wachen, was die Köche mit dem Essen anstellten. Irgendwo musste sie immer irgendein Feuer löschen.

Nach einem Bissen von dem Würstchen fiel Gordon auf, wie hungrig er eigentlich war. Er verschlang den Rest des Frühstücks in Rekordzeit. Als das Essen verputzt war, stürzte er alle drei Packungen Milch hinunter, eine nach der anderen.

Als er fertig war, kamen ihm aus Dankbarkeit für diese alte, schwarze Lady mit den 300-Dollar-Zöpfen fast die Tränen. Gordon blinzelte sie weg, packte das Tablett, das Besteck und den Müll zusammen und machte sich auf zur Küche, um an die Arbeit zu gehen.

Ein neuer Tag der Sühne begann.

2

DAS FRÜHSTÜCK in Mamas Suppenküche war wie immer gut besucht. Die Luft war so schwer von den Ausdünstungen ungewaschener Körper, dass man sie, fast so wie die Rühreier, mit dem Messer zerschneiden konnte. Die Rühreier immerhin waren ziemlich lecker, was man von den Körpergerüchen nicht behaupten konnte. Nur Mama wusste, wie man einhundertfünfzig Liter industrielles Vollei in eine kulinarische Köstlichkeit für einhundert hungrige Mäuler verwandeln konnte. Leider konnten im Gegensatz dazu nur ein Stück Seife und ein Vollbad etwas gegen Körpergeruch tun; die meisten Anwesenden jedoch standen mit beidem auf Kriegsfuß.

An diesem wie an jedem anderen Morgen profitierten nicht nur die Obdachlosen von Mamas Freigiebigkeit. Es waren auch zahlreiche Rentner aus den Altenheimen der Umgebung anwesend, und wie um das Duftgemisch nur noch verwirrender zu machen, rochen einige von ihnen ziemlich gut. Man konnte zum Beispiel eine herrschaftlich wirkende alte Dame mit ordentlich frisiertem, blauem Haar entdecken, die nach White Shoulders roch und leise lächelnd in der Schlange stand, während sie auf einen Alkoholiker hinter ihr in der Reihe einredete, der aussah, als hätte er die letzte Nacht in einem Schweinestall verbracht und dessen Körper so stark zitterte, dass er kaum aufrecht stehen, geschweige denn eine vernünftige Unterhaltung führen konnte.

Auch die psychisch Gestörten waren anwesend. Es gab Leute, die mit sich selbst sprachen; Leute, die eingebildete Fliegen verscheuchten oder eingebildete Hunde an der Leine führten; Leute, die über Witze lachten und Beleidigungen grummelten, die nur in ihrem Kopf stattfanden; Leute, die leise vor sich hinfluchten. Gordon fragte sich, ob er eines Tages einer von ihnen sein würde, verloren und versoffen, während er langsam an einer kaputten Leber oder einer sexuell übertragbaren Krankheit starb. Das war keine schöne Vorstellung. Sofort beschloss er: Nein, das würde nicht passieren. Der Revolver in seiner Wohnung würde schon dafür sorgen, dass ihn dieses Schicksal nicht erwartete. Oh ja, dafür würde Gordon sorgen.

Gordons Aufgabe an diesem Morgen war es, die Würstchen zu verteilen. Jedes Mal, wenn ein Metalltablett in dreckigen, fettigen Händen in seinem Gesichtsfeld auftauchte, rang er sich ein Lächeln ab und legte zwei Würstchen auf den Teller. Die Person, die das Tablett hielt, sagte daraufhin Danke. Ein großes Schild am Eingang verlangte das so. Mama Davis, die nie um den heißen Brei herumredete, hatte den Hinweis selbst verfasst: „Sag danke, wenn Gott dir ein Geschenk macht. Sonst macht er dir in Zukunft vielleicht keins mehr."

In ihrem Viertel war Mama Gott und die armen Seelen, die zum Essen hierherkamen, wussten das. Jeder einzelne von ihnen. Obwohl ihm selbst noch der Alkohol in den Knochen steckte, musste Gordon von Zeit zu Zeit ein Grinsen unterdrücken, wie wegwerfend ihm das ein oder andere Danke zugeworfen wurde, wenn er seine Würstchen verteilte. Mehr als einmal klang das „Danke" eher wie ein „Fick dich".

So wie die Frühstücksgäste an ihm vorbeiparadierten, so füllten sich auch langsam die Tische. Das alte Lagerhaus, das Mama Davis am falschen Ende der Eight Avenue gemietet hatte, füllte sich mit vielerlei Geräuschen – hunderte Stimmen sprachen durcheinander, dazwischen klapperte das billige Geschirr auf den Alutabletts, die Mama Davis dem Militär abgekauft hatte. Wenn man auf Stil Wert legte, so war das eben der Stil, den Mamas Suppenküche zu bieten hatte. Lärm. Wenn man eine *leise, friedliche* Atmosphäre zum Essen vorzog, musste man notgedrungen woanders hingehen. Dann musste man aber auch bereit sein, für das Essen zu bezahlen.

Wenn Gordon sich auf die Zehenspitzen stellte, konnte er ungefähr einen halben Block entfernt das Ende der Schlange erkennen. Mama Davis stellte sich zu ihm und entleerte eine neue Schüssel Würstchen in die Warmhalteschale vor ihm. Sie gab ihm einen freundschaftlichen Klaps auf den Hintern.

„Schätzchen, als ich gerade den Papierkram erledigt habe, ist mir aufgefallen, dass du heute genau die Hälfte deiner gerichtlich angeordneten Sozialarbeit abgeleistet hast. Ist das nicht wunderbar? Noch ein paar Monate und du hast es hinter dir. Ich freue mich für dich. Gut, ich werde dein hübsches Gesicht vermissen, wenn du nicht mehr da bist. Aber vielleicht hast du hier ein oder zwei Dinge gelernt."

Der letzte Kommentar klang, als könne sie das selbst kaum glauben. Schließlich war er erst heute mit einem riesigen Kater aufgetaucht. Mama Davis wusste genauso gut wie Gordon selbst, dass es der Alkohol war, der ihn überhaupt erst in Schwierigkeiten gebracht hatte. Nun ja, Alkohol und schlechte Entscheidungen. Die Tatsache, dass er immer noch trank, ließ nicht gerade auf übermäßige Intelligenz seinerseits schließen. Er wartete darauf, dass Mama ihm das ins Gesicht sagte. Doch offensichtlich fühlte sie sich heute besonders nachsichtig. Er befürchtete jedoch, dass sie ihn Töpfe und Pfannen schrubben ließ, wenn er noch einmal so eine Show abzog. Diese Arbeit reservierte sie immer für Leute, über die sie sich irgendwie geärgert hatte. Essen verteilen und Abwaschen waren ungefähr so weit voneinander entfernt wie Bücher in einer Gefängnisbibliothek sortieren und dreißig Jahre in einem Steinbruch Steine klopfen.

Der Küchendienst nervte. Und zwar ziemlich. Er konnte sogar den Kater noch schlimmer machen. Gordon beschloss, dass Mama Davis die letzte Person auf Erden wäre, die erfahren würde, wenn er noch einmal verkatert zum Dienst in der Suppenküche erschien.

Gordon schenkte Mama ein gewinnendes Lächeln, in der Hoffnung, dass es vielleicht seinen Willen, sich zu verbessern, transportieren möge. Er glaubte nicht, dass sie ihm das abkaufen würde, aber einen Versuch war es wert.

Bevor sie auf sein Lächeln reagieren konnte, drang vom Eingang her Lärm zu ihnen herüber – erhobene Stimmen, ein oder zwei erhobene Hände, die winkten, um Hilfe herbeizuholen und ein überraschter Aufschrei von einer blaugelockten, alten Dame.

Mama nahm Gordon die Würstchenzange aus der Hand. „Geh doch bitte und schau nach, was da los ist. Mich plagt heute Morgen meine Arthritis. Ich glaube nicht, dass eine Kneipenschlägerei heute das richtige für mich ist."

Auch Gordon zog nichts dorthin, doch es war nicht das erste Mal, dass Mama Davis ihn losschickte, um Frieden zu stiften. Das lag wahrscheinlich an seiner Jugend und daran, dass er gute 1,80m maß. Immerhin waren die meisten anderen freiwilligen Mitarbeiter der Suppenküche nur einen Schritt davon entfernt, genauso bemitleidenswert auszusehen wie die Obdachlosen.

Mama zog einen riesengroßen Pfannenwender aus ihrer Schürze und drückte ihn in Gordons Hand. „Nimm das zum Schutz mit. Den kannst du ihnen über den Schädel ziehen, sollte das nötig werden."

Gordon ergab sich in sein Schicksal und nickte. Er zog sich die Gummihandschuhe aus, nahm den Pfannenwender und verließ seinen Platz an der Essensausgabe. Er machte sich in Richtung Eingang auf, um herauszufinden, was dort los war. Den Pfannenwender und seinen Kater nahm er mit.

Er hatte das Gefühl, dass gleich etwas ganz Schreckliches passieren würde. Ihm ging das ständig so.

UND DABEI war ich mal jemand, dachte Gordon. *Ich war jemand, der sich für vierzig Dollar die Haare schneiden ließ und der jeden Tag auf der Arbeit einen Anzug trug. Völlig Fremde kannten mein Gesicht und grüßten mich auf der Straße. Ich umgab mich mit Menschen, die regelmäßig badeten und nicht verrückt waren. Und jetzt bin ich hier. Ich ertrinke in Schuldgefühlen, habe keinen Job und soll einen Streit mit nichts als einem Pfannenwender schlichten. Und das auch noch auf Geheiß einer alten, schwarzen Lady, deren Zöpfe klimpern, wenn sie lacht und deren Respekt ich mir mehr wünsche als jeder andere.*

Tja, dumm gelaufen.

Während sein eigenes miserables Leben ein Mysterium für ihn war, hatte er den Rest der Welt durchschaut. Zumindest die Welt der Obdachlosen. Nachdem man sechs Monate in Mamas Suppenküche verbracht hatte, war es ziemlich unwahrscheinlich, dass man diese Lektion nicht gelernt hatte.

Sogar hier, wo Menschen nicht weiter als bis zum nächsten Tag dachten, gab es ein Klassensystem. Der Abschaum der Gesellschaft hatte, genauso wie normale Menschen auch, seine Elite und seinen Bodensatz; das hatte Gordon ziemlich schnell begriffen. Auch die heruntergekommene Masse besteht aus netten und bösartigen Menschen, aus denen, die geben und jenen, die nehmen, den Guten und den Bösen. Und ja, auch hier am Hinterteil der Zivilisation, waren die Heiligen den Idioten gnadenlos ausgeliefert. Genauso wie überall sonst auch.

Gordon kämpfte sich durch die Menge. Manchmal musste er den Atem anhalten, um dem Gestank zu entgehen, doch schließlich stand er beiden Elementen gegenüber: dem Guten *und* dem Bösen. Und wieder einmal sah es so aus, als würden die Bösen gewinnen.

Drei Jugendliche, die Gordon schon kannte und von denen er wusste, dass sie nur auf Krawall aus waren, hatten es auf einen vierten Jugendlichen abgesehen, den Gordon noch nie vorher gesehen hatte. Bei genauerem Hinsehen stellte Gordon fest, dass der vierte Jugendliche nicht ganz so jung war, wie es anfangs den Anschein gehabt hatte. Tatsächlich war er wohl eher in Gordons Alter. Vielleicht Mitte zwanzig. Er erschien nur jünger, weil er so schmal gebaut war. Die anderen drei jedoch waren wirklich Teenager. Das einzige, was alle vier gemeinsam zu haben schienen, war die Tatsache, dass sie offensichtlich wenigstens versuchten, sauber zu bleiben. Was nicht so einfach war, wenn man auf der Straße lebte.

Der junge Mann im Zentrum des Sturms trug Baggy Jeans und ein weißes Hemd mit blauen Nadelstreifen, das er vermutlich im Second Hand Laden die Straße hoch gekauft oder erbettelt hatte. Er hatte sich eine Chargers Baseballmütze tief in die Stirn gezogen, durch die die ganze obere Hälfte seines Gesichts verdeckt war. Er konnte nicht größer als 1,70m sein, hatte eine schlanke Statur, blonde Härchen waren auf seinen Händen zu erkennen. Die Hände des jungen Mannes zogen sofort Gordons Interesse auf sich. Es waren wunderschöne Hände. Elegant, grazil, bleich. Im Moment schützte er mit ihnen sein Gesicht.

Die drei Schlägertypen waren schwul. Sie gingen auch auf den Strich, vielleicht weil sie von ihren stumpfsinnigen, homophoben Eltern rausgeschmissen worden waren, nachdem sie ihre Homosexualität öffentlich gemacht hatten. Auf der Straße wimmelte es nur so von Männern und Frauen wie ihnen. Sie versuchten, mit genug Freiern zu schlafen, um ihre nächste Mahlzeit, ihr nächstes Bett, ihren nächsten Tag zu erkaufen. Gordon kannte diese drei bereits. In den vergangenen Monaten hatte er sie immer mal hier gesehen und die Art, wie sie sich verhielten, wenn er ihnen ihr Frühstück oder Abendbrot auftischte, gefiel ihm nicht. Ja, Gordon übernahm beide Schichten. Zweimal am Tag checkte ihn dieses zusammengewürfelte Trio ab. Sie machten anzügliche Kommentare, versuchten ihn zu provozieren und hatten ihn einmal sogar in die Gasse hinter dem Lagerhaus eingeladen, wo sie ihm den besten Dreier-Blowjob seines Lebens versprochen hatten, wenn er ein paar Dollar rüberwachsen ließe.

Aber Gordon war nicht dumm. Die drei sahen zwar gut aus, aber Gordon hätte seinen Schwanz nicht mal ansatzweise in ihre Nähe gelassen.

Offensichtlich ging das dem jungen Mann, den sie jetzt auf dem Kieker hatten, genauso.

17

In seinen Baggy Jeans und dem zerknitterten Hemd lag er auf dem Boden ausgestreckt. Seine Füße steckten in abgetragenen Tennisschuhen, die er ohne Socken trug. Einer der drei Jungs, offensichtlich der gemeinste der Bande, saß auf seiner Brust und sorgte dafür, dass er nicht aufstehen konnte. Die anderen zwei sahen zu und feixten.

Sie waren in der Überzahl, doch ihr Opfer war verrückt genug, sich darum nicht zu scheren. „Hier, Squirt, ich gebe dir etwas zu beißen." Und seine Hand ging zum Reißverschluss seiner Hose.

Hinter Gordon keuchte eine alte Dame erschrocken auf. Ein paar altgediente Obdachlose ließen abfällige Laute hören, doch sie schritten nicht ein.

Ein dünner Faden Blut lief dem Opfer über das Kinn, vermutlich von einer aufgeplatzten Lippe. Offensichtlich waren bereits die Fäuste geflogen. Dabei war Mamas goldene Regel: Keine Handgreiflichkeiten.

Gordon packte den Jugendlichen beim Kragen und zog ihn von dem jungen Mann herunter. Während das Kerlchen versuchte, sich aus Gordons Griff zu befreien, begannen die anderen beiden, ihn mit Flüchen zu belegen.

Das war Mamas zweite goldene Regel: Kein Fluchen.

Gordon stieß den Jungen von sich und versuchte dabei, sein Frühstück bei sich zu behalten. Sein Kater brachte ihn schier um, doch jetzt war nicht der Moment, sich in Selbstmitleid zu wälzen. Er vermutete, dass sie sich als nächstes auf ihn stürzen würden, sollte er nur die geringste Schwäche zeigen.

Er zeigte auf die Tür. „Raus mit euch. Wenn ihr euch nicht benehmen könnt, bekommt ihr eben nichts zu essen. So einfach ist das."

Einer der Jungen ließ ein bösartiges Lachen hören und trat mit dem Fuß nach dem jungen Mann, der immer noch am Boden lag. Er zielte auf dessen Rippen. Der junge Mann stöhnte auf und hielt sich den Oberkörper. Der zweite Junge begann wild zu fluchen, was zu einem weiteren empörten Keuchen von der alten Dame hinter Gordon führte. Der dritte Junge, der, den Gordon am Schlafittchen gepackt hatte, ordnete seine nicht besonders ordentlichen Klamotten und knurrte Gordon wie ein tollwütiger Hund an.

„Dafür wirst du bezahlen, Blödmann." Dann spuckte er auf den am Boden liegenden Mann. „Und du kleine Schwuchtel bist uns noch lange nicht los."

Der junge Mann wandte den Blick ab und ignorierte die Drohung soweit es ihm möglich war. Er hielt sich immer noch schützend die Hände über die Rippen. Gordon war überrascht, wie viel Mitleid er für den Typen empfand. Er hielt ihm eine Hand hin und half ihm auf.

Einer der alteingesessenen Obdachlosen, ein älterer Mann, den Gordon als Pistol Pete kannte, beschloss schließlich, sich einzumischen und scheuchte die drei Unruhestifter in Richtung Ausgang. „Haltet endlich den Rand, ihr kleinen Nervensägen oder Mama nimmt sich eure knochigen Ärsche vor. Sie wird euch die Ohren lang ziehen, davon könnt ihr aber ausgehen. Und jetzt raus, na los. Ihr habt genug Ärger gemacht."

„Verpiss dich, Alter", schrie ihm einer der Jungen entgegen, woraufhin Pete einen Revolver aus der Tasche zog und ihn auf den Kopf des Jungen richtete. Dessen Augen wurden vor Schreck riesengroß und als Pete sicher war, dass er die ungeteilte Aufmerksamkeit des Jungen hatte, betätigte er den Abzug.

Ein Strahl Wasser spritzte daraufhin in das Gesicht des Jungen. Auch die anderen beiden bekamen in der Folge ordentlich Wasser ab, während Pete immer wieder den Abzug betätigte und dabei ein Lächeln zur Schau trug, als mache ihm das alles einen Riesenspaß.

Die Umstehenden hatten auch einen Riesenspaß und sie lachten die drei aus, während Pete sie wässerte wie einen Topf Petunien. Sie hatten von vornehrein gewusst, dass Pete keine echte Waffe bei sich trug. Deshalb war er ja als Pistol Pete bekannt. Immer, wenn Pete etwas gegen den Strich ging, zog er seine Wasserpistole und ging zum Angriff über. Er schoss auf alles, das ihn ärgerte: vorbeifahrende Autos, Fußgänger, die den ganzen Fußweg blockierten, laute Kinder. Sogar die Bürgermeisterin hatte er schon nass gespritzt, weil diese gegen eine Obdachlosenunterkunft für die Wintermonate gestimmt hatte. Dafür war er eine Woche ins Stadtgefängnis gewandert, doch die Sache hatte es sogar auf die Titelseite der *San Diego Union* geschafft. Von da an war sein Name eine Legende. Wenn er nicht gerade sauer auf jemanden war und ihn mit Wasser bespritzte, trank er es auch gelegentlich selbst. Schließlich soll man ja immer ausreichend trinken, das war Pete sehr wichtig.

Es lag wohl mehr am Gelächter der Anwesenden als an ihrer Angst vor Pete oder Gordon, dass die drei Unruhestifter das Weite suchten. Aber immerhin waren sie weg.

Applaus brandete auf und Gordon grinste Pete an. „Steck die weg, bevor jemand zu Schaden kommt."

Pete zwinkerte ihm zu, pustete in den Lauf und steckte den Revolver dann wieder in die Tasche seines abgetragenen Mantels. Gordon wusste, dass er später am Brunnen Ecke Fourth und Broadway nachladen würde. Das tat er immer.

Der junge Mann, den Gordon gerettet hatte, stahl sich in Richtung Tür davon.

Gordon berührte ihn am Arm. „Wo willst du denn hin? Wie ist dein Name? Squirt?"

Der Mann zog sich die Kappe tiefer ins Gesicht und wich Gordons Blick aus. „Ja. Darf ich denn bleiben?"

Etwas Kindliches haftete ihm an. Gordon war überrascht, dass er sich verantwortlich fühlte und sich kümmern wollte. Das überraschte ihn, weil ihm nicht klargewesen war, dass er zu diesen Gefühlen überhaupt noch fähig war. Er griff nach einer Serviette von einem der Tische und betupfte damit das Gesicht des Mannes, das die Kappe immer noch in einen tiefen Schatten hüllte. Dabei fühlte er einen blonden Bartschatten unter seinen Fingerspitzen und ihn überkam ein seltsames Gefühl – fast ein Schauer der Erregung. Gordon fragte sich, wo zum Teufel der wohl hergekommen war.

„Weg mit dem Hut! Ist bei dir alles gut?", fragte er sanft.

Es überraschte Gordon, ein Lächeln auf dem unrasierten Gesicht des jungen Mannes zu sehen. „Das reimt sich", sagte er. „Du bist ein Dichter."

„Als ob", hörte Gordon sich selbst sagen und das Lächeln des jungen Mannes wurde noch breiter. Er hob ein wenig den Kopf und Gordon konnte ein paar strahlend blaue Augen unter der Krempe des Huts erkennen. Sie waren kristallklar und leuchteten wie Saphire hinter dem Vorhang aus hellblondem Haar. Gordon blinzelte überrascht. Der Typ war ja ein Kohlkopf!

„Komm schon", sagte Gordon, nachdem er seine Stimme wiedergefunden hatte. Er nahm die blasse Hand des jungen Mannes und führte ihn vorbei an der Warteschlange zu einem Tisch im hinteren Teil des Saals. „Du setzt dich hier hin und ich besorge dir Frühstück. Klingt das gut?"

Squirt nickte. „Danke", sagte er. Dabei sah er schüchtern und atemlos und ein wenig überrascht aus, so als könne er nicht glauben, was gerade passierte.

Offenbar konnte Squirt sein Glück kaum fassen und Gordon fragte sich, ob jemals jemand nett zu ihm gewesen war. Der Gedanke brach ihm ein klein wenig das Herz. Das Mitgefühl, das in ihm hochschwappte, machte ihn so sprachlos, dass er errötete. Um das zu verstecken, sagte er schnell: „Warte hier", und flüchtete dann, um Squirt Frühstück zu besorgen.

Er wusste nicht so recht, was in ihn gefahren war, doch zum ersten Mal seit Monaten erweckte etwas sein Interesse. Er schnappte sich ein Tablett, das sich gerade eine alte Dame nehmen wollte und ging auf der hinteren Seite des Tresens entlang, um alles mitzunehmen, wovon er dachte, dass es Squirt schmecken könnte: Eier, Würstchen, Kekse mit extra Butter und extra Marmelade, ein paar Donuts und zum Nachtisch eine Portion Arme Ritter.

Als das Tablett voll war, klemmte er sich noch zwei Packungen Milch und zwei Packungen Orangensaft unter den Arm und machte sich dann auf den Rückweg.

Squirt saß allein am Tisch. Er blickte weder nach rechts noch nach links, sondern saß vornübergebeugt da und starrte auf die verschränkten Hände in seinem Schoß. Gordon fragte sich, ob er vielleicht eingeschlafen war.

Doch das war er nicht. Der junge Mann blickte auf, als Gordon das Tablett vor ihn hinstellte. Er tupfte sich immer noch von Zeit zu Zeit mit dem Taschentuch, das Gordon ihm gegeben hatte, das Blut von der Lippe. Er starrte das übervolle Tablett an, so als hätte er in seinem ganzen Leben noch nie etwas Schöneres gesehen.

Er sah seinen Wohltäter mit einem verlegenen Lächeln an. „Wow, danke." Doch er machte keine Anstalten, das Besteck in die Hand zu nehmen, bis Gordon ihm die Gabel praktisch aufdrängte. Auch dafür erntete er erneut ein „Danke".

„Na gut, Squirt. Du isst jetzt was und ich komme später wieder, um zu schauen, ob du noch etwas brauchst. Hat deine Lippe aufgehört zu bluten?" Gordon musste die Frage stellen, da die Baseball Kappe wieder Squirts Gesicht verdeckte.

„Hat aufgehört", sagte Squirt kaum hörbar, so als wäre ihm das peinlich. Oder als schäme er sich. „Danke, dass du fragst."

Gordon lachte und legte ihm eine Hand auf die Schulter. „Du musst mir nicht ständig danken. Iss einfach dein Frühstück. Das ist Dank genug für mich. Okay?"

„Okay", war die gemurmelte Antwort. Und zu Gordons Überraschung zog Squirt eine frische Serviette hervor, entfaltete sie und legte sie sich in den Schoß. Erst dann nahm er den ersten Bissen vom Rührei.

Als er sah, dass Squirt zu essen begann, machte Gordon sich auf den Weg, um seinen Platz an der Essensausgabe wieder einzunehmen. Dort verteilte Mama Davis immer noch Würstchen und gute Wünsche an die Wartenden. Sie lächelte über das ganze Gesicht, als sie Gordon auf sich zukommen sah.

„Das hast du gut gemacht, dass du dieser armen Seele was zu essen besorgt hast. Vielleicht kommst du nur dafür eines Tages in den Himmel."

Gordon merkte, dass er *schon wieder* errötete. Himmel, was für ein Morgen. Alle fünf Minuten stieg ihm die Schamesröte ins Gesicht.

„Sie haben ihn geärgert", erklärte Gordon. „Das schwule Trio. Du weißt schon, wen ich meine. Die drei sorgen immer nur für Unruhe."

Mama nickte verständnisvoll, wobei ihre Zöpfe klimperten. Gordon erinnerte das Geräusch an eine Klapperschlange. Nur war Mama Davis viel netter. Wobei auch sie Gift versprühen konnte, wenn die Situation es verlangte.

„Wenn sie das noch mal machen, haben sie für immer Hausverbot", sagte sie. „Jeder bekommt bei mir eine zweite Chance. Wenn sie sich auch in Zukunft nicht an die Regeln halten, können sie woanders essen. Ich werde nicht zulassen, dass sie meine Kunden schikanieren. Diese armen Menschen haben es schwer genug."

Sie gab ihm die Zange zurück und er stellte sich wieder hinter den Tresen. Als sie sich davon überzeugt hatte, dass alles wieder in geordneten Bahnen verlief, sah sie zu der Person in Hemd und Baseballkappe hinüber, die allein an der Wand saß.

„Wie heißt der Bursche denn, Gordon? Hast du das mitbekommen?"

Gordon schüttelte den Kopf. „Nein. Jedenfalls nicht seinen richtigen Namen. Sie haben ihn nur ‚Squirt' gerufen."

Auf Mamas Gesicht erstrahlte ein breites Grinsen, bei dem man einen ziemlich guten Blick auf ihre dritten Zähne bekam. Sie waren riesig und weiß und fast quadratisch und sahen aus, als könne sie damit auch einen Baumstamm zermalmen. „Passt ziemlich gut, oder? Er ist ja tatsächlich nicht größer als ein schmächtiges Würstchen. Armer Kerl." Sie schüttelte den Kopf und seufzte ein paar Mal, so wie sie es immer im Angesicht des Wahnsinns der sie umgebenden Welt tat. Mama Davis schlitterte jeden Tag aufs Neue von einer Krise in die nächste, doch sie schien das ganze Drama zu genießen. Gordon vermutete, dass ihre Großzügigkeit und ihr unerschütterlicher Glaube an Gott sie unbeschadet durch alle Widrigkeiten brachten. Oder vielleicht brauchte sie das Chaos einfach zum Überleben.

Sie klopfte Gordon auf den Kopf, als würde sie einen Pudel loben. Mit einem Lächeln sagte sie, sodass nur er es hören konnte: „Hast du gut gemacht, Kleiner." Dann ging sie weg, vermutlich um nachzusehen, ob in der Küche alles nach Plan lief.

Mamas Worte brachten Gordon zum Lächeln. Und während er lächelte, wanderte auch sein Blick zu der einsamen Person an der rückwärtigen Wand, die tief über ihr Essenstablett gebeugt dasaß. Während der junge Mann aß, wippte er wie ein kleines Kind mit den Füßen. Gordon fand, das war das Süßeste, was er je gesehen hatte.

Squirt schaufelte sich mit Inbrunst sein Essen auf eine Gabel und auch das brachte Gordon zum Lächeln. Doch es lag auch Traurigkeit in diesem Lächeln. Er fragte sich, wie lange es wohl her war, dass der junge Mann eine richtige Mahlzeit gehabt hatte.

Vierzig Minuten später, nachdem die lange Schlange endlich abgearbeitet und die Tür für Nachzügler geschlossen worden war, sah Gordon wieder zu der Figur hinüber, die allein an der Wand saß. Er wollte nachsehen, wie es dem jungen Mann ging.

Der Tisch war frei. Squirt war verschwunden.

Gordon starrte den Tisch sekundenlang an. Dann sah er weg und begab sich wieder an die Arbeit, doch ihm war schwer ums Herz.

Als Mama Davis zu ihm kam, um ihn zu informieren, dass ihn jemand am Telefon sprechen wollte, wurde ihm noch schwerer ums Herz. Es gab nur eine Person, die ihn hier anrufen würde.

Für den Rest seiner Schicht lächelte er nicht mehr.

3

DER GRANT Grill war elegant und förmlich und das schon seit einem halben Jahrhundert. Er war eine Bastion männlicher Hochnäsigkeit, der die Jahrzehnte im Zentrum von San Diego überlebt hatte, ohne jemals den Ort oder die Einrichtung zu wechseln. Für den Großteil der Zeit war er ein Vorbild für alle Sexisten gewesen, denn erst Anfang der 70er Jahre waren am Tage überhaupt Frauen erlaubt. Der Grant Grill befand sich im U.S. Grant Hotel am Broadway, Ecke Fourth (was wiederum an dem Brunnen lag, an dem Pistol Pete gern seine Wasserpistole auflud) und während die Speisekarte viele Gaumenfreuden bot, gab es kaum Nahrung für die Seele.

Vermutlich hatte seine Mutter deshalb darauf bestanden, dass sie sich hier trafen. Soweit Gordon in den 26 Jahren ihrer Bekanntschaft hatte herausfinden können, bot auch sie nur wenig Nahrung für die Seele.

Sie saß an einem Tisch in der Mitte des Raumes und sprach mit dem Kellner, der in ihrer Gesellschaft sehr nervös schien, so als wäre sie eine Königin und er ihr Page. Gordon fand, dass der Mann durchaus Grund hatte, nervös zu sein. Seine Mutter hatte die Karriere von mehr als einem Kellner in diesem Restaurant beendet.

Als sie aufsah und Gordon in seinem T-Shirt und Jeans in der Eingangstür stehen sah, konnte Gordon ihre Enttäuschung an ihrem Gesicht ablesen. Der Maitre d', an dessen Namen Gordon sich im Moment nicht erinnern konnte, sah es auch. Er kam sofort hinzu, um ihm zu Hilfe zu eilen.

Er flüsterte Gordon etwas ins Ohr und hielt ihm ein hauseigenes Jackett und einen Schlips zum Anheften hin, damit er dem Dresscode entsprach. „Keine Sorge, Sir. Mich sieht sie auch so an."

Erst da erinnerte sich Gordon an den Namen des Mannes. Edward. Sein Name war Edward.

„Danke, Edward", sagte Gordon lächelnd. „Wie geht es Ihnen heute?"

„Sehr gut, Sir. Und Ihnen?"

Da Gordon seinen Kater immer noch nicht los war, waren seine zitternden Hände mit dem Schlips überfordert. Wieder kam ihm Edward zu Hilfe. Er stellte sich vor ihn und befestigte den Schlips vorsichtig an Gordons T-Shirt. Als der Schlips saß, half er ihm in das sportliche Jackett und knöpfte es zu, damit man nicht sah, dass Gordon darunter ein T-Shirt trug. Dann gab er ihm einen leichten Klaps auf die Schulter. „Alles wie es sein soll, Sir. Genießen Sie Ihr Essen. Das Tagesangebot ist Heilbutt. Sehr delikat."

Gordon versuchte, das Mitleid auf dem Gesicht des Mannes zu ignorieren, doch das war unmöglich. Edward kannte Gordons Geschichte genauso gut wie

Gordon selbst. Es gab sogar eine Zeit, da hätte Edward Gordon im Scherz gefragt, wie wohl das Wetter werden würde. Doch diese Zeit war längst vorbei und das wussten sie beide.

„Danke, Edward", sagte Gordon noch einmal. „Dann werde ich mich mal zu meiner Mutter setzen."

„Natürlich", stimmte Edward zu. Er klemmte sich zwei Speisekarten unter den Arm und führte Gordon zu dem Tisch in der Mitte des Raums, an dem Gordons Mutter schon wie ein hungriger Hai auf ihn wartete. Ein Hai, der Kreise schwamm. Und noch einen. Und noch einen.

„Hier ist er, Madam", sagte Edward zu Mrs Stafford. „So gut wie neu."

Seine Mutter ignorierte die charmante Bemerkung und Edward zog Gordon einen Stuhl heraus. Nachdem Gordon sich gesetzt hatte, verteilte er die Speisekarten und suchte dann das Weite.

Gordon atmete tief ein und wartete darauf, dass seine Mutter mit ihrer Tirade loslegen würde. Lange dauerte es nicht. Tatsächlich musste er überhaupt nicht warten.

„Warum musst du mich immer blamieren, Gordon? Wo ist dein Jackett? Und du siehst aus, als hättest du Gewicht verloren. Du siehst irgendwie krank aus."

„Danke. Meine Jacketts hängen zu Hause im Schrank. Du weißt ganz genau, dass ich dich hier zwischen zwei Schichten treffe. Ich hatte keine Zeit, noch mit dem Bus nach Hause zu fahren, mich umzuziehen und dann mit dem Bus hierher zu fahren, um in deinen engen Terminkalender zu passen."

Ihr Lippenstift war im Mundwinkel ein kleines bisschen verschmiert. Irgendwie bemerkte sie das. Mit einem perfekt manikürten, kleinen Finger beseitigte sie das Dilemma. „Wenn du dazu übergehen würdest, wie jeder normale Mensch mit dem Auto zu fahren, hättest du genügend Zeit, dich vernünftig anzuziehen."

Gordon hatte den Eindruck, dass sein Herz wie ein Anker zu Boden sank und sich in den Meeresboden des arktischen Meeres bohrte. „Du weißt, dass ich nicht fahre. Nicht mehr seit dem Unfall. Warum musst du immer wieder davon anfangen?"

Seine Mutter stöhnte auf und nahm einen winzigen Schluck von ihrem Eistee, offensichtlich, um sich abzukühlen. „Entschuldige, dass ich *lebe*", sagte sie und warf den anderen Gästen Blicke zu, um sicherzugehen, dass sie niemand belauschte. Er sah, wie sie in Richtung des Kellners kurz den Kopf schüttelte, um anzuzeigen, dass sie noch nicht bestellen wollten.

Gordon konnte sich nicht beherrschen, er musste einfach in dieselbe Kerbe schlagen. „Anstatt mich in der Suppenküche anzurufen, warum bist du nicht einfach zum Frühstück vorbeigekommen?" Er sah sich in dem üppig eingerichteten Gastraum um. „Du hättest Geld gespart und ein kostenloses Frühstück bekommen."

Seine Mutter spielte mit einem ihrer Ohrringe. „Sehr witzig. Was ist mit deinem Handy?"

Gordon zuckte ausweichend mit den Schultern. „Hab vergessen, es aufzuladen." *Absichtlich.* In der Hoffnung, weitere Auseinandersetzungen mit seiner Mutter zu vermeiden. Gordon versuchte, die Stimmung etwas anzuheben. „Du siehst heute sehr hübsch aus, Mutter."

Und das tat sie tatsächlich. Sie war Ende fünfzig, doch sie war zierlich, gut in Form und hatte nicht eine Falte im Gesicht. Wenn sie sich noch einmal liften ließ, wären ihre Augen vermutlich an ihrem Hinterkopf und ihre Nase wäre so flach wie die von Lord Voldemort, doch Gordon beschloss, das nicht zu erwähnen. Er war ja nicht vollends verrückt.

Sie trug ein pfirsichfarbenes Kostüm und dazu passende pfirsichfarbene Schuhe mit niedrigem Absatz. Eine Perlenkette schmiegte sich um ihren Hals und dazu trug sie passende Perlohrringe. Ihre aschblonden Haare waren makellos frisiert. Wie immer trug sie einen schulterlangen Bob, bei dem nie auch nur ein Haar aus der Reihe tanzte. Das rief Gordon in Erinnerung, dass seine Haare vermutlich aussahen wie ein Krähennest, doch fehlte ihm dafür das Schuldbewusstsein. Er steckte sich einfach eine Strähne hinters Ohr, studierte die Karte und wartete darauf, dass seine Mutter endlich darauf zu sprechen kam, weshalb sie ihn herbestellt hatte. Was auch immer der Grund gewesen war, es konnte nichts Gutes sein.

Sie schien seine Gedanken zu lesen. „Du brauchst einen Haarschnitt. Du siehst aus wie ein Hippie."

Gordon musste grinsen. „Tut mir leid, dir das sagen zu müssen, aber die letzten Hippies sitzen im Altenheim, trinken ihr Metamucil, hoffen auf einen ordentlichen Morgenschiss und darauf, dass ihre Erinnerungen an LSD-Trips ihren Tag ein wenig verschönern."

Falls seine Mutter seine Bemerkung komisch fand, ließ sie es sich nicht anmerken. „Dieses Jackett und der Schlips sind scheußlich. Brauchst du Geld?"

„Nein", fuhr Gordon sie an und seine Mutter wich zurück. „Mir geht es gut und meine Garderobe ist frei Haus. Was erwartest du denn?" Beim letzten Satz legte er etwas mehr diplomatisches Geschick in seine Stimme, weil er hoffte, sie besänftigen zu können, doch er hatte nicht den Eindruck, dass er mit dieser Taktik erfolgreich war. Sie sah verletzt aus. Verletzt und ungeduldig. Sie konnte nicht verstehen, was er durchmachte, und er erwartete das auch nicht von ihr. Wie konnte irgendjemand verstehen, was er durchmachte? Er wusste nur, dass alle ihre Versuche, ihn aus seinem Elend freizukaufen, ihn ankotzten. Dachte sie wirklich, Geld würde alles wieder richten? Konnte sie wirklich so oberflächlich sein?

Er versuchte weiterhin, sie zu besänftigen, in der Hoffnung, dass er das Thema, über das er auf keinen Fall sprechen wollte, noch für eine Weile vermeiden konnte. Dieses Thema war er selbst. „Wie geht es deinen Orchideen?"

Gordons Mutter züchtete Orchideen. Sie verkaufte Immobilien – und machte damit ein Vermögen – und züchtete Orchideen. Das waren ihre einzigen beiden Leidenschaften. Er hatte schon immer gefunden, dass das ein sehr seltsames Hobby für eine Frau war, die so überhaupt nichts Sanftmütiges an sich hatte. Orchideen waren filigran, seine Mutter jedoch stahlhart. Und das von Kopf bis Fuß, wie ein Krieger.

Und trotzdem entspannte sich ihr Gesicht etwas bei seiner Frage. So etwas wie Begeisterung trat in ihren Blick und das verwirrte ihn immer wieder aufs Neue – bei den seltenen Gelegenheiten, bei denen dieses Gefühl zutage trat. Normalerweise war sie nämlich viel zu beherrscht, um sich für etwas zu begeistern. Für irgendetwas. Von Geld einmal abgesehen. „Du solltest meine Phalaenopsis-Sammlung sehen. Sie stehen alle in voller Blüte. So hübsch. Ich hatte schon gedacht, sie wären eingegangen, aber sie haben sich noch einmal gemacht und sehen jetzt schöner aus denn je."

Schweigen breitete sich zwischen ihnen aus und Gordon konnte sehen, wie sie ihre Orchideen gedanklich beiseiteschob. Ihre perfekt geschminkten Augen verloren ein wenig von ihrer Strahlkraft und sie konzentrierte ihren Blick wieder auf Gordon. „Wie läuft es mit deinem Bewährungshelfer?"

Gordon versuchte, möglichst nicht an das Jahr zu denken, das er nach dem Unfall im Gefängnis verbracht hatte. Auch die Tatsache, wie peinlich seiner Mutter diese Gefängnisstrafe war, versuchte er zu verdrängen. Sie hingegen schien an kaum etwas anderes zu denken. Gordon vermutete, dass ihre Scham wie ein Krebsgeschwür in ihr wucherte. Sie konnte keinen Schritt im Leben tun, ohne daran zu denken. In jedem wachen Moment war es in ihrem Hinterkopf. Genauso war es bei ihm auch. Nur hatte er das akzeptiert. Seine Mutter wehrte sich noch dagegen wie eine Maus, die versuchte, einer Schlange zu entkommen.

Gordon kniff die Augen zusammen. „Du hast wieder mit ihm gesprochen, oder? Ich habe dich doch gebeten, dich da rauszuhalten, Mutter. Ich bin erwachsen. Dass ich mein Leben verpfuscht habe, ist ganz allein meine Schuld. Niemand sonst ist dafür verantwortlich. Das muss nicht auch dein Leben ruinieren. Halte dich einfach raus. Tu so, als würde ich nicht existieren."

Sie sah ihn betroffen an. „Offensichtlich warst du nie eine Mutter."

Gordon fummelte an seiner Serviette und an seiner Gabel herum. Ein Tropfen Kondenswasser lief an seinem Wasserglas hinab. „Das hast du wirklich messerscharf erkannt."

„Gordon …"

Er beugte sich über den Tisch und sein Gesicht war ihrem so nahe, wie es möglich war, ohne tatsächlich über den Tisch zu klettern. Er konnte sich nicht recht entscheiden, ob es ihn befriedigte oder abstieß, wie sie ihm auswich.

„Nein", sagte er. „Hör auf, dich einzumischen. Es wird Zeit vergehen und am Ende wird sich alles irgendwie fügen. Was ich durchzustehen habe, habe ich mir verdient. Ich habe einen Menschen getötet, Mutter. Dachtest du, der Richter würde mir einen Klaps geben und mich ohne Abendbrot ins Bett schicken? Bitte setze dich nicht noch einmal mit meinem Bewährungshelfer in Verbindung. Wir können uns von dieser Sache nicht freikaufen. Und das möchte ich auch nicht."

26

Bei diesen Worten legte sich seine Mutter die Hand auf die Brust, wobei ihre Diamantringe im Licht schimmerten. Gleich darauf sah sie sich im Restaurant um, um sich zu vergewissern, dass niemand ihre Geste bemerkt hatte. Sie senkte die Stimme. „Ich habe mich nicht mit dem Mann in Verbindung gesetzt, sondern er hat mich kontaktiert. Er macht sich Sorgen um dich."

„Oh, bitte …"

„Er meint, es sei nicht gesund, wie du dich vor der Welt zurückgezogen hast. Du versuchst ja nicht einmal, Arbeit zu finden. Er meint, dass du dich mit den Sozialstunden zufriedengibst. Gordon, du brauchst einen richtigen Job. Vielleicht ist ja genug Zeit vergangen, dass du deinen alten Job wiederhaben kannst. Der Wetterfrosch, den sie jetzt haben, ist nervtötend und unfähig. Alle vermissen dich, da bin ich mir sicher. Und dir muss doch langsam das Geld ausgehen. Du arbeitest seit anderthalb Jahren nicht mehr. Ich weiß nicht, warum du mir nicht gestattest, dir wenigstens dabei zu helfen. Ich könnte dir gleich hier und jetzt einen Scheck ausstellen, Gordon. Das dauert nur eine Minute."

Gordon musste sich dazu zwingen, nicht einfach aufzustehen und wegzugehen. Das würde keinem helfen.

„Mutter, der Sender wird mich keinesfalls wieder einstellen und das erwarte ich auch nicht von ihnen." Er atmete tief ein, um sich zu beruhigen. „Und ich habe noch Geld. Reichlich. Und was meine Zukunft angeht, darum brauchst du dir keine Sorgen zu machen. Ich habe mir das alles überlegt."

Er musste plötzlich an den Revolver in seinem Badschrank denken. Seine Mutter wäre *begeistert*, wenn sie in diesem Moment seine Gedanken lesen könnte.

Sie legte ihm eine Hand auf den Unterarm. Ihre Finger fühlten sich kühl auf seiner Haut an. Kühl und fremd. Er konnte sich beim besten Willen nicht daran erinnern, wann sie ihn zum letzten Mal berührt hatte.

„Ich möchte, dass du einen Termin bei meiner Psychiaterin machst. Vielleicht kann sie dir dabei helfen, dich deiner Schuld zu stellen. Denkst du bitte wenigstens darüber nach? Ich bezahle auch dafür. Sie ist eine wunderbare Frau, Gordon. Das ist sie wirklich. Ich bin überzeugt, dass sie dir helfen könnte, wenn du ihr die Möglichkeit dazu gibst."

Als Antwort darauf hob Gordon die Hand, um den Kellner heranzuwinken, der an der Bar stand. Er machte mit der Hand eine kreisförmige Bewegung über dem Tisch, um zu signalisieren, dass sie bestellen wollten.

„Gordon", sagte seine Mutter. Sie klang entweder verletzt oder wütend. Wie eine Schnecke zog sie sich in ihr Häuschen zurück, als der Kellner an ihren Tisch trat. Sie zog ihre Hand von Gordons Unterarm zurück, nahm die Speisekarte und lächelte den Kellner mit ihrem künstlichen Verkäufer-Lächeln an, als bestünde die Chance, dass er ein Gebot für ein Haus abgeben wollte, das sie schon seit Ewigkeiten loszuwerden versuchte.

„Das Übliche", sagte sie und reichte ihm die Speisekarte. „Danke, Ronald."

Gordon seufzte und überflog dann seine eigene Speisekarte. „Suppe", sagte er schließlich. „Ich nehme nur die Suppe."

Einem stillen Beobachter wäre sicherlich aufgefallen, dass Mutter und Sohn im gleichen Moment den gleichen Gesichtsausdruck aufsetzten. Gegen die Gene konnte man eben nichts tun.

GORDON STIEG in einem der schäbigsten Stadtviertel aus dem Bus aus. Die Häuser waren heruntergekommen, die Zäune verfallen. Aus den Gehwegplatten wuchs das Unkraut. Die Kinder, die auf der Straße spielten, schrien sich auf Spanisch an – zwar waren sie in Amerika geboren, doch sie waren nicht in der Lage, die Sprache ihres Heimatlandes zu sprechen. Er lächelte, als die Kinder an ihm vorbeischossen. Sie waren zu Fuß unterwegs, auf Skateboards und auf klapprigen Fahrrädern. Armut hin oder her, sie genossen ihre Jugend. Sie freuten sich über die Sommerferien, und das Elend, in dem sie lebten, kümmerte sie kein bisschen. Sie kannten nur die Lebenslust der Jugend.

Gordon scheute vor ihrem wilden Lebenshunger und ihrer unerträglichen Freude zurück. Er überquerte die Straße und kam an einen halb verrosteten Maschendrahtzaun, der von Efeu fast vollständig überwuchert war. Auf dieser Seite der Straße war der Fußweg noch mehr mit Unkraut überwachsen. Das lag vielleicht daran, dass auf dieser Seite weniger Menschen liefen, weil man hier nur an einen Ort kam, an den eigentlich niemand wollte.

Er ging für eine halbe Meile an dem Zaun entlang und dann durch einen Durchgang, über dem in rostigen Eisenlettern „Holy Cross Cemetery" stand. Die Schotterstraße, die in sanften Kurven über das Gelände führte, war neu angelegt und roch nach frischem Teer. In der prallen Sonne fühlte sich der Belag unter seinen Füßen klebrig an. Er verließ die Straße und wich auf den Rasen aus, als ein Leichenwagen, gefolgt von der Trauergemeinde, durch den Torbogen fuhr. Die Scheinwerfer glommen schwach in der hellen Nachmittagssonne.

Zwar fühlte er sich dabei etwas albern, aber er stand mit gebeugtem Kopf da, bis die Prozession an ihm vorbei war. Während er wartete, vermied er die verwunderten Blicke und ernsten Gesichter der Trauernden, die ihm aus den klimatisierten Autos entgegenblickten und die dem mit Blumen geschmückten Leichenwagen zur neuen Heimstatt ihres Vaters, ihres Bruders, ihrer Mutter oder ihrer Oma folgten. Viele von ihnen fragten sich vermutlich, wann *sie* diese Reise antreten würden. Und das war ein ziemlich deprimierender Gedanke an so einem heißen Augusttag. Eigentlich sollte man doch barfuß den Strand entlangspazieren oder unter einem riesigen Sonnenschirm picknicken, während die Eiswürfel angenehm im Glas klimperten und Lachen die Luft erfüllte. Stattdessen roch es nach Nelken und Formaldehyd und die Trauernden schluchzten leise vor sich hin.

Man könnte denken, der Tod wäre das Letzte, woran die Menschen unter diesem herrlich tiefblauen Himmel dachten. Doch Gordon wusste es besser. Gordon wusste es besser als der Rest.

Der Tod war immer da – er wartete. Er wartete einfach nur. Um einen aus dem Leben zu reißen oder das Leben, so wie man es kannte, zu beenden. Wenn es nicht der eigene Tod war, dann der eines anderen. Eines Menschen, der einem nahestand. Oder vielleicht doch eines völlig Fremden.

Oh ja, Gordon kannte sich mit dem Tod aus. Er wusste alles, was es darüber zu wissen gab.

Er sah zu, wie die Trauergemeinde an ihm vorbeifuhr. Die Autos verschwanden hinter einem Berg, auf dem eine Gruppe peruanischer Pfefferbäume stand. Die Stille überrollte ihn wieder, als nähme sie diese kleine Unterbrechung übel. Die Stille an diesem Ort schien so allumfassend, dass sogar die Vögel in den Bäumen ohne Stimme waren. Die Anwesenheit des Todes hatte sie verstummen lassen.

Um ihn herum lag der Friedhof in der glühenden Hitze da und moderte vor sich hin wie ein überfahrenes Tier am Straßenrand. Gordon ging über das Gras und bildete sich ein, dass er die Leichen riechen konnte, die in ihren Särgen unter der Erde lagen. Himmel, er *hoffte* zumindest, dass er sich diesen Geruch nur einbildete.

Nur um sicherzugehen atmete er tief ein und versuchte, die Gerüche zuzuordnen, während er auf einem kleinen Hügel stand. Schweiß (sein eigener), frisch gemähter Rasen, Abgase von der Autobahn hinter dem nächsten Berg. Nichts, was an verwesende Körper erinnerte. Nur ein weiterer Sommertag und die Leichen in seinem Keller. Gordon zwang sich, weiterzugehen. Sein Gesicht war ernst und er hatte die Zähne zusammengebissen, weil die Erinnerungen versuchten, sich an die Oberfläche zu kämpfen. Er ging in Richtung eines Fleckens Erde, den er von hier aus schon sehen konnte. Der Ort hieß Guadalupe Circle, eine der „Abteilungen" des Friedhofs. Man hatte ihnen Namen gegeben, um den Lebenden das Gefühl zu vermitteln, auch bei den Toten gäbe es so etwas wie Wohngegenden. Dort befand sich das Grab, das er besuchen wollte. Ein Grab, das er fast jeden Tag besuchte.

Ein Grab, das er selbst gefüllt hatte.

Ganz bewusst versuchte Gordon, an nichts Bestimmtes zu denken, denn nur so konnte er mit den Gefühlen umgehen, die ihn an dieser Stelle immer übermannten. Trauer legte sich über ihn, als er an der Reihe der Grabsteine vorbeiging. Die meisten standen schon länger als er auf der Welt war, und alle standen für ein Leben, das er nie gekannt hatte und nie kennenlernen würde. Im Vorbeigehen berührte er jeden Grabstein mit den Fingerspitzen, so als wollte er Hallo sagen. Eine kurze Beileidsbekundung, ein Augenblick des Respekts. Und irgendwie auch eine Entschuldigung. Ja, selbst im Angesicht dieser verstorbenen Seelen konnte er sich in seiner Schuld aalen.

Schweiß brannte ihm in den Augen, als er den kleinen Hügel erklomm, der sich in der Mitte des Guadalupe Circle erhob. In der Ferne konnte er sein Ziel sehen – ein Viereck frischen Grases, das noch nicht so dunkelgrün war wie das umgebende Land. Doch das würde es bald sein. Schon heute war das Viereck frisch gesäten Grüns weniger auffällig als bei Gordons letztem Besuch. Aus der Entfernung war es nur noch schwer auszumachen. In einem Monat würde er es vermutlich erst erkennen, wenn er schon darauf stand.

Er dachte daran, was das frische Grün bedeckte.

Sein Atem kam jetzt hörbar und seine Augen brannten weder vom Schweiß noch vom Geruch des frisch gemähten Grases. Sie brannten, weil seine Gefühle an die Oberfläche drängten. Seine eigene erschöpfte Traurigkeit. Er konnte seine Gedanken nicht länger unterdrücken. Sie attackierten ihn aus jeder Richtung.

Die letzten paar Meter bis zum höchsten Punkt legte er wie ein alter Mann zurück, mit den Händen auf den Knien, während er mit angestrengten Schritten nach oben kletterte. Die aufrecht stehenden Grabsteine ließ er hinter sich und betrat ein neu angelegtes Grabfeld. Ein Großteil der Erde war noch jungfräulich.

Ohne Stein.

Leer.

Jeremy Aldritch Booth war erst die zweite Person gewesen, die hier beerdigt worden war. Und auch jetzt gab es nur eine Handvoll weiterer Grabstellen. Irgendwann in einer fernen Zukunft würde auch dieser Teil des Holy Cross Cemetery alt und wettergegerbt sein. Genauso wie der Rest. Doch im Moment machte der Hügel auf dem Guadalupe Circle den Eindruck einer frischen, noch blutenden Wunde. Und diese Wunde schmerzte noch.

Stach noch.

Gordon blieb genau am Rand des Vierecks aus frischem Gras stehen. Der Grabstein lag flach auf der Erde, genau wie alle anderen. Das machte es einfacher, den Rasen zu mähen. Es schien ihm ein trauriges Zugeständnis zu sein, das eigene Leben auf einen flachen Grabstein zu beschränken, der nicht einmal aus der Ferne zu sehen war. Es schmerzte Gordon, dass Jeremy Aldritch Booth diese letzte Demütigung, diese letzte Niederlage über sich ergehen lassen musste. Nach allem, was dieser junge Mann hatte ertragen müssen, brachte das das Fass zum Überlaufen.

Mit zitternden Fingern wischte er sich den Schweiß von der Stirn und drückte sich den Handrücken gegen die Augen, um seine Tränen zu unterdrücken. Als er die Augen öffnete und gegen das Sonnenlicht anblinzelte, starrte er auf den flachen Grabstein vor sich.

Jeremy Aldritch Booth
1988 – 2012
In Gottes liebenden Armen

Gordon schloss die Augen und erinnerte sich zum hundertsten Mal an den Moment: das Quietschen der Reifen, Scheinwerfer, die die Nacht durchschnitten, zwei junge Gesichter hinter der Windschutzscheibe, voller Angst und Schrecken. Dann der ohrenbetäubende Aufprall, der dafür sorgte, dass Gordon von einem Moment auf den anderen wieder nüchtern wurde. Der schwindelerregende Moment, als sich Gordons Wagen um die eigene Achse drehte und die Welt plötzlich aus den Fugen geriet. Sein Handy, das Handy, mit dem er so betrunken nie SMS hätte schreiben dürfen, wurde ihm aus der Hand gerissen und verschwand auf Nimmerwiedersehen. Und dann, als letztes, dieser schreckliche Schrei.

Und als er sich erinnerte, weinte er.

Gordon saß im Gras neben dem Grabstein und wischte ein paar abgemähte Grashalme von dem Stein. Aus der Richtung, in die die Trauergemeinde gefahren war, hörte er eine einsame Fanfare. Die traurigen Töne des Instruments wehten durch Bäume und Sträucher und über Gräber, so als wollten sie fliehen. Als die Melodie verklang und es wieder still auf dem Friedhof wurde, berührte Gordon mit vorsichtigen Fingern die Inschrift auf der Grabplatte.

„Es tut mir leid, Jeremy", murmelte er leise. „Es tut mir so leid." Doch wie immer antwortete ihm nur die Stille.

Stunden später, als schon ein Halbmond am Himmel hing und die Welt in ein Tuch aus Dunkelheit eingewickelt war, das den gesamten Himmel überspannte, machte sich Gordon auf demselben, von Unkraut überwachsenen Gehweg auf den Heimweg, auf dem er gekommen war. Er war zu müde, um sich gegen die Gedanken zu wehren, die sich ihm aufdrängten. Sein Herz war zu schwer. Er ergab sich einfach und seine Gedanken stürmten auf ihn ein.

Wo am Nachmittag noch Kinder gewesen waren, waren nun finster blickende junge Männer, die sich an schäbige Häuserwände lehnten und unter schummrigen Straßenlaternen standen. Sie waren nicht so immun gegen ihre Armut, wie es die Kinder gewesen waren. Man konnte es daran sehen, wie sie den Kopf hielten, wie sie die Schultern strafften, um das Gewicht dessen zu tragen, was sie nicht besaßen – was sie *nie* besitzen würden. Als Gordon vorbeiging, beäugten sie ihn misstrauisch, während im Hintergrund mexikanischer Pop aus einem Autoradio oder ein Boom Box plärrte und die Nacht mit Hoffnungslosigkeit erfüllte. Die verzweifelten Töne der Gitarre rissen am Herzen. Es war die Musik von Verlust und Not und endlosem Leid. Gordon kannte diese Melodie nur zu gut.

Nie belästigten die finster dreinblickenden Männer, die sich in Häuserecken und unter Straßenlampen drängten, Gordon. Vielleicht, weil sie in ihm eine größere Hoffnungslosigkeit sahen als in sich selbst. Jede Nacht ließen sie ihn schlicht passieren.

Und jede Nacht hoffte er aufs Neue, dass sie es nicht tun würden.

Er machte einen Zwischenstopp bei einem Alkoholgeschäft fünf Blocks von seiner Wohnung entfernt und kaufte dort ein Fünftel des billigsten Wodkas. Mixgetränke kosteten zu viel Geld. Er würde den Wodka mit Wasser gemischt trinken, wenn er nach Hause kam.

31

Gordon trug den Wodka in einer Papiertüte nach Hause und nahm hin und wieder einen Schluck, weil er plötzlich beschlossen hatte, dass er nicht warten konnte. Als er an seiner Wohnungstür ankam, war er bereits betrunken.

Der Gedanke an den Revolver in seinem Badschrank füllte seinen Kopf. Er dachte daran, wie sich die Waffe in seiner Hand anfühlte. Wie sie ihn beruhigte. Und dann schob er den Gedanken beiseite.

Wieder schlief er betrunken ein. Und am nächsten Morgen würde er wieder aufwachen und feststellen, dass er nicht tot war.

War es heute so weit?, war der erste Gedanke, der ihm beim Aufwachen durch den Kopf schoss. Er stolperte in Richtung Badezimmer. Und zum allerersten Mal fürchtete er sich davor, den Badschrank zu öffnen und die Waffe anzusehen.

Er fürchtete, dass er sie an diesem Tag in die Hand nehmen würde. Dass er sie diesmal benutzte.

4

SAMSTAG UND Sonntag waren seine freien Tage und er musste nicht in Mama Davis' Suppenküche arbeiten. Am Samstag verschlief er den Tag, bis die Sonne hinter den Zypressen verschwand, die sich neben dem Canyon in der Nähe seines Wohnhauses erhoben. Ihm fiel nicht auf, wie es in seinem Schlafzimmer langsam dunkler wurde. Stattdessen träumte er. Der Abend brachte eine kühle Brise mit sich, die sacht seine nackte Haut streichelte, während er auf den zerknitterten Laken lag.

Es war der Schrei eines Kojoten unten aus dem Canyon, der vielleicht gerade auf die Jagd ging, der Gordon fast, aber doch nicht ganz aufweckte.

Der Kojote schlüpfte in seinen Traum wie ein Wahnsinniger durch eine unverschlossene Tür. In seinem Traum war es jedoch kein Kojote, sondern ein Wolf. Wild, verrückt. Das Wesen verfolgte ihn durch die verlassenen Straßen der Stadt, wo jede Tür, an die er kam, verschlossen war. Gordon weinte vor Angst, als er nackt von einer Straße in die nächste lief. Der Wolf war ihm immer auf den Fersen. Er schnappte nach seinen Füßen und Speichel tropfte ihm von den Lefzen. Nicht ein einziges Mal wandte er seinen grauen, wahnsinnigen Blick ab, während er Gordon durch die menschenleeren Straßen verfolgte. Seine Wut konzentrierte sich auf Gordon und auf niemanden sonst.

Als Gordon stolpernd floh und seine Kraft fast verbraucht war, zerriss plötzlich das Geräusch quietschender Reifen und eines aufheulenden Motors die Stille. Eine schwarze Limousine fuhr über die Kreuzung vor ihm. Sie nahm eine Kurve und hielt direkt auf ihn zu. Ihr blank polierter Kühlergrill glitzerte im Sonnenlicht wie das Gebiss eines Raubtiers. Eine Radkappe löste sich und rollte scheppernd gegen ein geparktes Auto. Die Limousine selbst machte den Eindruck eines wahnsinnigen Biests. Ihre Fensterscheiben waren geschwärzt und man hatte schwarze Federbüschel an den Kotflügeln angebracht. Gordon brauchte einen Augenblick, bis er begriff, dass es sich um einen Leichenwagen handelte. Einen verfluchten Leichenwagen.

Gordon sah seine Chance, dem Wolf zu entfliehen und er rannte mit weit ausgebreiteten Armen auf den Leichenwagen zu. Er bettelte darum, mitgenommen zu werden. Bettelte darum, dass diese Angst aufhören würde. Er wollte das wilde Tier, das ihn verfolgte, endlich los sein. Wenn er dafür sterben müsste, wäre das auch in Ordnung. Der Leichenwagen könnte ihn überfahren und damit sein Leid und seine Angst und seine ewige Flucht beenden. Genau hier und genau jetzt.

Der Motor des Leichenwagens heulte auf, als er beschleunigte, und Gordon lächelte. Doch dann erlosch das Lächeln auf seinem Gesicht, als die Windschutzscheibe plötzlich das Licht reflektierte – *oder war es ein Splitter der*

Erinnerung – und er zwei Gesichter erkennen konnte, die ihn anstarrten. Irrsinnige Gesichter. Verrückt lachende Gesichter. Hämisch lachend. Ihre klauenartigen Finger klammerten sich am Armaturenbrett fest, während sie gespannt wartend durch die Windschutzscheibe blickten, wartend, immer wartend. Beim Lachen entblößten sie ihre Zähne und ihr bösartiges Kichern war in der ganzen Straße zu hören.

Hinter ihm wurde der Wolf wahnsinnig vor Eifersucht, als er bemerkte, dass ihm diese andere Kreatur seine Beute streitig machen wollte. Sie war dabei, ihm Gordon zu entreißen.

Als er das schauerliche Geheul des Wolfs vernahm, hörte Gordon auf wegzulaufen. Er wusste, dass er verloren hatte. Er stolperte in die Mitte der Straße und wartete darauf, dass das Schicksal sich dafür entscheiden würde, wie diese Geschichte ausginge – er wartete darauf, welche Kreatur sich zuerst seiner bemächtigen würde. Es kümmerte ihn nicht, wer. Sowohl der Wolf als auch der Leichenwagen würden sein Leiden und seine Angst beenden. Er wünschte sich nur den Tod. Ihm war egal, wie dieser ihn ereilte. Ihm war egal, wer ihn zuerst mit todbringenden Schwingen segnen würde.

Sein eigener Schrei voller Panik und Hoffnungslosigkeit weckte ihn auf. Der Nachhall seines Schreis hing in den Wänden des Schlafzimmers fest.

Immer noch vor Angst weinend, rappelte er sich in eine sitzende Position auf und sah sich mit angsterfüllten Augen um. Er spürte, wie sein Herz in seiner Brust wild schlug. Kalter Schweiß rann an seinem Körper herunter. Er konnte den Alkohol auf seiner Zunge spüren, den stinkenden Schweiß auf seiner Haut riechen, spürte das alte, ungewaschene Bettzeug unter sich.

Er arbeitete sich bis zur Bettkante vor und hielt sich den Kopf, als dieser bei der Bewegung zu pochen begann. Als der echte Kojote erneut im Canyon heulte, fing Gordons Herz vor Panik an zu rasen.

Dann wurde er langsam wirklich wach. Es war ein Traum gewesen.

Er stand auf und stolperte von Zimmer zu Zimmer, nicht sicher, wonach er eigentlich suchte. Vielleicht wollte er nur sichergehen, dass er allein war. Dass der Wolf verschwunden war.

Er hielt sich am Türknauf der Küchentür fest und starrte finster auf die halb leere Wodkaflasche auf dem Küchentresen. Sie war immer noch in der Papiertüte versteckt. Er konnte sich noch daran erinnern, dass er die Flasche auf seinem Heimweg vom Friedhof letzte Nacht gekauft hatte, aber er konnte sich beim besten Willen nicht daran erinnern, sie getrunken zu haben. *Dass* er sie getrunken hatte, war unbestritten. Das Pochen in seinem Schädel war ein eindeutiges Indiz.

Gordon stand nackt in seiner dunklen Wohnung und spürte, wie sein ganzer Körper vor Schmerz anfing zu zittern. Er war so verkatert, dass sich selbst seine Morgenlatte nicht blicken ließ, und die ließ ihn eigentlich nie im Stich.

Mit zitternden Händen holte er die Flasche aus der Papiertüte. Nach ein paar erfolglosen Versuchen gelang es ihm, mit widerspenstigen Fingern den Schraubverschluss zu öffnen, und er führte die Flasche zum Mund. Der erste

Tropfen brannte ihm in der Kehle und entlockte ihm ein Keuchen. Ihm drehte sich der Magen um. Er beugte sich über das Spülbecken und erbrach sich über einen Berg dreckigen Geschirrs.

Er hob den Kopf und sah mit tränenverschleiertem Blick aus dem Küchenfenster. Wie würde das wohl alles enden, fragte er sich. Er konnte nicht mehr lange so weitermachen, das wusste er. Irgendwann würde der Alkohol seinem Körper wirklich zusetzen.

Bei diesem Gedanken hob er die Wodkaflasche erneut an die Lippen.

Iss etwas, sagte er zu sich selbst. *Hör auf zu trinken und iss stattdessen etwas.*

Bei dem Gedanken an Essen musste er sich fast wieder übergeben. Ein dritter Schluck Wodka vertrieb das flaue Gefühl im Magen. Und ein vierter Schluck sorgte dafür, dass seine Hände nicht mehr zitterten.

Die Wände seiner Wohnung schienen auf ihn zuzukommen. Er konnte praktisch fühlen, wie sie immer näherkamen. Er brauchte Luft. Er brauchte Licht.

Er stolperte ins Schlafzimmer und klaubte seine Klamotten vom Boden auf. Er hatte diese Sachen zwar schon gestern getragen, doch das war ihm egal. Er zog sie sich über – dasselbe dreckige T-Shirt und dieselbe Jeans. Beides roch nach altem Bratenfett. Vor Verzweiflung kamen ihm fast die Tränen, als er auf der Suche nach seinen Schuhen alle Zimmer durchstreifte. Er fluchte leise vor sich hin und hielt die Wodkaflasche umklammert, von der er in regelmäßigen Abständen einen Schluck nahm.

Schließlich entdeckte er seine Schuhe hinter dem Sofa. Er musste sie wohl dorthin geworfen haben. Seine stinkenden Socken steckten ordentlich in den Schuhen, also zog er sie sich an und schlüpfte dann in die Schuhe. Mit etwas ruhigeren Händen band er sich die Schnürsenkel zu.

Im Flur fand er einen Zwanzigdollarschein, der auf dem Boden lag. Wer weiß wie lange schon. Er steckte sich den Schein in die Hosentasche, kramte in der Kommode nach einer weiteren Dollarnote und schnappte sich seine Wohnungsschlüssel, die am Fuß des Bettes halb vergraben in verknoteten Bettlaken lagen.

Als er auf dem Weg zur Wohnungstür das Wohnzimmer durchqueren musste, schaute er absichtlich nicht in den Spiegel, der über dem gasbetriebenen Kamin hing. Er musste nicht sehen, wie schlecht er aussah. Er konnte sich das ziemlich gut vorstellen. Er hatte in den letzten zwei Tagen weder geduscht noch die Sachen gewechselt. Seine Haare waren ungekämmt und sein Atem stank wie ein verstopftes Klo. Wen kümmerte das schon?

Der Albtraum mit dem Wolf und dem schwarzen Leichenwagen saß ihm immer noch in den Knochen, als er in den Hausflur hinaustrat. Er nahm einen letzten Schluck vom Wodka und warf die leere Flasche zurück in seine Wohnung, wo sie durch den Flur kollerte und schließlich unter dem Couchtisch zu liegen kam. Dann schloss er die Tür.

Als er das Gebäude verließ, blinzelte er gegen den Sonnenuntergang an, zog sich die Baseballmütze tiefer in die Stirn und ging auf unsicheren Beinen auf die Straße.

Er hatte nicht die geringste Ahnung wohin er ging. Er wusste nur, er musste gehen.

Alle paar Meter drehte er sich um, um sich zu vergewissern, dass er nicht verfolgt wurde. Zweimal blieb er stehen und horchte, ob er hinter sich das Knurren eines Wolfs hörte.

Seine Augen schwammen in Tränen und als er lief, war sein Herz ein schmerzender Klumpen in seiner Brust. Während er immer einen Fuß vor den anderen setzte, weinte er um all die Dinge, die er verloren hatte. Und die wenigen, die er noch verlieren konnte.

DIE NACHT war stockfinster. Nirgends war ein Licht zu sehen.

Gordon saß unter der Autobahnbrücke und konnte sich nicht so recht erinnern, wie er hierhergekommen war. Er wusste auch nicht genau, wo sich die Autobahn befand. Er wusste nur, dass es eine Autobahn war, weil über ihm pausenlos der Verkehr lärmte. Er saß gegen einen Pfeiler gelehnt da, der gegen Erdbeben mit Stahl verstärkt war und ihm unangenehm in den Rücken stach. Er vibrierte von der permanenten Bewegung der Autos. Er hatte sich auf der blanken Erde niedergelassen, auf der Geröll herumlag. Der Boden war so trocken und staubig wie die Wüste. Er befand sich auf einer kleinen Anhöhe und seine Füße lagen tiefer als sein Kopf.

Ein kühler Luftzug streichelte sein Gesicht. Die Luft roch nach Salzwasser und Fisch, also war er wohl irgendwo in der Nähe des Strands. Die Brise fühlte sich zwar gut an, doch die Dunkelheit fing an ihn zu beunruhigen. Er konnte hören, dass irgendwo zu seiner Linken Wasser gegen Steine schwappte.

Es dauerte einen Moment, bis er bemerkte, dass es doch nicht stockfinster war. Das hatte er sich nur eingebildet, weil er die Augen geschlossen hielt.

Mein Gott, war das dumm von ihm.

Unter Einsatz all seiner Geisteskräfte gelang es ihm, ein Augenlid zu heben. Nachdem er ein paar Augenblicke ausgeruht hatte, konnte er auch das andere Auge öffnen. Bei dem Anblick, der sich ihm bot, seufzte er erleichtert auf. Er sah die Bucht. Er sah die Bucht von San Diego. Sie erstreckte sich voller Farbe und Licht vor ihm und erschien ihm wie eine Leinwand in Acryl gemalt – Flecken von Gelb und Lila und Rosa und überraschendes Weiß hüpften über das Wasser und den Himmel, als hätte Seurat den Pinsel geführt. Die Nacht des Pointillismus. Auf dem schwarzen Wasser spiegelte sich der Mond. Die hellen Flecken der Mondspiegelung wechselten sich mit grünen Lichtern von der Coronado-Brücke ab. Die Brücke, die am Tage blau war, doch jetzt in der Nacht in dunklen Ebenholztönen dalag, verband die Stadt mit Coronado Island, das man in der Ferne erahnen konnte. Da begann

Gordon zu verstehen, dass er sich gar nicht unter der Autobahn befand. Er saß unter der Coronado-Brücke. Er befand sich am Anfang der Brücke auf der Stadtseite.

Er brauchte eine Weile, um sich zu orientieren. In der Nähe war das Barrio. Und Chicano Park. Super. Er fragte sich, warum er nicht zusammengeschlagen oder ausgeraubt oder von ein paar zwölfjährigen Latinokids, die sich im Verbrechen üben wollten, aus einem vorbeifahrenden Auto angeschossen worden war.

Das Barrio war für einen Weißen nicht die beste Gegend. Tatsächlich war es die schlechteste. Besonders nachts. Besonders *spätnachts*. Und ganz besonders spätnachts, wenn man betrunken war und hungrig wie ein Bär und schwach wie ein Baby. Und wenn man sich noch nicht einmal erinnern konnte, wie man überhaupt hierhergekommen war.

In der Dunkelheit unter der Brücke sah Gordon prüfend an sich hinunter. Die Spiegelungen des Wassers reichten aus, um ihm ein waberndes, flackerndes Licht zu schenken. Was er sah, war nicht gerade aufbauend. Die Knie seiner Hose waren zerrissen. Er musste wohl gefallen sein, wobei dann der Stoff zerrissen war. In dem Moment, als diese Erkenntnis sein Hirn erreichte, berührte er vorsichtig seine zerschrammten Knie. Er keuchte vor Schmerz auf und zog die Hände zurück. In beiden Knien pochte jetzt der Schmerz. Das hatte ihm gerade noch gefehlt.

Seine Kleidung starrte vor Dreck. Wobei es nicht nur Dreck zu sein schien. Sein T-Shirt machte jedenfalls den Eindruck, als hätte jemand draufgekotzt, vielleicht sogar mehr als einmal. Seine Hosenbeine waren nass und kalt, seine Mütze sowie Schuhe und Socken fehlten gänzlich. Düster erinnerte er sich daran, durch Wasser gewatet zu sein. Er war durch die Bucht gewatet und hatte dabei gelacht.

Herrgott noch mal, was hatte er schon für einen Grund zu lachen?

Er horchte in sich hinein und stellte überrascht fest, dass er sich nicht allzu schlecht fühlte. Zumindest schien er keinen Kater zu haben, so wie es der Fall gewesen war, als er die Wohnung verlassen hatte. Doch wann genau war das gewesen? Vor ein paar Stunden? Vor einem Tag? Einer Woche? Wie lange saß er schon unter dieser Brücke? Während er immer noch unter der Brücke saß und in sich hineinhorchte, stellte er fest, dass sein Körper hungrig war. Er war am Verhungern. Er konnte sich nicht erinnern, wann er das letzte Mal etwas gegessen hatte. War es vielleicht die Suppe gewesen, die er im Grant Grill gegessen hatte, während seine Mutter ihn sich zur Brust genommen hatte? War das schon so lange her? Das war – was … zwei Tage her? Gestern? Letztes Jahr?

Er schob den Gedanken an Essen beiseite und konzentrierte sich auf Naheliegenderes. Zum Beispiel darauf, was zum Henker er hier eigentlich machte.

Er erinnerte sich, dass er mal einen Artikel über einen Obdachlosen gelesen hatte, der gestorben war, nachdem ihn unter einer Unterführung eine Klapperschlange, während er schlief ins Gesicht gebissen hatte. Gordon sah sich nervös um, konnte jedoch keine Schlangen sehen. Er sah jedoch einen anderen Menschen. Er blinzelte überrascht.

Wer zum Teufel war das?

Der andere Mensch schien zu schlafen. Ungefähr drei Meter von Gordon entfernt hatte er sich mit dem Rücken zu Gordon zusammengerollt. Er trug einen abgetragenen Pullover und eine Wollmütze, die er sich tief ins Gesicht gezogen hatte. Die Schuhe hatte er sich als Kissen unter den Kopf gelegt. Die Socken hatte er sich von den Füßen gezogen, weshalb Gordon sich fragte, warum er überhaupt welche besaß. Dann musste Gordon einsehen, dass der Mann besser dran war als er. Wenigstens *hatte* er Socken und Schuhe.

Als er Schritte hörte, zuckte Gordon erschrocken zusammen. Das Geräusch kam von hinter ihm. Unter den Füßen des Herannahenden knirschten Steinchen und er trat Geröll los, das in einer kleinen Lawine abwärts in Richtung Wasser kullerte. Zu seiner Linken sah Gordon jemanden in einem übergroßen Mantel den Hügel herunterkommen. Er stolperte und schlitterte hinunter, bis er sich unter die Brücke ducken konnte.

Die Person kam auf Gordon zu und legte ihm eine Hand auf die Schulter. Gordon bekam fast einen Herzinfarkt.

In dem schummrigen Licht konnte er das Gesicht des Mannes nicht ausmachen. Er konnte nur einen braunen Trenchcoat, abgetragene Tennisschuhe und ein Baseballcap erkennen. Der Mann hielt etwas in der Hand, doch Gordon konnte nicht erkennen, was es war.

„Nicht!", rief Gordon angstvoll und versuchte, die Hand auf seiner Schulter loszuwerden. „Was wollen Sie? Was tun Sie da?"

Der Mann beugte sich zu ihm herunter, sodass ihre Gesichter nahe beieinander waren. In dem schlechten Licht konnte er zwar immer noch nicht das Gesicht des Mannes erkennen, doch er sah, dass er sich einen Finger an die Lippen hielt, um Gordon zu signalisieren, dass er leise sein sollte.

„Sag nichts", flüsterte der Mann. Was er gerade noch in den Händen gehalten hatte, legte er nun Gordon in den Schoß. Es handelte sich um Gordons Schuhe. Seine Schuhe und seine Socken. Wieder flüsterte der Mann, gerade so laut, dass Gordon ihn verstehen konnte. „Zieh die an. Beeil dich. Wir müssen hier weg. Sie sind gleich da."

„Wer ist gleich da?", fragte Gordon, doch der Mann legte ihm einen Finger auf die Lippen, um ihn zum Schweigen zu bringen.

„Schnell", sagte er.

Entweder Gordon hörte etwas in seiner Stimme oder er sah seine angespannte Körperhaltung. In jedem Fall kam nun die Dringlichkeit der Worte auch in seinem verschlafenen Verstand an. Ihm kam die Idee, dass vielleicht tatsächlich eine Gefahr drohte und dass dieser Mann ihm tatsächlich helfen wollte. Weil er keinen besseren Plan hatte, zog er sich seine Schuhe an. Mit den Socken hielt er sich nicht auf. Mittlerweile hatte er zu viel Angst. Die Schuhe würden reichen müssen.

„Gut", sagte der Mann, als er feststellte, dass Gordon endlich reagierte. Der Mann im Trenchcoat krabbelte auf Händen und Füßen hinunter zu dem schlafenden Obdachlosen.

Während Gordon versuchte, seine Füße in die kalten und nassen Schuhe zu stecken – er musste sie wohl angehabt haben, als er durch die Bucht gewatet war – versuchte der Mann, den Obdachlosen zu wecken.

Der Schlafende schüttelte den Arm des Fremden ab, genau wie Gordon es getan hatte, doch er beließ es nicht dabei. Er fluchte und schubste den Mann im Trenchcoat weiter den Hügel hinab. „Bleib mir vom Leib, Blödmann", fluchte er.

Gordon, der sich gerade mit steifen Fingern die Schuhe band, hörte den Mann im Trenchcoat „Narr" murmeln. Dann konzentrierte er sich wieder auf Gordon.

Wieder legte er sich einen Finger an die Lippen. Dann nahm er Gordons Hand und führte ihn nach unten zu den Felsen. Sie schlitterten und stolperten und standen schließlich an der Bucht. Riesige, quadratische Betonklötze trennten sie vom Wasser. Vermutlich hatte man sie hier platziert, um Flutschäden vorzubeugen. Er konnte sich jedenfalls keinen anderen Grund vorstellen, warum die Stadt sie sonst hier verteilt hätte.

Der Mann im Trenchcoat hielt immer noch Gordons Hand und zog ihn von der Brücke weg. Er lief geduckt und aus lauter Angst machte Gordon es ihm nach. Er wusste zwar immer noch nicht, wovor sie eigentlich flüchteten, doch ihm war instinktiv klar, dass sie das Richtige taten.

Gordon konnte immer noch nicht das Gesicht des Mannes sehen, doch er erkannte, dass er klein und schlank war und dass Strähnen blonden Haars unter seiner Kappe hervorlugten. Das Haar fiel ihm bis auf den Kragen seines Mantels und manchmal wurde es von einer Brise erfasst, die von der Bucht hereinwehte. Es entging Gordon nicht, dass der Mann ordentlicher angezogen war als er selbst. Da es sich offensichtlich um einen Obdachlosen handelte, war das eine ziemlich deprimierende Erkenntnis. Wäre er nicht so hungrig und verängstigt gewesen, wäre er wohl errötet.

Als er Geräusche hörte, zog der Mann im Mantel ihn zu Boden, sodass sie sich zwischen den Betonblöcken verstecken konnten, von denen manche so groß wie ein Volkswagen waren. Als Gordon zum Sprechen ansetzte, legte sich der andere Mann einen Finger an die Lippen, um ihn davon abzuhalten. Er hatte Gordon einen Arm um die Schultern gelegt. Seltsamerweise war das ein beruhigendes Gefühl. Der Mann schien ihn zu beschützen. Gordon wusste nicht so recht warum, doch er war sich sicher, dass, was auch immer gleich passieren würde, nichts Gutes war. Wenn dieser Mann ihn nicht von der Brücke weggezerrt hätte, wäre Gordon jetzt in Gefahr. Das wusste er instinktiv und er war dankbar.

Er versuchte, dem Mann ein „Danke" zuzuflüstern, doch wieder forderte dieser ihn auf, leise zu sein.

Das kalte Meerwasser durchnässte seine Schuhe, während er geduckt dasaß und er zitterte, weil ihm kalt und er müde war. Er hörte, wie die Stimmen näherkamen. Männliche Stimmen. Sie sprachen Spanisch.

Sie lachten und es klang, als wären sie zu dritt oder zu viert. Der Klang ihrer Stimmen veränderte sich, als sie den Bereich unter der Brücke betraten, genau dort, wo Gordon noch vor zwei Minuten gelegen hatte. Sie sprachen jetzt leiser miteinander und ihre Stimmen klangen blechern. Manchmal wurden sie von dem Autolärm über ihnen gänzlich verschluckt.

Gordon spähte über den Betonklotz vor sich und war immer noch froh, den Arm seines Retters auf seinen Schultern zu spüren. Er sah den hellen Strahl einer Taschenlampe die Dunkelheit durchschneiden, doch dann erlosch das Licht.

Es war zu dunkel unter der Brücke, als dass man hätte sehen können, von wo die Stimmen kamen, doch er hörte jemanden lachen. Dann folgte ein Fluch. Das Gelächter kam von den Hispanos. Der Fluch stammte von dem Obdachlosen, der die Warnung des Mannes im Mantel in den Wind geschlagen hatte.

Plötzlich, überdeckt von noch mehr Gelächter, hörte Gordon eine Flüssigkeit schwappen. Der Obdachlose stieß noch mehr Flüche hervor. Er fluchte allerdings nicht aus Wut, sondern aus Angst. Ein winziges Licht glomm plötzlich unter der Brücke auf – ein Streichholz. Der Obdachlose schrie „Nein!", doch noch bevor der Ruf von den Betonpfeilern widerhallen konnte, erhellte eine Stichflamme die Szenerie.

Gordon keuchte erschrocken auf, als der Obdachlose, in ein Flammenmeer getaucht, schreiend aufsprang und gleich darauf wortlos in sich zusammensank. Eine Gruppe von vier oder fünf Jugendlichen stand ein paar Meter entfernt und beobachtete den Todeskampf des Mannes. Einer von ihnen kicherte vor sich hin und klang dabei wie ein Mädchen. Gordon starrte auf die Leiche, die auf der Anhöhe lag und wie ein gemütliches Lagerfeuer brannte. Nichts bewegte sich mehr und Gordon wusste, der Mann war tot.

Der Mann im Trenchcoat wandte sich von dem Spektakel ab und drückte seine Wange an Gordons Brust. Die Intimität dieser Geste überraschte ihn. Da er seinem Retter etwas zurückgeben wollte, legte er ihm nun seinerseits einen Arm um die Schulter. Er zog ihn an sich, sodass ihn die blonden Haare seines Retters in der Nase kitzelten, und beobachtete, wie die Flammen immer weniger intensiv brannten.

Als das Feuer schon fast aus war, hörte er weiteres Gelächter von den Jugendlichen unter der Brücke. Wut stieg in Gordon auf.

Er kämpfte gegen das Gefühl an, weil er wusste, dass er nicht in der Position war, irgendetwas an den Geschehnissen zu ändern. Also vergrub er sein Gesicht im Nacken des anderen Mannes. Dieser wiederum verstand offenbar Gordons Emotion und zog ihn näher an sich. Gordon hatte den Eindruck, dass ein Schauer durch den Körper des Mannes lief. Erst da erkannte er, dass er weinte.

Gordon hielt ihn fest und zusammen lauschten sie darauf, wie die Männer in der Dunkelheit verschwanden. Stille breitete sich aus und die letzten Flammen des Feuers erloschen mit einem Knacken. Nach ein oder zwei Herzschlägen schien es, als wäre gar nichts passiert. Schon gar kein Mord. Erneut waren nur die Wellen zu hören, die sanft gegen den Strand schlugen.

Als der Gestank nach verbranntem Fleisch sie erreichte, schloss Gordon die Augen, doch das half nicht. Er befreite sich aus der Umarmung seines Retters und bat: „Bring mich von hier weg. Bitte."

Der blonde Mann nickte, schniefte und wischte sich die Tränen aus dem Gesicht. „Dann komm", flüsterte er. „Ich bringe dich nach Hause."

Überrascht fragte Gordon: „In *mein* Zuhause?"

„Nein", sagte der Mann. „Meins."

„Oh", sagte Gordon. „Ich dachte …"

„Psst."

Sie warteten weitere fünf Minuten, bis sie sicher sein konnten, dass die Jugendlichen wirklich verschwunden waren. Dann nahm der blonde Mann wieder Gordons Hand und zog ihn aus ihrem Versteck zwischen den Betonblöcken.

„Danke", murmelte Gordon und der andere Mann nickte.

Sie waren fast eine Stunde unterwegs.

Einmal, als Gordons Kräfte drohten ihn zu verlassen, hielt der blonde Mann unter einer Laterne an, was Gordon dazu veranlasste, stolpernd neben ihm zum Stehen zu kommen. Er packte Gordon an den Armen und sagte: „Sie haben ihn umgebracht."

Gordon nickte. „Ich weiß. Es tut mir leid." Er schob die Mütze des Mannes zurück und war überrascht, Tränen in seinen Augen zu sehen. Und mit seinem ersten richtigen Blick in das Gesicht seines Retters, sah er auch etwas anderes.

„Ich kenne dich", sagte Gordon und der junge Mann in dem zu großen Trenchcoat, den abgetragenen Tennisschuhen und dem langen, blonden Haar sah ihn traurig an. „Du bist der Typ aus der Suppenküche. Der, auf dem die drei Idioten herumgehackt haben. Sie haben dich Squirt genannt."

Ein winziges Lächeln umspielte Squirts Mund. Eine Träne lief ihm in den Mundwinkel und Gordon sah fasziniert zu, wie Squirt sie aufleckte.

„Du hast mir was zu essen gegeben", sagte er. „Du hast mich behandelt, als wäre ich wirklich da."

Die Worte verwirrten Gordon. Er dachte, dass er sie vielleicht missverstanden hatte. Doch bevor er nachfragen konnte, sprach Squirt weiter.

„Und *du*?", fragte er.

Das verwirrte Gordon noch mehr. „Und ich was?"

„Bist du wirklich da?"

Gordon starrte das junge und unschuldige Gesicht an, sah in die kristallblauen Augen, die unter den blonden Strähnen verborgen lagen. Sie standen unter dem Licht der Straßenlaterne, allein in der Nacht, so als wären sie die einzigen lebenden

Seelen in der ganzen Stadt. Es war spät. Wirklich spät. So spät, dass es fast schon wieder früh war. Die Sonne würde bald aufgehen. Auf den ruhigen Straßen war kein Verkehr unterwegs und abgesehen von einer weit entfernten Sirene war es still. Das einzige Geräusch, das Gordon überhaupt in der Nähe ausmachen konnte, war das leise Rauschen der Palmen im Wind.

Dann drehte er den Kopf, um die Sirene besser hören zu können. Hatte man die verbrannte Leiche gefunden? Wusste die Polizei, dass ein Mord geschehen war? Waren Gordon und der blonde Mann Zeugen?

Darüber konnte er jetzt nicht nachdenken. Das war zu kompliziert. Zu – unglaublich. Er wandte sich wieder dem blonden Mann zu.

„Ja", sagte Gordon. „Ich bin wirklich da. Und du hast mein Leben gerettet. Das bedeutet, dass auch du wirklich da bist."

Squirt neigte den Kopf. Jetzt war es an ihm, verwirrt dreinzuschauen. „Das bedeutet es also?", fragte er.

Gordon legte dem Mann eine Hand auf die Wange. Als er die Berührung spürte, schloss Squirt die Augen und schmiegte sich an seine Hand.

„Ja", sagte Gordon, den Squirts Reaktion berührte. „Danke. Du bist mein Held."

Squirt wandte sich ab und sah die Straße hinunter. „Ich habe auch versucht den anderen zu retten, aber er wollte mir nicht zuhören." Seine Stimme brach. Als er sich wieder zu Gordon umdrehte, konnte dieser erneut Tränen in den Augen des Mannes sehen.

„Konntest du erkennen, wie die Männer aussahen?", fragte Gordon. „Könntest du sie identifizieren?"

„Nein", sagte Squirt. „Könntest du?"

„Nein. Sie standen immer im Schatten oder haben sich weggedreht."

Squirt sah ihn mit großen schmerzerfüllten Augen an. Gordon fand, dass er noch nie in seinem Leben ein freundlicheres Gesicht gesehen hatte. Oder eines, das so traurig aussah.

„Mach dir keine Sorgen", sagte Gordon. „Es war nicht deine Schuld. Du hast versucht, dem Mann zu helfen. Du hast alles getan, was in deiner Macht stand." Nach einer kurzen Pause fügte er noch hinzu: „Und du hast mein Leben gerettet. Du hast mein Leben gerettet und ich kenne nicht einmal deinen Namen. Bitte. Sag mir, wie du heißt."

Der Mann nahm Gordons Hände in seine und drückte sie. Dann gab er eine frei, hielt die andere jedoch weiterhin fest. Er ging weiter die Straße hinauf und zog Gordon mit sich.

„Squirt", sagte er und rückte seine Baseballkappe zurecht. „Mein Name ist Squirt. Das weißt du doch."

Gordon folgte ihm. Er war einen Kopf größer und mindestens fünfzehn Kilo schwerer, doch die Kraft in der Stimme des Mannes, der ihn gerettet hatte, verblüffte ihn. „Ich weiß, dass sie dich in der Suppenküche so gerufen haben, aber ich kenne immer noch nicht deinen *richtigen* Namen."

Der Mann blickte sich nicht um. „Squirt ist mein richtiger Name. Komm schon. Es wird bald hell. Wir müssen von der Straße runter, bevor es hell wird. Die Leute sind nicht nett, wenn es hell ist."

„Sind sie nicht?"

„Nicht zu mir", sagte Squirt und Gordon presste die Lippen fest aufeinander. Die Einsamkeit, die er in der Stimme des Mannes wahrnahm, brach ihm das Herz.

„Dann bring mich nach Hause, Squirt", sagte Gordon leise.

Und Squirt zog ihn mit sich. Nicht ein einziges Mal ließ er seine Hand los.

Als sie liefen, strich Gordon mit dem Daumen über Squirts Handrücken und fühlte die kleinen, blonden Härchen unter seiner Berührung. Er mochte das Gefühl, also wiederholte er die Geste wieder und wieder.

Irgendwann, zwei Straßen weiter, kicherte Squirt. „Das kitzelt", sagte er.

Und Gordon lächelte.

IN EINEM Bezirk der Stadt, der sich Mission Hills nannte, folgte Gordon Squirt eine dunkle Straße entlang bis zum Hintereingang eines Elektrogeschäfts. Squirt ging voran, als sie eine Treppe aus Betonsteinen hinabstiegen, die von der Straße abging und in einen unterirdischen Gang zwischen zwei Gebäuden führte. Squirt durchsuchte seinen Mantel und zog dann einen Schlüssel an einem Lederband hervor. Vermutlich war er an seinem Gürtel befestigt gewesen.

Gordon, dem vor lauter Hunger und Erschöpfung schon Tränen in die Augen schossen, lehnte sich an die Wand, während Squirt den Schlüssel in ein schweres Metallschloss steckte und ihn einmal herumdrehte. Die Tür öffnete sich mit einem Quietschen. Squirt schob eine Hand hinein und betätigte einen Schalter, woraufhin sich das Oberlicht einschaltete.

Mit einiger Anstrengung drückte sich Gordon von der Wand ab und sah über Squirts Schulter. „Du wohnst hier?", fragte er. „Das ist dein Zuhause?"

Squirt murmelte ein „Ja" und trat ein. Er griff nach Gordons Hand und zog ihn hinter sich durch die Tür.

Es schien sich um ein Warenlager zu handeln. Überall lag Elektrozubehör herum. Leitern, große Kabelspulen, Kupferdraht und ein Regal nach dem anderen voll mit Werkzeug. Es gab Körbe, in denen Steckdosen und Schrauben und Glühbirnen und allerlei andere Dinge lagerten, die Gordon nicht einmal benennen konnte. Es gab hier alles, was das Geschäft über ihnen benötigen würde.

„Das ist der Lagerraum für die Leute über uns", stellte Gordon fest.

„Ja. Das sind meine Freunde." Wieder griff Squirt nach Gordons Hand. Wie ein Kind, das seinem Vater stolz etwas zeigt, führte er Gordon durch die langen Gänge des Lagerraums.

Gordon wollte keine Einwände erheben. Außerdem sah er sich nach einem Telefon um, denn er wollte nichts mehr, als ein Taxi rufen und nach Hause fahren. Er hatte zwar kein Geld bei sich – das hatte er auf dem Weg hierher überprüft – doch er hatte Geld in seiner Wohnung. Zumindest war er sich ziemlich sicher, dass er zu Hause Geld hatte. Wenn er einen Taxifahrer überzeugen könnte, ihn nach Hause zu bringen, könnte er ihn dort bezahlen. Zu Hause gab es auch etwas zu essen, und er *starb* vor Hunger. Er würde ja laufen, aber er war überzeugt, dass er keinen Schritt mehr gehen konnte.

Gordon folgte Squirt einen Gang entlang, in dem sich Elektrozubehör bis an die Decke stapelte. Als der Gang endete, bog Squirt nach links ab. Dort, in einer Art Nische, befand sich ein provisorisches Bett. Daneben stand eine Nachttischlampe auf einer Holzkiste, auf der auch eine Taschenlampe und ein aufgeschlagenes Buch lagen. Jemand hatte ein paar Filmposter an die Wand hinter dem Bett gepinnt. Außerdem gab es einen Schrank, der aussah, als käme er aus dem Sperrmüll.

So armselig das Quartier auch war, so war es doch ordentlich und sauber. Jedenfalls viel ordentlicher und sauberer als Gordons Wohnung. Bei dem Gedanken errötete er.

Squirt nahm seine Kappe ab und hängte sie an einen Nagel an der Wand. Er schüttelte seine blassblonden Haare und zog sich dann den Trenchcoat aus. Darunter trug er ein langärmeliges Hemd mit schmalen, roten Streifen, das aussah, als wäre es ihm drei Nummern zu groß. Die Ärmel waren ordentlich an den Handgelenken zugeknöpft. Im Gegensatz zu Gordons Hemd war Squirts sauber. Doch mittlerweile war er so erschöpft, dass ihn das nicht mehr schockieren konnte.

Gordon zog sich die klammen Schuhe aus.

„Setz dich", sagte Squirt.

Da es keine Stühle gab, beschloss Gordon, sich auf das Bett zu setzen. Doch kaum kam er in Kontakt mit Möbelstück, rief er auch schon „Autsch!" und schnellte in die Höhe.

„Pass auf den Türknauf auf", grinste Squirt.

Gordon zog die Bettwäsche beiseite, um zu sehen, was darunterlag. Nicht nur gab es keine Matratze, es gab auch kein wirkliches Bett. Es handelte sich um eine ausrangierte Tür, die auf vier Betonklötzen lag. Sechs oder sieben schwere Decken fungierten als Matratze.

Gordon rieb sich das Hinterteil und warf Squirt ein schiefes Lächeln zu. „Es gibt hier unten vermutlich jedes Werkzeug, das jemals erfunden wurde. Warum entfernst du den Türknauf nicht einfach?"

Squirt zuckte mit den Schultern. „Mir gefällt er."

„Oh."

„Setz dich", sagte Squirt noch einmal und diesmal kam Gordon der Aufforderung mit etwas mehr Vorsicht nach. Sobald er es sich gemütlich gemacht hatte, setzte sich Squirt neben ihn.

Für eine Weile saßen sie schweigend so da, während sich ihre Oberschenkel und Ellbogen berührten. Beide hatten die Ereignisse der Nacht und der lange Fußmarsch erschöpft. Gordons nackte Füße berührten den Betonboden und Squirts hartes Bett ließ seinen Hintern schmerzen. Er wandte sich seinem Gastgeber zu.

„Danke noch mal", sagte Gordon.

Squirt nickte nur. Dann hellte sich sein Gesicht auf. „Hast du Hunger? Ich habe Cracker."

Gordon fiel nichts ein, was er lieber hätte, außer vielleicht ein paar Viertelpfünder mit Käse. Da Hamburger im Moment allerdings keine Option waren, sagte er: „Das wäre toll."

Squirt griff nach etwas unter dem Bett und zog eine schwarze Mülltüte hervor. Vorsichtig entknotete er die Schnur mit der die Tüte verschlossen war und versenkte dann eine Hand in den Tiefen der Tüte, als wäre er der Weihnachtsmann, der nach einem Geschenk angelte. Er förderte eine ungeöffnete Packung Cracker zutage. Als nächstes zog er ein riesiges Glas Erdnussbutter aus der Tüte und Gordon hätte vor Freude fast geweint.

„Gott sei Dank", hauchte er, woraufhin Squirt erneut kicherte.

Squirt zauberte noch ein paar Pappteller, Plastikmesser und lauwarme Brause hervor. Als alles vor ihnen ausgebreitet war, fand Gordon, dass er noch nie so ein Festmahl gesehen hatte.

„Ich habe dir zu essen gegeben und jetzt gibst du mir zu essen. Damit sind wir quitt."

„Sind wir?", fragte Squirt.

Gordon grinste. „Nun ja, sobald ich dir das Leben rette – so wie du es heute für mich getan hast. Dann sind wir wirklich quitt."

Squirts Blick ging in die Ferne. Er erinnerte sich an etwas, das konnte Gordon auf seinem Gesicht erkennen.

„Der arme Mann", sagte Squirt. „So zu sterben …"

Gordon nickte. Auch er erinnerte sich. Das hämische Lachen, das Knistern des Feuers, die Schreie. Der Gestank nach verbranntem Fleisch.

Den Blick immer noch in die Ferne gerichtet, sagte Squirt: „Ich denke, diese Jungs werden dafür in der Hölle landen."

Die Unschuld und Schlichtheit der Aussage ließ Gordon stutzen. Zu Squirts Worten fiel ihm kein Gegenargument ein.

„Ja", sagte er. „Ich bin mir sicher, das werden sie."

„Und dann werden auch sie brennen. Das nennt man Karma." Squirt sprach das Wort vorsichtig aus, so als hätte er es gerade erst gelernt und müsse noch die Aussprache üben.

„Karma, ganz genau", flüsterte Gordon und sah auf Squirts Hand hinunter, die auf seinem Knie lag. Gordon bedeckte sie mit seiner eigenen Hand. „Wir sind jetzt in Sicherheit, Squirt. Du musst keine Angst mehr haben."

Squirt nickte. „Ich weiß. Ich bin zu Hause. Ich bin in Sicherheit."

Gordon sah sich in dem winzigen Wohnraum um. „Ja. Du bist zu Hause."

Gordon sah Squirt an und sprach endlich die Worte aus, die ihm schon auf der Zunge brannten, seit sie der Brücke den Rücken gekehrt hatten. „Wir müssen das der Polizei erzählen, weißt du. Wir müssen den Mord anzeigen."

Squirt sah ihn mit seinen unglaublich blauen Augen an und Gordon versank in ihren Tiefen.

Der blonde Bartschatten auf Squirts Kinn sah aus als wäre er so weich wie Daunen. Am liebsten hätte Gordon eine Hand ausgestreckt und ihn berührt. Also tat er es kurzerhand. Squirt lächelte. Es schien, als gefiele ihm die Berührung von Gordons Fingerspitzen an seinem Kinn. Er entzog sich der Berührung nicht.

Stattdessen sagte er: „Warum? Ich habe die Gesichter der Mörder nicht gesehen. Du?"

„Nein", gab Gordon zu. „Aber dieser Mann. Jemand muss den Behörden sagen, wo er ist."

Squirt schien diese Aussage seltsam zu finden. „Er ist nicht mehr dort. Er ist im Himmel. Meinst du nicht auch, dass er im Himmel ist?"

„Nun ja, das hoffe ich zumindest. Nachdem er auf so schreckliche Weise gestorben ist."

Sie saßen beide schweigend da, während der Schrecken der Nacht sie erneut packte. Doch auch dieser Schrecken konnte den Hunger nicht vertreiben.

Gordon konzentrierte sich ganz auf das Essen. Im Moment wollte er an nichts anderes denken. Mit der Polizeifrage konnte er sich auch noch später auseinandersetzen.

Er strich Erdnussbutter auf einen Cracker, legte einen weiteren Cracker darauf und schob sich das Ganze in den Mund. Squirt musste lachen, als er ihm zusah, doch dann machte er es ihm nach. Eine gefühlte Ewigkeit saßen sie so da: Sie aßen Cracker und nippten an ihrer warmen Brause. Es überraschte Gordon, wie wohl er sich in Squirts Gegenwart fühlte, so als wären sie schon seit Jahren befreundet. Squirt schien es genauso zu gehen.

Als die Cracker aufgegessen waren, fragte Gordon nach einem Badezimmer. Squirt zeigte in die Richtung, aus der sie gekommen waren. Ein weiteres Mal arbeitete sich Gordon durch den schier endlosen Gang vor. Das Badezimmer war auf der gegenüberliegenden Seite von der Tür, durch die sie eingetreten waren.

Es handelte sich offenbar um eine Toilette, die zum Geschäft gehörte. Der Raum war winzig und es gab weder eine Dusche noch eine Badewanne. Trotzdem fand Gordon alles, wonach er suchte: Seife, Wasser und Papierhandtücher. Er zog sich aus und wusch sich mit einem eingeweichten Papierhandtuch. Er betupfte vorsichtig seine aufgeschürften Knie und trocknete sich mit einem weiteren Knäuel Papierhandtücher ab. Er hätte zu gern eine Zahnbürste gehabt, doch so musste er sich damit behelfen, dass er sich wiederholt den Mund unter fließendem Wasser ausspülte.

Als er so sauber wie nur irgend möglich war, zog er wieder seine verdreckten Hosen an. Er konnte sich nicht überwinden, das T-Shirt wieder anzuziehen, also warf er es in den Mülleimer. Mit einem weiteren Packen Handtücher wischte er das Waschbecken und den Spiegel sauber. Mit den Schuhen in der Hand kehrte er in Squirts Einsiedelei zurück.

Squirt saß immer noch wartend auf dem Rand seines provisorischen Betts. Als Gordon näherkam, klopfte Squirt einladend mit der Hand auf den Platz neben sich. Dann streckte er sich auf den Decken aus, die als Matratze herhalten mussten. Gordon erkannte, dass Squirt bei ihrer ersten Begegnung in Mamas Suppenküche genau dieselben zerknitterten Jeans und das zu große Hemd getragen hatte. Während Gordon im Bad gewesen war, hatte Squirt sich Schuhe und Socken ausgezogen. Seine Füße waren schlank, mit langen, starken Zehen. Irgendwie sahen sie elegant aus. Aus seinen Hosenbeinen schauten seine behaarten Beine hervor, in genau demselben blassen Blondton, der auch seinen Kopf schmückte.

Mit einem einladenden Lächeln klopfte Squirt neben sich auf die Decke. Es schien ihn nicht zu überraschen, dass Gordon halb nackt wieder aufgetaucht war. „Schlaf", sagte er. „Bleib hier."

Also legte sich Gordon, der nur noch seine verdreckten Jeans am Leib trug, neben seinen neuen Freund auf das schmale Bett und schmiegte sich eng an ihn, weil ansonsten der Platz nicht ausreichte. Sobald sein Kopf das Kissen berührte, entspannte er sich vollkommen und seine Erschöpfung brach sich Bahn. Selbst die Härte des Betts änderte nichts daran, dass er einfach froh war, sich endlich hinlegen zu können.

Er schloss die Augen und Squirt legte eine blasse, schlanke Hand auf seinen Bauch. Er schmiegte sich enger an Gordon und legte seinen Kopf auf Gordons Brust.

Gordon schaute überrascht auf ihn hinab. Er fühlte, wie Squirts Atem kühl über sein Brusthaar strich. Er fühlte das Gewicht von Squirts Hand auf seinem Bauch. Nun, da er die Kappe abgenommen hatte, konnte Gordon endlich wirklich sehen, wie lang Squirts Haare tatsächlich waren. Sie waren vollkommen gerade, ohne Locken oder Wirbel. Ein bisschen wie die Haare von Kevin Bacon, nur viel blonder.

Gordon strich Squirt die Haare aus dem Gesicht, um ihn besser sehen zu können. Als er das tat, öffneten sich Squirts kristallblaue Augen, um ihn unschuldig anzusehen. Gordon zwinkerte ihm zu und Squirt antwortete mit einem Lächeln.

„Was?", fragte er.

„Nichts", sagte Gordon. „Schlaf."

Squirt schloss wieder die Augen und vergrub sein Gesicht noch tiefer an Gordons Brust. Er tat das wie ein Kind es wohl tun würde – völlig unschuldig und scheinbar ohne einen Hintergedanken. Er schien in der Hinsicht nicht neugierig zu sein und auch Gordons Körper interessierte ihn offenbar nicht besonders. Er hielt Gordon einfach fest, so wie ein Kind es tun würde.

Und bald schon war er eingeschlafen. Gordon konnte den Moment recht genau bestimmen, da sein Atem tiefer wurde und seine Wimpern aufhörten zu zittern. Eine Ruhe legte sich über Squirts Körper, die Gordon unglaublich fand. Es hatte fast den Anschein, als hätten die Gräuel der Nacht gar nicht stattgefunden.

Ganz vorsichtig, um Squirt nicht zu wecken, hob Gordon den Kopf vom Kissen und drückte Squirt einen sanften Kuss auf den Scheitel. Der Kuss war ein Dank dafür, dass der Mann ihm das Leben gerettet hatte. Es machte nichts, dass Squirt nicht die Augen öffnete, um den Dank entgegenzunehmen.

Beim zweiten Kuss umspielte ein kleines Lächeln Squirts Mund. Sogar im Schlaf schien er Gordons Berührungen zu genießen.

Gordon ließ seinen Kopf wieder zurück aufs Kissen fallen und versuchte sich zu entspannen. Allerdings überraschte ihn ein Anfall von Verlangen, das durch seinen Körper kroch und sich in seiner Leistengegend niederließ. Dieses Verlangen konzentrierte sich auf den Mann, der sich an ihn schmiegte. Doch selbst dieser Anflug sexueller Lust konnte nicht verhindern, dass Gordon bald einschlief.

So erschöpft, wie er war, dauerte es keine fünfzehn Sekunden, bis er eingeschlafen war.

Als Gordon erwachte, war er allein. Er sah sich nach Squirt um, doch er konnte ihn nirgends entdecken. Neben dem provisorischen Bett lag auf einer umgedrehten Kiste ein ordentlich zusammengefaltetes, frisch gewaschenes T-Shirt. Auf dem T-Shirt lagen zwei Dollarscheine und zwei fünfundzwanzig Cent Münzen.

Dankbar zog Gordon sich das T-Shirt an. Es war ein bisschen eng, passte aber noch. Verständnislos starrte er das Geld an und fragte sich, was er damit wohl anstellen sollte. Dann erst ging ihm ein Licht auf.

Ein Busfahrschein kostet 2,50. Squirt hat mir Geld dagelassen, damit ich mit dem Bus nach Hause fahren kann.

Schnell zog sich Gordon seine Schuhe an und ging dann zu der Tür, die auf die Gasse hinausführte. Er war überrascht, dass gerade die Sonne unterging. Offenbar hatte er den ganzen Tag verschlafen.

Wieder überkam ihn der Hunger, doch jetzt konnte er zumindest nach Hause fahren. Er schickte ein Dankgebet gen Himmel, und hoffte, dass Squirt wissen würde, dass es eigentlich für ihn gedacht war. Er stellte sicher, dass die Tür auch gut verschlossen war, als er die Gasse betrat und machte sich dann auf den Weg zur nächsten Bushaltestelle.

Während er auf den Bus wartete – und dabei den Blicken der anderen Wartenden auswich, weil er wusste, wie heruntergekommen er aussah – konnte er ein Lächeln nicht unterdrücken. Dieses Lächeln war die Erinnerung an die Zeit, die er mit Squirt verbracht hatte.

Erst später würde Gordon erkennen, dass dies das erste Mal war, dass er seit dem Unfall aus seinem selbst gewählten Jammertal aufgestiegen war.

Zwischen der einen Leiche und der anderen – dem von einem Autowrack zerquetschten Körper und dem leise im Feuer vergehenden – und nach anderthalb Jahren, die seither vergangen waren, hatte Gordon endlich das Gefühl, nach vorn schauen zu können. Vielleicht konnte er sogar sein eigenes Leben wieder in die Hand nehmen.

Und all das nur wegen Squirt.

Er stand an der Bushaltestelle, schloss die Augen und konzentrierte sich auf etwas anderes als die Tatsache, dass er wie ein Penner aussah und vermutlich auch so roch, was sicherlich die abschätzigen Blicke der Passanten rechtfertigte. Der erste Gedanke, der sich seiner bemächtigte, war die Erinnerung an Squirts warmen Atmen auf seiner nackten Brust.

Der zweite Gedanke, der ihm durch den Kopf schoss, war die Erkenntnis, dass dies der erste Tag in den vergangenen anderthalb Jahren war, an dem er keinen Tropfen Alkohol getrunken hatte. Mit ziemlicher Sicherheit musste er Squirt auch dafür danken.

Was Gordon allerdings völlig klar war: Wenn Squirt nicht gewesen wäre, würde auch er jetzt tot unter dieser Brücke liegen. Zu einem schwarz verkohlten Brikett verbrannt.

Eine Schuld, die er zurückzahlen musste.

Er stand an der Haltestelle und überlegte, wie er das anstellen sollte. Wie konnte er Squirt seine Dankbarkeit zeigen? Was konnte er für den anderen Mann tun? Nach einer Weile kam ihm eine Idee. Dann noch eine. Sein Gesicht erhellte sich zusehends. Der Enthusiasmus, der ihn erfasste, überraschte ihn und ein Lächeln stahl sich auf sein Gesicht. Er drehte sich zu einem Schaufenster um und betrachtete sein Spiegelbild, um sich zu überzeugen, dass dieses Lächeln wirklich da war. Wow. Es war da. Es war wirklich da.

Als der Bus endlich kam, summte Gordon vor sich hin, als er einstieg. Das hatte er schon so lange nicht mehr getan, dass das Geräusch ihm fremd war.

5

ALS ER wieder in seiner Wohnung war, putzte er sich zuerst die Zähne. Dann zog er sich die dreckigen Jeans aus und ließ sich nackt aufs Bett fallen. Wieder war er innerhalb von Sekunden eingeschlafen. Er erwachte erst am nächsten Morgen. Zwar fühlte er sich besser, aber auch ein wenig verkatert von dem vielen Schlaf.

Beim Aufwachen galt Gordons erster Gedanke den schrecklichen Ereignissen unter der Brücke. Weil er nicht so recht wusste, was er deswegen unternehmen sollte, rief er Mama an, um sie wissen zu lassen, dass er sich nicht gut fühlte und einen Tag frei brauchte. Sie klang misstrauisch, konnte ihm den freien Tag aber nicht abschlagen.

Nachdem das geklärt war, nahm er eine lange, heiße Dusche und rasierte sich. Er putzte sich so lange und intensiv die Zähne, dass ihn der Eindruck überfiel, sie würden gleich ausfallen, wenn er nicht aufhörte. Dann zog er sich zum ersten Mal in den letzten drei Tagen frische Sachen an. Er frühstückte und tafelte dabei alles auf, was in seiner Küche noch halbwegs essbar aussah. Und nachdem er die Fenster geöffnet hatte, um die frische Morgenluft hereinzulassen, machte er sich daran, seine vernachlässigte Wohnung zu putzen. Die Flasche Gin, die er unter einem Sofakissen fand, warf er in den Müll bevor er Zeit hatte, genauer über diese Entscheidung nachzudenken.

Im Schlafzimmer wechselte er die Bettwäsche. Während er das tat, stöpselte er sein Handy ein, um es zum ersten Mal seit Wochen aufzuladen.

Während er den widerlichen Berg vollgekotzten Geschirrs abwusch, ließ er im Hintergrund den Fernseher laufen, weil er wissen wollte, ob vielleicht etwas über den Mord unter der Brücke kam. Er wusste, dass er die Polizei anrufen müsste, um sie über den Mord zu informieren, falls sie nicht schon Bescheid wussten. Doch er zögerte. Man würde ihn fragen, was er zu dieser Uhrzeit unter der Brücke zu suchen hatte. Warum er geflüchtet war, anstatt dem Opfer zu helfen. Wie er zusehen konnte, wie ein Mensch verbrannte, ohne einzugreifen.

Und man würde ihn fragen, mit wem er zu der fraglichen Zeit zusammen gewesen war.

Dieser letzte Gedanke machte ihm am meisten Angst. Er wollte Squirt da nicht mit hineinziehen. Der Mann war zu zerbrechlich, zu schüchtern. Und was könnte Squirt der Polizei schon erzählen, was sie nicht auch von Gordon hören konnten? Keiner von ihnen hatte die Gesichter der Mörder gesehen. Keiner wusste, wer die Mörder waren. Und keiner von ihnen wäre in der Lage, einen der Mörder in einer Gegenüberstellung zu identifizieren.

Viel wichtiger war jedoch die Frage, wie Squirt mit all der Aufmerksamkeit umgehen würde. Gordon wusste nicht, warum Squirt so lebte, wie er lebte. Er wusste nicht, was ihm angetan worden war, dass er auf der untersten Stufe der Gesellschaft aufgeschlagen war. Doch was immer es auch war, Gordon wollte ihn vor zukünftigem Unheil bewahren.

Squirt war vermutlich die gutmütigste Person, die er je kennengelernt hatte. Gutmütig und kindlich. Und er hatte Gordons Leben gerettet, verdammt noch mal. Er konnte sich dafür nicht revanchieren, indem er Squirt in die Nachrichten zerrte, ihn zum Mittelpunkt des Interesses machte und ihm eine Heidenangst einjagte.

Dreimal nahm Gordon sein aufgeladenes Handy zur Hand, um die Polizei anzurufen, und dreimal verließ ihn der Mut. Was hatte er denn wirklich in den Schatten unter der Brücke gesehen? Was konnte er der Polizei wirklich berichten? Wenn er genauer darüber nachdachte, war seine Antwort auf diese Fragen immer – *nichts*. Er konnte ihnen nichts sagen. Abgesehen von der Information, wo sich die Leiche befand.

Schließlich gestand sich Gordon die Wahrheit ein. Selbst wenn er nichts weitergeben konnte außer der Information, wo sich die Leiche befand, musste er die Polizei anrufen.

Zum vierten und letzten Mal nahm er das Handy zur Hand.

Und als griffe Gott tatsächlich von Zeit zu Zeit helfend ein, wurde Gordons Dilemma dadurch gelöst, dass in den Mittagsnachrichten plötzlich die Coronado Bridge erschien. Einer der örtlichen Reporter berichtete von einem Mord an einem bisher nicht identifizierten Obdachlosen in der Nähe des Chicano Parks.

Gordon stellte alle Aktivitäten ein und starrte gebannt auf den Bildschirm. Er sog jedes Wort auf. Als der Reporter erläuterte, dass vier Jugendliche festgenommen worden waren, atmete Gordon zum ersten Mal seit dieser Nacht unter der Brücke erleichtert aus.

Sie hatten die Mörder in Gewahrsam! Sie wussten nicht nur von der Leiche, sie hatten auch die Mörder geschnappt! Gott sei Dank. Vielleicht würde er selbst tatsächlich nichts tun müssen. Auch ohne seine Mithilfe würde der Gerechtigkeit genüge getan werden.

Vor Erleichterung ließ er sich auf die Couch fallen, obwohl er immer noch Putzhandschuhe trug und sich ein Geschirrhandtuch über die Schulter geworfen hatte. Er vergrub sein Gesicht in den Händen und war den Tränen nahe. Bis zu diesem Augenblick war ihm nicht klar gewesen, wie sehr ihn diese Situation wirklich beschäftigt hatte.

Dann musste er wieder an Squirt denken. Er hob den Blick und sah durch das Wohnzimmerfenster auf das hereinfallende Sonnenlicht. Squirt war gerade irgendwo dort draußen. Gordon fragte sich, was er wohl gerade machte. Er fragte sich, ob er zurück nach Mission Hills gehen und an diese Kellertür klopfen sollte. Und wenn er das täte, würde Squirt auf das Klopfen reagieren?

Gordon würde ihn gern wiedersehen. Er wollte sich davon überzeugen, dass es Squirt nach dieser furchtbaren Nacht gut ging. Er wollte ihm das Geld für den Fahrschein zurückzahlen. Und vielleicht versuchen, eine Freundschaft zu ihm aufzubauen.

Bei diesem Gedanken verzog sich sein Mund zu einem abschätzigen Lächeln. Seine Mutter wäre begeistert, wenn sie erfuhr, dass er seinen sozialen Radius erweiterte und nun auch Obdachlose zu seinen Freunden zählte. Ja, klar. Das würde ihr Zündstoff für mehrere Tage liefern.

Doch dann erinnerte er sich daran, wie es sich angefühlt hatte, als Squirt seine Hand gehalten hatte. Er erinnerte sich daran, wie es ihn angemacht hatte, als Squirts Atem über seine Brust gestrichen war, als sie sich nach dieser schrecklichen Nacht auf sein furchtbar hartes Bett hatten fallen lassen.

Gordon erinnerte sich an das kühle Blau von Squirts Augen, an die weichen, blonden Härchen auf seinem Handrücken, an den Geruch seines Haars, als er die Nase in seinem Scheitel vergrub. Seine Überraschung darüber, wie sauber Squirt gewesen war. Tatsächlich hatte er tausend Mal besser gerochen als Gordon selbst. Selbst jetzt schämte er sich, wenn er daran dachte.

Gordons Blick ging zur Uhr. Es war mitten am Nachmittag. Er stellte sich vor, was Squirt wohl im Moment fühlte und dachte. War er hungrig? War er auf der Suche nach etwas zu essen? Immerhin hatten sie zusammen die Cracker und die Erdnussbutter vernichtet und Gordon hatte keine anderen Lebensmittel herumliegen sehen.

Und wie sah es mit Geld aus? Obwohl Squirt ganz offensichtlich einen Platz zum Schlafen hatte, war er doch obdachlos. Wie viel Geld konnte er wohl haben? Vielleicht waren die zwei Dollar fünfzig, die er Gordon gegeben hatte, sein ganzer Besitz gewesen. Es würde Squirt so ähnlichsehen, wenn er sein letztes Geld hergeben würde, um jemand anderem zu helfen. Irgendwie wusste Gordon das instinktiv, auch wenn er Squirt noch nicht wirklich gut kannte.

Nicht nur Squirts Körper war schön. Dasselbe galt für sein Herz.

Bei diesem Gedanken begann Gordons eigenes Herz zu rasen. Er musste ihn wiedersehen! Er musste Squirt wiedersehen! Heute? Nein. Morgen. Vielleicht würde Squirt ja wieder zur Suppenküche kommen, um dort zu frühstücken. Vielleicht würde Gordon ihn dort sehen. Und wenn er ihn dort sah, konnte er ihn fragen, ob sie sich vielleicht nach seiner Schicht treffen konnten. Um Zeit miteinander zu verbringen. Er konnte Squirt ein weiteres Mal dafür danken, dass er ihm das Leben gerettet hatte. Und vielleicht fiel ihm dann auch ein, wie er Squirts Leben wieder in die Spur bringen konnte.

Und während er das tat, bekam er vielleicht auch in *sein* Leben wieder Ordnung.

Und während er und Squirt sich durch all diese *Vielleichts* kämpften, konnten sie vielleicht einander helfen. Vielleicht konnten sie nicht nur Freunde werden, sondern sogar ihr Leben ändern. Das wäre doch *wirklich* ein Wunder!

Und wenn es ihnen nicht gelang, ihr Leben wieder in den Griff zu bekommen, dann konnten sie zumindest Trost in der Gegenwart des anderen finden. Das würde Gordon gefallen. Das würde ihm sogar sehr gefallen. Er fühlte sich so sehr zu Squirt hingezogen, dass es schon seltsam war. Sogar er selbst war bereit das zuzugeben. Und er glaubte auch zu wissen, warum das so war.

Während sowohl Squirt als auch er verletzte Seelen waren, hatte Squirt irgendwie eine Möglichkeit gefunden, seine Wunden zu heilen. Vielleicht hatten diese Wunden nach außen hin sein Leben zerstört, doch innendrin, in Geist und Seele, da war er geheilt. Was auch immer ihn verletzt hatte, Squirt hatte seinen Frieden damit geschlossen. Er war darüber hinausgewachsen und hatte sich seine Güte, seinen Anstand und sein Mitgefühl bewahrt.

Gordons Wunden hingegen waren überhaupt nicht verheilt. Selbst das Jahr im Gefängnis hatte seine Schuldgefühle nicht mindern können, so wie er gehofft hatte. Manchmal waren eben auch Strafe und Sühne nicht genug. An diesem schrecklichen Ort hatte die Schuld mit jedem endlosen Tag, der verging, einfach nur wachsen können. Sie nagte an ihm, bis sie alles Leben aus ihm herauszusaugen schien. Gordons Schuld hatte sich in ihm eingenistet. Hinter diesen Wänden und hinter diesen Eisentüren hatte er dieser Schuld nicht entkommen können. Und heute war das nicht anders.

Nein. Bisher war das nicht anders gewesen. Bis Squirt in sein Leben getreten war.

Squirt hatte einen Weg gefunden, Frieden mit seinen Wunden zu schließen. Er hatte gelernt, zu heilen. Er hatte das Geheimnis gelüftet. Vielleicht konnte er es Gordon verraten.

Und das war der wahre Grund – nun ja, er sollte die Sache wohl beim Namen nennen –, warum er sich zu Squirt hingezogen fühlte. Der wahre Grund war dieser: Wenn Squirt in der Nähe war, war er ein besserer Mensch. Ein glücklicherer Mensch. Squirts Güte und sein innerer Frieden übertrugen sich auf ihn und überschatteten Gordons gebrochenes Herz. Und jetzt, da Squirt nicht mehr in der Nähe war, fühlte Gordon sich wieder verloren. Er fühlte sich leer. Wie ein Drogenabhängiger auf der verzweifelten Suche nach dem nächsten Schuss.

Gordon fühlte, wie seine Schuldgefühle wieder nach ihm griffen. Seine Schuldgefühle, weil er einem Menschen das Leben genommen hatte. Jeremy. Jeremy Aldritch Booth. Vierundzwanzig Jahre alt. Wegen Gordons Dummheit hatte er sein Leben verloren. Gordon schloss fest die Augen und versuchte, nicht an den Grabstein des jungen Mannes zu denken. Er versuchte, nicht an den Geruch des frisch gemähten Grases zu denken. Oder an den Efeu am Eingangstor. Das Unkraut auf den Wegen. Die Leichen, die unter der Erde verrotteten.

Es waren die anderen Erinnerungen, die sich nicht so leicht beiseite wischen ließen. Der Versuch, nicht ständig die Schreie zu hören, von denen er immer noch nicht wusste, ob sie von ihm oder von den Insassen des anderen Wagens gekommen waren. Der Versuch, nicht an das Geräusch kreischenden Metalls zu denken. An das zerbrechende Glas. An dieses schreckliche Gefühl, den Boden unter den Füßen weggerissen zu bekommen, als das Auto sich um die eigene Achse drehte und die Welt aus den Angeln geriet. Der Anblick seines Handys, das durch die Luft wirbelte, während die angefangene Textnachricht immer noch auf dem Display blinkte. Er würde sie nie zu Ende schreiben. Der Geruch von heißem Metall, als Gordon – wie durch ein Wunder unverletzt – aus dem Autowrack kroch. Der unebene Asphalt unter seinen Händen und über ihm der Mond. Auf wackeligen Beinen ging er hinüber zu dem anderen Wagen. Auf der Beifahrerseite des Autos, dort wo Gordon ihn nicht sehen konnte, weinte ein Mann aus Angst und Verzweiflung. Der andere Mann lag leblos auf der Fahrerseite. Jeremy Aldritch Booth. Sofort tot. Von seinem gut aussehenden, jungen Gesicht tropfte Blut. Mit seinen braunen Augen starrte er vorwurfsvoll in die Nacht hinaus und auf Gordon.

Alles wegen Gordon. All das nur wegen Gordon.

Gordon schüttelte sich, um die Erinnerungen loszuwerden. Ungeduldig wischte er sich heiße Tränen von den Wangen, schob die Erinnerungen beiseite und versuchte, sich wieder auf Squirt zu konzentrieren. Der sanfte Squirt mit den weißblonden Haaren und den ausdrucksstarken Händen. Die einfache Art, wie er sein Leben lebte. Die Güte. Das liebevolle Lächeln und seine unglaubliche Schönheit. Die kindliche Unschuld.

Ein tiefes Seufzen drang aus Gordons Brust, als er all seine Konzentration darauf verwendete, sich Squirts Gesicht vor Augen zu führen. Squirts Güte. Es schien fast, als würde Squirt ihm helfen, seine Gedanken auf ihn zu fokussieren. Ihn näher an sein Herz zu ziehen. Stärke und Zuflucht bei ihm zu finden.

Einen Augenblick später spürte Gordon, wie sich ein Lächeln auf sein Gesicht stahl. Wenn er irgendwelche Zweifel an seinem Tun gehabt hätte, dann hätte dieses überraschende Lächeln ihn überzeugt.

So war es also beschlossen. Bestimmt morgen. Er würde den ersten Schritt auf dem Weg zu einer Freundschaft *morgen* machen. Auf die ein oder andere Art würde er sich Zugang zu Squirts Leben verschaffen. Denn das war wichtig. Er hatte den Eindruck, dass sein eigenes Überleben davon abhing.

Plötzlich musste er an die Waffe in seinem Badschrank denken. Er schloss fest die Augen und schob den Gedanken beiseite. Er zwang sich, an irgendetwas zu denken – nur ja nicht daran.

Also beim Frühstück. Gordon würde beim Frühstück mit Squirt reden. In der Suppenküche.

Und es war dieser kleine Hoffnungsschimmer, der Gordon durch den Rest des Tages trug.

An diesem Abend ging er zeitig zu Bett. Er hatte frische Bettwäsche draufgezogen und zum ersten Mal seit Monaten war er nüchtern. Sein letzter Gedanke, bevor der Schlaf ihn übermannte, galt Squirts bereitwilligem Lächeln und seinen klaren Augen, die so blau waren wie der Himmel Kaliforniens. Sowohl sein Lächeln als auch seine Augen versprachen solch eine Unschuld und Güte, dass es fast körperlich wehtat, darüber nachzudenken.

Und Squirts warmer Atem. Wie er über Gordons Brust strich. Es war auch schwer, darüber nachzudenken. Bei dem Gedanken daran überkamen ihn solch ein Hunger und *Begehren*, dass er sich den Handballen gegen die Augen drückte, um die Erinnerung zu vertreiben.

In dieser Nacht schlief er tief und fest. Einmal, im Traum, rief er Squirts Namen. Es war weit nach Mitternacht. Er erwachte kurz vom Klang seiner eigenen Stimme, schlief aber bald wieder ein.

Am Morgen war der Traum vergessen. Squirt jedoch nicht.

Gordon dachte bereits im Moment des Aufwachens an ihn.

ES WAR keine zwei Minuten her, dass Gordon die Suppenküche betreten hatte, da stürzte sich auch schon Mama Davis wie ein Geier auf ihn. Sie legte ihm die Hände auf die Schultern und sah ihm tief ihn die Augen, während ihre Finger sich schmerzhaft in seine Schulterblätter bohrten. Sie schenkte ihm ein Lächeln, das ihm einen Blick auf ihre quadratischen Zähne erlaubte, die aussahen, als könnten sie einen Baumstamm zerkleinern. Sie seufzte einmal glücklich, schüttelte ihn leicht und ließ ihn dann wieder los. Sie legte ihm ihre kühlen, wächsernen Hände auf die Wangen und umarmte ihn. Sie roch nach Juicy Fruit.

„Schätzchen, ich dachte, du wärst krank?", sagte sie und hielt Gordon auf Abstand, als wolle sie ihn genau betrachten. „Aber du siehst nicht krank aus. Und du hast letzte Nacht auch nicht getrunken, das merke ich. Und du lächelst. Das ist das erste Mal in all den Monaten, die du hier arbeitest, dass du lächelnd durch die Eingangstür kommst. Und ohne Kater. Schau nicht so überrascht, ich habe mein ganzes Leben lang mit Alkoholikern zu tun gehabt. Die erkenne ich, wenn ich sie sehe."

Gordon starrte sie an. „Ich bin kein Alkoholiker."

Mamas Lächeln wurde noch breiter. „Nein, Schätzchen. Zum ersten Mal, seit ich dich kenne, muss ich zugeben, dass du vielleicht keiner bist. Was ist passiert? Hast du Gott gefunden? Hat Er diesen Wandel in dir bewirkt? Hat Er dieses Lächeln auf dein Gesicht gezaubert? Er kann das, weißt du. Er ist in der Lage, das zu tun. Oh ja, das kann Er wirklich. Sag mir, Schätzchen, hast du Gott gefunden?"

Leute drehten sich zu ihnen um. Gordon konnte sehen, dass sie versuchten, sie nicht anzustarren. Allerdings scheiterte dieser Versuch. Seltsamerweise störte ihn das nicht. Er merkte, dass er errötete, doch auch das störte ihn nicht. Mamas kühle Hände lagen immer noch an seinen Wangen und er legte seine Hände über ihre. Zu seiner Überraschung fühlte er, wie ihm die Tränen kamen.

„Vielleicht habe ich Gott gefunden", sagte er. „Oder zumindest das Nächstbeste."

Mama Davis neigte den Kopf und auch in ihren Augen schwammen Tränen. „Was ist das Nächstbeste zu Gott? Sag's mir, das muss ich wissen."

„Ein Freund", sagte Gordon. „Das Nächstbeste ist ein Freund."

Mama starrte ihn für gute zehn Sekunden an, bevor sie ihre Hand unter der seinen hervorzog. Sie griff nach einem Taschentuch und putzte sich lautstark die Nase. Als sie fertig war und das Taschentuch wieder weggesteckt hatte, berührte sie mit den Fingerspitzen eine der Tränen auf Gordons Wange.

„Lass deinen Freund nicht aus den Augen, Schätzchen. Lass ihn nicht entwischen. Wenn er in der Lage ist, diese Veränderung in dir hervorzurufen, dann trägt er sehr viel Gutes in sich. Bring ihn doch mal mit. Würdest du das tun? So eine gute Seele würde ich gern kennenlernen."

„Ich verspreche, das werde ich tun", sagte Gordon.

Mit einer sanften Bewegung hob sie sein Kinn an. „Gut", flüsterte sie. „Und jetzt an die Arbeit, Gordon. Du bist heute Morgen für die Eier zuständig. Und mach die Portionen nicht zu groß, wir haben vielleicht nicht genug."

Weil er sich seiner Stimme nicht sicher war, nickte er nur zur Antwort und machte sich dann auf zu seinem Bereich. Sein Blick ging zur Eingangstür. Er hoffte einen kleinen, blonden Mann zu sehen, der einen Trenchcoat und eine Baseballkappe trug.

Er verschwendete keinen Gedanken an die Möglichkeit, dass Squirt vielleicht nicht auftauchen würde.

Als diese Möglichkeit eintrat, verhagelte ihm das nicht die Laune. Es verstärkte ihn nur in dem Wunsch, Squirt besser kennenzulernen. Und ihm vielleicht zu helfen.

ZWISCHEN SEINER Morgen- und Nachmittagsschicht hatte Gordon eine Stunde frei. Er verbrachte seine Zeit damit, durch die Straßen zu streifen und sich zu wünschen, dass die Stunde ausreichen würde, um nach Mission Hills zu stürmen und an eine bestimmte Tür zu klopfen. Er war zwar enttäuscht, dass Squirt zum Frühstück nicht in der Suppenküche aufgetaucht war, aber er machte sich keine Sorgen. Immerhin gab ihm das die Möglichkeit, noch ein paar Besorgungen zu machen, bevor er Squirt hoffentlich am Nachmittag in der Suppenküche sah.

Zuerst ging er zu seiner Bank, um dreihundert Dollar von seinem Konto abzuheben. Dann ging er zu Macy's und verbrachte dort den Rest seiner Stunde damit, Hemden und Socken und Unterwäsche und ein paar Jeans zu kaufen, von denen er glaubte, dass sie Squirt passen könnten. Als er nach seiner Pause wieder in der Suppenküche ankam, verstaute er seine Einkaufstüten im hinteren Bereich und widmete sich seiner Arbeit. Er war sich sicher, dass diesmal Squirt durch die Eingangstür kommen würde.

Doch als die lange Schlange der Hungrigen an ihm vorbeimarschierte und Besteck auf Tabletts klapperte, sank seine Hoffnung. Als Mama die Eingangstür und damit auch die Essensausgabe schloss, wurden Gordons schlimmste Befürchtungen wahr. Squirt war nicht noch einmal aufgetaucht.

Als Gordon die Teller der letzten Nachzügler füllte, die Mama beim Verschließen der Tür noch hereingelassen hatte, machte er Pläne, wie er als nächstes vorgehen sollte. Er würde mit dem Bus nach Mission Hills fahren und seine Einkäufe persönlich überreichen. Das war sowieso besser, als sie ihm vor so vielen Leuten zu geben.

Ein höhnisches Lachen drang an sein Ohr, als die Schlange der Wartenden langsam abnahm. Gordon sah auf und beobachtete die letzten Wartenden, teilweise schon mit Tabletts in der Hand. Seine Laune verschlechterte sich noch weiter. Das hatte ihm gerade noch gefehlt.

Die drei Schwulen, die vor einer Woche auf Squirt herumgehackt hatten, amüsierten sich, beschwerten sich darüber, wie das Essen aussah und benahmen sich genauso mies wie immer. Sie schienen sich zu freuen, als sie Gordon entdeckten, der Kartoffelgratin auf die Teller verteilte.

Sie kicherten vor sich hin und konzentrierten sich dann ganz auf ihn, als sie vor ihm zum Stehen kamen.

Die drei wären durchaus gut aussehend gewesen, wenn das Leben auf der Straße nicht schon jetzt seinen Tribut gefordert hätte. Trotzdem konnte Gordon sich vorstellen, dass manche Männer sie attraktiv finden und Geld für ihre Dienstleistungen bezahlen würden. Immerhin kosteten diese Dienstleistungen auch nicht besonders viel. Auf den Straßen von San Diego kosteten Strichjungen nicht die Welt. Man musste nur wissen, wo sie zu finden waren.

Während die drei, ebenso wie Squirt, versuchten, sich selbst sauber zu halten, fehlte ihnen die Unschuld, die Squirts Gesicht so einnehmend machte. In ihren Augen schien keine Güte. Im Gegenteil, ihre Gesichter spiegelten eine Kälte, die Gordon nicht so recht benennen konnte. Er konnte sie jedoch in dem Moment spüren, als sie ihm ihre Aufmerksamkeit schenkten. Vielleicht war das ja auch nur der altersweise Blick, den alle Prostituierten irgendwann bekamen. Diese abgestumpfte, müde Einsicht, dass die Welt nicht besser war als sie selbst und dass sie sich deshalb gegenseitig verdienten.

Es machte Gordon traurig, dass so junge Männer schon ein so verzweifeltes Leben führen konnten, ohne zu erkennen, dass dieses Leben sie im Griff hatte. Und doch war es so. Man hörte es in dem freudlosen Lachen, sah es in dem Glanz grausamer Augen, im widerstandslosen Hinnehmen von allem, was das Leben für sie bereithielt.

Als sie bei Gordon ankamen, zuckte er fast zusammen, als er den kalten, mitleidlosen Blick sah, mit dem sie ihn bedachten. Doch es waren ihre Worte, die ihn wirklich trafen.

Der Anführer war ein sommersprossiger Rothaariger, der sein Hemd am Bauchnabel aufgeknöpft hatte, um seine Haut zu entblößen, die er gern an den Höchstbietenden verkaufte. Oder vielleicht sogar an den, der am wenigstens bot.

„Ach, da ist er ja", freute sich der Rothaarige. „Batman, der Beschützer der Hilflosen. Squirts Fan. Wo ist denn dein kleiner, blonder Freund? Zuhause im Bett, wo er darauf wartet, dass Daddy es ihm so richtig besorgt?"

Gordon verengte die Augen zu Schlitzen und sagte: „Haltet nicht den Verkehr auf, ihr harten Kerle. Es wollen auch noch andere essen."

Einer der Strichjungen, der aussah, als wäre er fünfzehn und mitten in einem Akneschub, doch der immer noch einen schlanken und schönen Körper hatte, stieß den Rothaarigen mit dem Ellbogen an. „Das weißt du doch besser, Mann. Squirt rekelt sich nicht in den Laken von diesem Typen. Die Polizei hat ihn am Wickel und nimmt ihn auseinander." Er grinste bösartig, als er sah, wie aufmerksam Gordon plötzlich wurde. Mit leiser Stimme, als wären sie zwei Verschwörer, sagte er: „Hab gehört, es geht um was Ernstes. Mord zum Beispiel." Dann lachte er laut los.

Gordon schlug das Herz bis zum Halse. Er ließ die Kelle fallen, lehnte sich über den Tresen und ergriff Kratergesicht am Kragen. „Wovon zum Teufel sprichst du?"

Kratergesicht war vielleicht erst fünfzehn, aber er hatte lange genug auf der Straße gelebt, dass er sich seine Furcht nicht anmerken ließ. Er sah Gordon kühl an, während dieser ihn praktisch über den Tresen und die dampfenden Kartoffeln zog.

Er sah auf Gordons Hand hinunter, die ihn am Kragen festhielt. „Du zerknitterst die Ware. Wenn du mich herumschubsen willst, musst du schon ein paar Dollar springen lassen."

Gordon zog ihn noch näher zu sich. „Wiederhole noch einmal, was du gerade gesagt hast oder du pulst dir für die nächsten drei Wochen Kartoffeln aus den Ohren."

Der Rothaarige und Kratergesichts anderer Freund, der grünblonde Strähnchen in den Haaren hatte, die aussahen, wie mit Chlorbleiche malträtiert, lachten sich über Kratergesichts Dilemma tot. Offensichtlich waren sie auch von Gordons Heldenmut begeistert. Der Rothaarige streichelte ihm sogar liebevoll über den Bizeps. Er sah aus, als gefiele ihm, was er sah.

Gordon ließ Kratergesicht los und schüttelte die Hand des Rothaarigen ab, weil ihn seine Berührung anekelte. Der Rothaarige kicherte und spielte sich dann wieder als Anführer auf.

„Dein Freund sitzt im Polizeihauptquartier, Blödmann. Hab ihn gesehen mit zwei Bullen im Schlepptau. Auf der Straße munkelt man, dass er was mit der lebenden Fackel zu tun hat, die man vor zwei Tagen an der Bucht gefunden hat. Vielleicht solltest du dir deine Freunde etwas sorgfältiger aussuchen."

„Und du solltest die Fresse halten", schnappte Gordon, was den Dreien nur erneutes Gelächter entlockte.

Gordon verließ seinen Arbeitsplatz und hielt auf die Tür zu. Mama Davis sah ihn gehen. Im letzten Moment drehte er sich zu ihr um und warf ihr einen fragenden Blick zu. Sie lächelte ihm besorgt zu und ihr Mund formte lautlos die Worte: „Bis morgen. Keine Sorge, Schätzchen. Ich schließe deine Taschen im Büro ein."

Gordon legte als Geste des Dankes eine Hand auf sein Herz. In seiner Aufregung hatte er gar nicht mehr an die Sachen gedacht, die er für Squirt gekauft hatte. Nachdem er nun Mamas Erlaubnis hatte, rannte er durch die Tür. Er konnte seine Angst kaum noch bändigen.

Verdammt. Was wollte die Polizei bloß von Squirt?

6

DAS HAUPTQUARTIER der Polizei von San Diego war nur ein paar Blocks von der Suppenküche entfernt, an der Ecke Broadway und 16th Straße. Nach nur wenigen Minuten war Gordon da. Weil ihn sein Sprint angestrengt hatte, stand er eine Weile schwitzend vor der Tür und versuchte, gegen seine Panik anzukämpfen.

Diese Panik kam von seinen eigenen Erinnerungen an das letzte Mal, als er hier gewesen war. In Handschellen. Verwirrt, voller Angst und in dem Wissen, dass er gerade sein Leben versaut hatte. Und als wäre das nicht schon schlimm genug – auch in dem Wissen, dass er einen Mann getötet hatte.

Nur daran zu denken, bescherte ihm wieder die alten Schuldgefühle und das Bedauern. Seine Hände begannen zu zittern und sein Puls hämmerte hinter seinen Schläfen. Er atmete tief ein, strich sich das Haar aus dem Gesicht und versuchte, die Erinnerungen niederzukämpfen. Das war nicht leicht. Diese Gefühle, diese Erinnerungen hatten so lange sein Leben bestimmt, dass sie ein Teil von ihm waren. Er fühlte sich leer, wenn sie ihn nicht ausfüllten.

Gordon riss sich zusammen und stürmte auf das Gebäude zu.

Er eilte durch die Eingangstür und erkannte sofort, dass er sich überhaupt nicht an das Gebäude erinnerte. Und dann wusste er auch, warum. Damals hatte er es durch den Keller betreten, nachdem man ihn am Unfallort festgenommen hatte. Gordon hatte diesen Teil des Gebäudes nie zuvor gesehen. Er hatte es auch wieder durch den Keller verlassen, wo ein Einsatzwagen darauf gewartet hatte, ihn ins Bezirksgefängnis zu bringen, wo er auf seinen Prozess warten und schließlich ein Jahr seines Lebens verbringen würde.

Noch einmal versuchte er, sich zusammenzureißen und seine Gedanken auf das momentane Problem zu richten. Er sah sich um und bemerkte einen Informationsschalter, hinter dem eine Beamtin mit verbundener Hand saß. Sonst befand sich niemand in diesem Eingangsbereich und die Polizistin sah aus, als würde sie sich zu Tode langweilen. Weil sie nichts anderes zu tun hatte, konzentrierte sie sich auf Gordon und beobachtete, wie er auf sie zuging.

Gordon zuckte unter ihrem Blick zusammen, weil er wusste, was gleich folgen würde. Er wusste es, weil er damit leben musste, seit er vor einem Jahr aus dem Gefängnis entlassen worden war. Er war also nicht überrascht, als er an ihrem Blick ablesen konnte, dass sie ihn erkannt hatte. Auch ihre Worte überraschten ihn nicht.

„Sie haben doch mal das Wetter angesagt, oder? Auf Channel 10."

Ihre Worte wurden nicht von einem Lächeln begleitet. Sie erinnerte sich. Sie erinnerte sich an alles. Auch das konnte Gordon in ihren Augen sehen. Immerhin hatten die lokalen Nachrichtensender groß und breit über seinen Fall berichtet. Er war ja schließlich so etwas wie eine Berühmtheit gewesen. Und die Menschen liebten es, wenn Berühmtheiten zu Fall kamen.

Der Blick der Polizistin war kalt. Auch ihre Stimme war kalt, als sie sagte: „Was kann ich denn für *Sie* tun?"

Sie sprach mit ihm, als wäre er eine Kakerlake unter ihrer Schuhsohle. Aber auch daran war Gordon gewöhnt. So sprachen Bullen immer mit Kriminellen. Und in den Augen eines Cops war man immer ein Krimineller, wenn man einmal vom rechten Weg abgekommen war. Wenn man vorbestraft war, war man in den Augen der Polizei Abschaum. Und diese Einschätzung hielt an, bis man unter der Erde lag.

Er rüstete sich gegen die Bosheit der Frau, so wie er es schon oft hatte tun müssen, und konzentrierte sich darauf, was er sagen wollte.

Wieder strich er sich die Haare aus dem Gesicht – eher eine nervöse Geste als alles andere. „Ein Freund von mir ist verhaftet worden, aber das ist alles nur ein Missverständnis. Er hat nicht getan, was Ihre Kollegen denken."

Die Polizistin fummelte an ihrem Verband herum und schien sich mehr darauf, als auf Gordon zu konzentrieren. Immer noch sah sie unglaublich gelangweilt aus. „Und was denken wir, was er getan hat?"

Oh Gott, Gordon hasste die Polizei. Er war sich ziemlich sicher, dass jeder, der irgendwann mal das Unglück hatte, mit ihr zu tun zu haben, die Polizei hasste. Er war auch nicht dumm genug herauszuposaunen, dass er und Squirt vielleicht etwas über den Mord unter der Brücke wussten. Die drei Blödiane aus der Suppenküche könnten auch völlig falsch liegen und Squirt war wegen einer ganz anderen Sache hier. Wenn er überhaupt hier war.

Als Gordon ihre Frage ignorierte, tat sie so, als würde sie ein Gähnen unterdrücken, weil sie mit jemandem sprach, der offensichtlich geistig beschränkt war. „Wie heißt denn Ihr Freund?" Nach der Methode Adlersuchsystem tippte sie auf ihrer Tastatur herum und schaute dann auf den Monitor, während sie auf Gordons Antwort wartete.

Gordon blinzelte. Er merkte, wie er rot wurde. Um Himmels willen, er kannte nicht einmal Squirts richtigen Namen! Er hatte nicht einmal die *geringste* Idee!

Genervt wandte die Beamtin den Blick vom Monitor ab und sah Gordon erwartungsvoll an. „Also? Hat er einen Namen? Ohne einen Namen kann ich in unserem System nichts finden. Ich bin schließlich keine Hellseherin. Ich muss Sachen auf die altmodische Art erledigen."

Gordon erwiderte etwas Unsinniges, an das er sich später nicht einmal erinnern konnte. Schließlich murmelte er. „Tut mir leid. Mir ist da ein Fehler unterlaufen."

Er trat genau in dem Moment vom Informationsschalter zurück, als irgendwo zu seiner Rechten der Fahrstuhl piepte. Einfach nur, um dem Blick der Polizistin zu entkommen, drehte er sich nach dem Geräusch um. Während er auf wackeligen

Beinen in Richtung Ausgang lief – er hoffte auf einen würdevollen Abgang und scheiterte vermutlich kläglich – sah er zu, wie sich die Türen des Fahrstuhls öffneten. Auf halbem Weg zum Ausgang blieb er wie angewurzelt stehen.

Der Mann, der den Fahrstuhl verließ, war Squirt. Er trug eine Khakihose, die schon bessere Zeiten gesehen hatte und ein schwarzes, langärmeliges T-Shirt, das offensichtlich brandneu war. Man konnte noch deutlich sehen, wie es einmal zusammengefaltet gewesen war. An den Füßen trug er immer noch dieselben Tennisschuhe. Und wie immer hatte er sich eine Chargers Baseballkappe tief in die Stirn gezogen.

Neben Squirt ging ein Mann, ein Cop im Anzug. Gordon wusste sofort, dass der Mann ein Detective war. Und wenn Gordon raten müsste, würde er auf Mordkommission tippen.

Überraschenderweise hatte der Cop Squirt eine Hand auf die Schulter gelegt; und zwar auf eine freundliche und nicht vorsichtige Art und Weise. Er lächelte, wogegen Squirts Gesichtsausdruck von der Kappe verdeckt wurde.

Gordon hielt ein paar Schritte vom Haupteingang entfernt an und wartete darauf, dass Squirt ihn entdeckte. Während er wartete, hielten der Polizist und Squirt ein Stück entfernt von ihm an. Der Detective hielt Squirt eine Hand hin und dieser schüttelte sie schüchtern.

„Danke, dass du vorbeigekommen bist, Jerry. Du hast das Richtige getan." Mit der anderen Hand klopfte er Squirt auf die Schulter. „Pass auf dich auf, okay? Wenn ich dich brauche, melde ich mich bei dir. Und wenn dir noch irgendetwas einfällt, frag nach Detective Browning. Das bin ich."

Squirt nickte, blieb jedoch stumm. Der Detective ließ Squirts Hand los und drehte sich um, um wieder in den Fahrstuhl einzusteigen. Einen Augenblick später gab der Fahrstuhl wieder ein *Ping!* von sich und der Polizist war verschwunden. Erst da sah Squirt auf und entdeckte Gordon.

Ein überraschtes Lächeln breitete sich auf seinem Gesicht aus. „Gordon!", sagte er so leise, dass Gordon ihn kaum hören konnte.

Das Lächeln auf Squirts Gesicht beruhigte Gordon ungemein. Tatsächlich sorgte es dafür, dass er wieder errötete. Er eilte an Squirts Seite und umarmte ihn.

Aus dem Augenwinkel konnte er sehen, wie die Polizistin hinter ihrem Tresen angewidert den Kopf schüttelte, doch das kümmerte Gordon nicht. Sollte sie doch zur Hölle fahren. Er nahm Squirts Hand und führte ihn zum Ausgang.

Erst als sie draußen waren, blieb Gordon stehen und duckte sich, um unter der Baseballkappe Squirts Gesicht sehen zu können.

„Geht es dir gut?", fragte Gordon. „Warum warst du hier?"

Wie immer sprach Squirt leise. Ein kleines Lächeln umspielte seine Lippen, vielleicht weil er immer noch überrascht war, dass Gordon hier auf ihn gewartet hatte. „Ich bin wegen des Mannes unter der Brücke hergekommen. Die Polizei musste erfahren, was ich gesehen habe. Es war ja nicht viel, aber ich fand trotzdem, dass sie es wissen müssen. Habe ich was falsch gemacht?"

„Nein. Natürlich nicht. Du hast das Richtige getan. Was haben sie gesagt?"

Squirt zuckte mit den Schultern. „Sie haben sich bedankt."

„Das war alles?"

Squirt nickte. „Mmh."

„Sie wollten dich nicht festnehmen?"

Squirt fuhr sich mit der Hand über seinen Bartschatten, als würde er über die Frage nachdenken. „Warum sollten sie das tun?"

„Ich weiß nicht. Hast du ihnen gesagt, dass ich bei dir war?"

Squirt schüttelte den Kopf. „Ich fand nicht, dass sie das wissen müssen."

Bevor Gordon die Chance hatte zu antworten, streckte Squirt eine Hand aus und strich ihm fast geistesabwesend über den Unterarm. Ein Schauer durchfuhr Gordon. „Bist du gut nach Hause gekommen, Gordon?"

Gordon lächelte und legte seine Hand über Squirts. „Ja, und dafür habe ich dir zu danken." Jetzt, da sie zusammen waren, wollte er Squirt nicht gehen lassen. Noch nicht. Tatsächlich wusste er plötzlich ganz genau, was er tun wollte.

„Ich habe etwas für dich."

Squirt blinzelte erfreut. „So etwas wie ein Weihnachtsgeschenk?"

„Ja", sagte Gordon lächelnd. „Sogar mehrere. Los komm, wir holen sie und dann möchte ich, dass du zum Abendessen mit in meine Wohnung kommst. Ist das in Ordnung?"

Squirt zuckte wieder mit den Schultern. „Klar", sagte er. „Warum nicht. Ich bin richtig doll hungrig."

Gordon grinste. „Gut."

Wieder war Gordon fasziniert davon, wie Squirt alles auf das Wesentliche reduzierte – ungefähr so wie ein Kind. Geschenke hatten etwas mit Weihnachten zu tun. Und er hatte überhaupt keine Scheu, Gordon zu berühren, einfach weil er die Beschaffenheit seiner Haut spüren wollte.

Und er dachte sich nichts dabei, zur Polizei zu gehen und ihnen zu erklären, was er in der Nacht gesehen hatte, als dieser arme, obdachlose Mann in Flammen aufgegangen war.

Gordon hatte so lange darüber nachgedacht, bis er sich die ganze Sache ausgeredet hatte. Doch Squirt hatte das nicht getan. Er hatte beschlossen, dass es seine Pflicht war, die Polizei zu informieren.

Und darum war Squirt der bessere Mensch. Es überwältigte ihn, wie dieser einfache, obdachlose Mann ein Leben lebte, das sicher nicht leicht war, während Gordon aus seinem eigenen ständig ein Drama machte. Sicher, Squirt hatte niemanden getötet. Das machte einen Unterschied, oder nicht?

„Wir müssen zuerst bei der Suppenküche vorbei. Ist das in Ordnung?"

Squirt nahm sich die Kappe ab und schlug sie sich ein paar Mal gegen den Oberschenkel, so als wolle er den Staub der Straße loswerden. Während er das tat, beobachtete Gordon seine blassblonden Haaren, die in der Sonne glitzerten, als hätten auch sie Feuer gefangen. Gordon wollte eine Hand ausstrecken und ihm durch die Haare fahren, um noch einmal diese seidige Textur zu fühlen. Doch als er endlich seinen Mut zusammengenommen hatte, hatte Squirt seine Kappe wieder aufgesetzt.

Sie gingen den Broadway hinauf. Die Sonne stand mittlerweile tief am Himmel. Sie gingen langsam und genossen die kühle Abendluft auf ihren Gesichtern, die sie wie ein Parfüm einatmeten. Als sich der Abend schließlich herabsenkte und die Schatten länger wurden, schalteten sich die Straßenlaternen ein. Immer öfter sah Gordon jetzt Autos mit eingeschaltetem Licht. Es würde bald Nacht werden und die Stadt bereitete sich darauf vor.

Gordon fragte sich, was sie wohl für sie bereithielt.

„Wird man dich im Elektrogeschäft vermissen, wenn du später kommst?", fragte er. „Haben die ein Auge auf dich?"

Die Frage schien Squirt zu überraschen. „Warum sollten sie? Ich schlafe nur dort. Das ist nicht mein Zuhause."

„Und wo ist dann dein Zuhause?", fragte Gordon.

Squirt tippte sich mit einem langen, schmalen Finger gegen die Schläfe. „Hier", sagte er. „Mein Zuhause ist genau hier."

Die naive Schönheit dieser Worte machte Gordon sprachlos.

Als sie liefen, nahm Squirt irgendwann wieder Gordons Hand. Mehr als ein Passant warf ihnen einen Blick zu, doch Squirt schien das nicht zu stören. Und auch Gordon war es egal. Squirt war sauber, er war jung und in Form, und er war wunderschön. Er sah nicht aus, als wäre er obdachlos. Und selbst wenn, wäre es Gordon nicht peinlich, Hand in Hand mit ihm die Straße entlangzugehen. So ein schlechter Mensch war er nun auch wieder nicht.

Wobei, letztendlich wohl doch.

Squirt tippte jede Parkuhr, an der sie vorbeikamen, an, als wollte er Hallo sagen. Genauso, wie Gordon die Grabsteine auf dem Holy Cross Friedhof angetippt hatte. Gordon fiel plötzlich ein, was der Detective zu Squirt gesagt hatte.

„Der Polizist hat dich Jerry genannt. Als würde er dich kennen. Ist das dein Name? Jerry?"

Squirt senkte den Kopf und hörte auf, die Parkuhren zu begrüßen. Die Hand, mit der er nicht Gordons festhielt, versenkte er in seiner Hosentasche und da blieb sie auch. Anstatt den rotgoldenen Sonnenuntergang zu betrachten, so wie er es bisher getan hatte, schaute er nun angestrengt auf seine Füße.

„Ich weiß nicht, warum er mich so genannt hat", sagte Squirt. „Er muss mich mit jemandem verwechselt haben. Ich kann es nicht leiden, wenn man mich Jerry nennt. Das macht mich traurig."

„Warum?"

„Ich weiß nicht. Ist einfach so." Squirt riss seinen Blick von seinen Schuhen los und sah Gordon ins Gesicht. Langsam breitete sich ein Lächeln auf seinem Gesicht aus. Er kam ein bisschen näher, sodass sich ihre Schultern beim Laufen berührten. „Du bist gekommen, um nach mir zu sehen", sagte er. „Du hast dir Sorgen gemacht. Das konnte ich auf deinem Gesicht sehen."

Jetzt war es an Gordon, mit den Schultern zu zucken. „Ich dachte, sie hätten dich verhaftet. Da ich ja wusste, dass du unschuldig bist, wollte ich versuchen, dich freizubekommen. Ich weiß, wie es ist, eine Nacht im Gefängnis zu verbringen. Das ist keine schöne Erfahrung und das wollte ich dir gern ersparen."

„Ist ja nichts passiert", sagte Squirt.

Und Gordon lächelte. „Nein, ist nichts passiert."

Squirt zeigte nach vorn. „Da ist die Suppenküche. Sind da meine Geschenke?"

Gordon lachte. „Ja. Aber wir können sie erst aufmachen, wenn wir zu Hause sind. Sie sind alle noch verpackt."

„Verflixt." Squirt klang enttäuscht. Dann kicherte er, als er Gordon ansah. „Hab nur Spaß gemacht. Es macht mir nichts aus, zu warten. So lange ich bei dir bin, macht mir kaum was aus."

Diese einfache Feststellung zielte wie ein Pfeil auf Gordons Herz. Sie durchbohrte ihn und setzte sich dann als kleines, flatterndes Gefühl in seiner Bauchgegend fest. Ein breites Grinsen legte sich auf sein Gesicht.

„Danke, Squirt", sagte er in tiefer Aufrichtigkeit. „Wenn ich mit dir zusammen bin, macht mir auch kaum was aus."

Squirts Finger schlossen sich fester um Gordons Hand und Gordon lächelte bei dem Gefühl.

GORDON UND Squirt erreichten die Suppenküche, als die letzten Ehrenamtlichen das Gebäude verließen. Gordon griff nach der Tür, bevor sie sich wieder schließen konnte und zog Squirt ins Gebäude.

Der Essenssaal war schon geputzt und roch nach Reinigungsmittel mit Fichtenduft. Mama Davis war eine sehr saubere und ordentliche Person. Wäre dem nicht so gewesen, hätte die Stadt die Suppenküche sicher schon vor langer Zeit geschlossen.

Gordon konnte zwar niemanden sehen, doch aus dem Küchenbereich konnte er ein leises Summen vernehmen. Es war Mama Davis, die ihren Lieblingschoral „Standing on the Promise" vor sich hinsummte. Gordon hatte sie schon tausend Mal dieses Lied summen hören. Wenn sie glücklich war und wenn sie wütend war und auch in den seltenen Momenten, wo sie nichts anderes zu tun hatte, summte sie dieses Lied. Sie sang nie die Worte, sondern summte. Dieser Choral schien ein Teil dieser Frau zu sein. Und obwohl Mama Davis bodenständig und furchtlos und ziemlich beleibt war, klang ihr Summen wie die Koloratur einer Operndiva – fein, vollendet und zart, doch sie traf immer den Ton. Sie hatte die Stimme einer alten Frau.

Einer alten Frau, mit der sich niemand, der noch ganz bei Trost war, anlegen würde.

Als sie ihre Schritte hörte, lugte Mama Davis um die Ecke, um nachzusehen, wer da kam. Als sie Gordon erkannte, schenkte sie ihm ihr zahnreiches Lächeln.

„Schätzchen, Gott sei Dank bist du es. Ich dachte schon, Satan wäre da, um mich zu holen."

Sie kam ihnen entgegen und wischte sich die Hände an einer Schürze ab, die sie vom Oberkörper bis zu den Knien bedeckte. Wie immer steckten in den Taschen vielerlei Dinge, deren Gewicht der Schürze eine seltsame Form gab. Sie sah kurz Gordon an und schaute dann interessiert Squirt an. Ihr Blick wurde weich.

„Ich bin wegen meiner Taschen hier", sagte Gordon. Mama nickte, wobei sie immer noch unverwandt Squirt ansah.

„Wenn du nicht ein Hübscher bist", sagte Mama, ging direkt auf Squirt zu und nahm ihn in die Arme. Squirt erwiderte die Umarmung und grinste dabei Gordon an, weil er nicht wusste, wo er sonst hätte hinsehen sollen.

Als Mama ihn auf Armeslänge von sich hielt und die Baseballkappe zurückschob, um mehr von seinem Gesicht sehen zu können, keuchte sie vor Überraschung fast auf, als sie seine blonden Haare sah.

„Schätzchen, du bist ja ein Kohlkopf!" Und dann lachte sie, als Squirt sich nervös mit den Fingern durch die Haare fuhr, als frage er sich, was jetzt so Besonderes daran sei.

Mama wandte sich an Gordon. „Das ist dein Freund, oder?"

Gordon nickte. „Mama, ich würde dir gern Squirt vorstellen. Das ist Mama Davis. Ich arbeite für sie."

Mama gab Gordon einen wohlmeinenden Klaps auf die Brust. „Und Freundin! Vergiss das nicht!"

„Und Freundin", wiederholte Gordon.

Mama betrachtete Squirts Gesicht mit schiefgelegtem Kopf und einem wissenden Blick, so als sehe sie noch viel mehr als seine blassblauen Augen, seine gütige Art und seine Hand, die Gordons umfasst hielt.

„Es freut mich, dich kennenzulernen, Squirt."

Squirt lächelte, während er errötete. „Mich auch."

Mama sah sie beide nacheinander an. „Habt ihr beiden etwa noch nichts gegessen? Ich habe noch ein bisschen übrig. Ihr könnt es in der Mikrowelle aufwärmen, falls es bereits kalt ist."

Squirt räusperte sich, bevor er leise sagte: „Gordon hat mich zu sich nach Hause zum Abendessen eingeladen. Wir werden da essen."

Mama Davis strahlte. „Ist das nicht wunderbar?" Sie warf Gordon einen vielsagenden Blick zu. „Ich wette, du bist wegen deiner Einkaufstüten hier." Sie tätschelte Squirt die Wange und zeigte auf einen Stuhl. „Schätzchen, setz dich doch dorthin, während ich Gordon zeige, wo ich seine Sachen verstaut habe. Es dauert auch nicht lange."

Squirt tat wie geheißen und Gordon folgte Mama in die Küche.

Sobald sie außer Sichtweite waren, drehte sich Mama zu Gordon um und zog ihn in eine Umarmung.

„Ich werde dich und deinen Freund nicht noch mehr in Verlegenheit bringen, als ich es ohnehin schon getan habe. Das verspreche ich. Ich möchte nur, dass du mir für eine Minute zuhörst. In diesem Jungen wohnt ein Engel, Gordon. Ich kann es fühlen. Und er ist zerbrechlich. Ich weiß nicht, was ihm in seinem Leben zugestoßen ist, doch was immer es war, es hat ihn rein zurückgelassen. Falls du verstehst, was ich damit sagen will. Seine Seele ist rein, wenn sie auch Narben davongetragen hat. Geh vorsichtig mit ihm um. Wirst du mir das versprechen?"

„Mama, ich …"

Die alte, dunkelhäutige Frau trat einen Schritt zurück und betrachtete Gordon eindringlich. Ein Lächeln breitete sich langsam auf ihrem Gesicht aus und hinterließ tiefe Furchen auf ihren Wangen. „Ach, Schätzchen, ich muss dir das alles gar nicht erzählen, oder? Du bist seinem Charme längst erlegen." Sie legte eine Hand auf seine und die andere Hand auf ihr Herz.

Gordon verstand nicht so recht, was vor sich ging. „Nein, Ma'am. Ich bin bloß …"

Mama lachte herzlich, und klopfte mit ihrer Hand auf Gordons Herz, so wie sie mit der anderen auf ihr Herz klopfte. „Nichts da. Du kannst mich nicht täuschen. Und dich solltest du auch nicht täuschen. Ich hab so ein Gefühl, dass ihr beiden gut füreinander sein werdet. Gib deinen Gefühlen ein bisschen Raum. Lass sie frei. Ich mag eine religiöse Frau sein, doch ich bin nicht so übermäßig religiös, dass ich nicht das Gute sehen könnte, wenn zwei Menschen zusammenkommen – egal, wer sie sind und was für eine Ausstattung sie wohl haben." Sie verdrehte sich den Hals, um Squirt zu sehen, der immer noch geduldig am Tisch saß und seine Baseballkappe in den Händen drehte. Als Mama Davis sich wieder Gordon zuwandte, schimmerten Tränen in ihren Augen. Diese Tränen überraschten ihn mehr als alles andere.

Sie nahm Gordon in die Arme, so wie sie es mit Squirt getan hatte. Dabei schnürte sie ihm fast die Luft ab.

„Der Junge ist Gold wert, Gordon. Ich glaube, er ist genau das, was du gerade brauchst. Er wird dich in die Welt zurückführen, wenn du ihn nur lässt. Ich weiß, das wird er. Und ich denke, vielleicht kannst auch *du ihn* zurückbringen. Das denke ich wirklich. Es gibt kein Leid auf dieser Welt, das man nicht besiegen kann. Vergiss das nicht."

Sie drückte ihre kühlen Lippen auf Gordons Wange, küsste ihn und ließ ihn dann los. Gordon fand keine Worte. Jedenfalls nicht im Moment. Erst nach ein paar Augenblicken fand er seine Stimme wieder.

„Er hat schon jetzt mein Leben verändert. Ich weiß gar nicht, wie er das angestellt hat. Ich weiß nur, dass ich mit ihm zusammen sein will."

Mama grinste und ließ ihre großen, weißen Zähne aufblitzen. „Dann sei mit ihm zusammen, Schätzchen. Tu für den Jungen, was immer in deiner Macht steht und ich wette, er wird sich millionenfach revanchieren."

Plötzlich fühlte Gordon ein Stechen in den Augen. Jetzt würden auch bei ihm die Tränen fallen. Das sollte ihm peinlich sein, war es jedoch nicht.

„Er hat sich schon revanchiert, Mama. Schon seit ich ihn das erste Mal gesehen habe."

Mama lachte. „Ist die Liebe nicht wunderbar, Schätzchen? Ist sie nicht das Allerbeste?"

Gordon starrte sie an und war schockiert, weil sie das L-Wort benutzt hatte. War es das, was sie dachte? Dass Gordon in Squirt verliebt war? Ging es darum?

Mama sah seinen überraschten Gesichtsausdruck und grinste. „Du denkst, es ist zu früh, oder? Du denkst, dass du ihn doch noch gar nicht lange kennst."

Gordon nickte. Genau das hatte er gedacht.

Mama grinste. „Darum geht es bei der Liebe nicht. Nicht ein bisschen. Also mach dir keine Gedanken. Du kommst schon von selbst drauf, wenn du soweit bist." Sie kicherte gut gelaunt. „Bis dahin bin ich auch nicht schlauer als du. Und eines Tages wirst du es dann wissen. Sei nur vorsichtig mit ihm. Er hegt schon jetzt Gefühle für dich. Brich ihm nicht das Herz."

Gordon ließ seinen Blick über den Speisesaal schweifen. Squirt hatte einen Fuß vor sich ausgestreckt und betrachtete seinen abgelatschten Tennisschuh. Als er mit dem linken fertig war, ging er zum rechten über.

„Vielleicht sollte ich ihm neue Schuhe kaufen", sagte Gordon mehr zu sich selbst als zu Mama.

Bei seinen Worten musste sie lachen. „Ja, tu das, Gordon. Aber Liebe ist überhaupt nicht im Spiel, oder?"

Sie schüttelte den Kopf, als wundere sie sich darüber, warum Männer immer so dumm waren. Als sie ausreichend ihren Kopf geschüttelt hatte, zog sie ihn zur Hinterseite der Küche, wo sie die Bürotür aufschloss. Gordons Macy's Tüten waren in einer Ecke aufgestapelt.

Als Gordon sie aufgehoben hatte, gab ihm Mama einen letzten Kuss auf die Wange. „Sobald du dir über deine Gefühle klargeworden bist und wenn du findest, es ist der richtige Moment, lässt du diesen Jungen wissen, was du für ihn empfindest. Wirst du das für mich tun?"

Gordon konnte nur stumm nicken, weil er immer noch daran knabberte, was Mama ihm durch die Blume sagen wollte. Als er seine Stimme fand, sagte er: „Wenn wahr ist, was du sagst, werde ich das wohl eher für mich als für ihn tun."

„Natürlich wirst du das", zwitscherte Mama, glücklich darüber, dass Gordon offensichtlich endlich zur Vernunft kam. „Jetzt geht. Geht, ihr zwei."

Sie zog ein Taschentuch hervor und putzte sich die Nase. „Viel Glück, Schätzchen", flüsterte sie, als Gordon mit seinem Dutzend Einkaufstüten davonging.

7

SQUIRT WAR bereits bei seinem vierten Stück Pizza, als er aufsah und sich räusperte. „Ich mag deine Wohnung."

„Danke", sagte Gordon und fragte sich, wie Squirt die Wohnung wohl vor ein paar Tagen gefallen hätte, als überall Müll herumlag, eine dicke Staubschicht alles bedeckte und das Geschirr in der Spüle vollgekotzt gewesen war. „Ich versuche, sie sauber zu halten", log er. Er versuchte eigentlich nie, sie sauber zu halten. Squirts kleines Reich im Keller, wo er eine Tür als Bett benutzte, war zehnmal sauberer als Gordons Wohnung und er wäre der erste, das zuzugeben.

In seinem neuen Hemd und den neuen Jeans sah Squirt richtig gut aus. Es hatte sich herausgestellt, dass Gordon gut im Shoppen war. Alles, was er gekauft hatte, passte perfekt. Tatsächlich hatten die Sachen einen derartigen Effekt, dass Gordon sich fragte, wie Squirt wohl ausgesehen hatte, bevor er auf der Straße gelandet war. Gordon wusste immer noch nicht, warum Squirt das Leben führte, das er eben führte, doch es war sicherlich weder wegen Drogen noch Alkohol. Squirt hatte die klaren, gesunden Augen von jemandem, der in seinem Leben noch nie über die Stränge geschlagen hatte. Mit seinem hellen Haar sah er aus *wie aus dem Ei gepellt*.

Und natürlich wunderschön.

In einem ruhigen Moment, als ihr erster Hunger gestillt war, saß Squirt Gordon gegenüber am Esstisch und starrte durch das Fenster auf die Silhouette der Stadt. Sein Haar umspülte sein Gesicht so wie Wasser einen Stein umspült. Das Blau seiner Augen war dasselbe Blau, das man in Bildern vom Mittelmeer sah. Azurblau. Endlos tief. Ruhig.

Seine Stimme war sanft, als er sprach. Ruhig. Und immer herzlich. „Gordon?", setzte er an.

„Ja?"

„Ich mag dich."

Gordon lächelte. „Ich mag dich auch, Squirt."

Gordon sah zu, wie Squirt sich von dem Anblick der Stadt losriss. Zum hundertsten Mal an diesem Tag trafen sich ihre Blicke. Und jedes Mal passierte es: Gordons Herz machte einen kleinen Sprung.

„Danke für die Sachen."

„Squirt, du musst mir nicht ständig danken. Das hast du schon zehn Mal gemacht. Gern geschehen. Und mehr werde ich dazu nicht sagen."

„Na gut." Squirt spielte mit seiner Gabel herum, beugte sich dann zu Gordon hinüber und fragte: „Kann ich die Sachen hierlassen?"

Gordon verstand die Frage nicht. „Wieso würdest du das wollen? Nimm sie mit nach Hause und zieh sie an. Darum habe ich sie dir ja gekauft."

Squirt sah aus, als fühle er sich nicht wohl. Auch das konnte Gordon nicht verstehen.

„Meinst du, wir werden uns wiedersehen?", fragte Squirt.

„Nun ja, natürlich", sagte Gordon. „Das hoffe ich doch."

„Hier?"

„Klar. Ich habe dich gern zu Besuch."

„Dann würde ich die Sachen gern hierlassen. Ich kann sie anziehen, wenn ich bei dir zu Besuch bin."

Gordon beugte sich zu Squirt hinüber und legte eine Hand auf seinen Handrücken. Er schüttelte sie leicht, um Squirts Aufmerksamkeit zu erregen. „Was ist los? Was versuchst du, so angestrengt nicht zu sagen?"

Squirt errötete. Er sah überall hin, nur nicht Gordon ins Gesicht. Schließlich musste er ihm doch in die Augen sehen. „Wenn ich sie mit zu mir nehme, wird sie jemand stehlen. Ständig werde ich beklaut. Von Kunden im Laden. Die kommen in den Keller, um aufs Klo zu gehen, und dann stecken sie sich Sachen ein. Ich möchte die Dinge, die du mir gekauft hast, nicht verlieren. Ich möchte nicht, dass du sauer wirst."

Gordon streichelte sanft über die Haare auf Squirts Handrücken. Er liebte es, wie sich Squirts Haut anfühlte. Vielleicht liebte er es ein kleines bisschen zu viel. Mama Davis war viel zu scharfsinnig.

„Ich glaube nicht, dass du in der Lage wärst, mich wütend zu machen. Aber wenn du dir um die Klamotten solche Sorgen machst, kannst du sie natürlich gern hierlassen. Oder du ziehst dir hier was an und gehst dann so nach Hause. Sie werden dir ja hoffentlich nicht die Sachen vom Leib stehlen, oder?"

Squirt lachte. „Noch nicht."

Gordon grinste, als er Squirt lachen sah. Das passierte nicht oft und war daher ein wirkliches Ereignis. „So werden wir es machen. Die Sachen, die du *nicht anhast*, lässt du hier."

Squirt trug ein breites Lächeln zur Schau. „Gut. Danke."

„Ach, und noch was."

„Ja?"

„Was für eine Schuhgröße hast du?"

„Größe acht. Warum?"

„Ach, nur so."

Diese Fragerunde schien Squirt ein wenig zu verwirren, doch das legte sich, sobald sie endete. Sein Blick wanderte von Gordons Augen hinab zu dem Punkt, wo sich ihre Hände berührten.

„Gordon, bist du schwul?"

Die Frage überraschte Gordon. Gleichzeitig war er froh, dass es endlich zur Sprache kam. Es wäre gut, wenn sie über ein paar Dinge sprachen. Es wäre auch gut, wenn er wüsste, wo er stand. Und wo Squirt stand.

Er nickte und hoffte, den anderen Mann damit nicht zu verschrecken. „Ja, ich bin schwul. Und du?"

„Ja, schon immer."

Gordon lächelte. „Ich auch. Ich war schon mit vier schwul."

Squirt kicherte. „Das ist noch gar nichts. Ich war schon mit *drei* schwul."

„*Zwei*", entgegnete Gordon.

Squirt kam ihm ganz nahe und versuchte, ihn unheimlich männlich und einschüchternd anzuschauen. „*Eins*", sagte er mit tiefer Stimme. Dann machte sein Kichern seine Fassade zunichte. Er war nicht wirklich der männliche, einschüchternde Typ und das wusste er auch.

Gordon warf den Kopf in den Nacken und lachte lauthals. „Verdammt, da hast du mich wohl geschlagen."

Da brachen sie beide in Gelächter aus. Squirts Lachen war ein wilder, lauter Bariton, der die Luft wie ein Schwarm Luftballons füllte; genauso warm und freundlich und bunt. Gordons Lachen hingegen war ein einziges Schnaufen und Japsen, das ihm peinlich war, obwohl es für noch mehr Gelächter sorgte. Es kam der Moment, in dem er erkannte, dass er seit Monaten nicht mehr so gelacht hatte. Durch seine Lachtränen hindurch beobachtete er Squirts Gesicht. Dessen perfekt weißen Zähne schimmerten im Licht der Deckenleuchte. Gordon war sich ziemlich sicher, dass er noch nie ein so schönes Lachen gesehen hatte.

Und die ganze Zeit hielt Squirt Gordons Daumen fest, so als wäre er tatsächlich ein Luftballon und hätte Angst, auf Nimmerwiedersehen davonzuschweben.

Bei dem Anblick überkam Gordon plötzlich Verlangen. Es bedurfte seiner ganzen Willenskraft, nicht über den Tisch zu springen und Squirt zu Boden zu küssen. Er wagte es nicht. Squirt war immer noch von einem Hauch Zerbrechlichkeit umgeben. Selbst in all dem Lachen umgab ihn diese Aura der Verletzlichkeit. So als könnte er leicht zerbrechen. Was auch immer ihm passiert war, es hatte ihn vom Irdischen entfernt. Manchmal schien es, dass er an seinem Leben nur unter größter Anstrengung festhielt. Oder zumindest an seinem Glück.

Die Vorstellung, Squirt zu verletzen, ängstigte Gordon. Er verstand Verletzungen. Er verstand, was es hieß, nur gerade so am Leben festzuhalten. Er verstand, wie es war, alles ertragen zu müssen und keinen Kampfeswillen mehr zu haben. Wenn er sich vorstellte, dass er Squirt jemals so verletzen könnte, dass dieser nicht ins Leben zurückfinden würde, dann wusste er, dass er sich das niemals würde vergeben können. Niemals.

Gordon schob diesen Gedanken beiseite, nahm den Pizzakarton und wedelte damit vor Squirts Nase herum. „Es ist noch ein Stück da. Iss. Ich bin satt."

„Bist du sicher?"

„Klar."

Squirt schnappte sich das Stück ohne weitere Diskussion, was Gordon mit einem Grinsen kommentierte. Für so ein schmales Persönchen konnte er ganz schön futtern.

Während Gordon so dasaß und Squirt dabei beobachtete, wie der den letzten Rest der Pizza verputzte, kam ihm ein weiterer überraschender Gedanke.

Sein Auto. Es war immer noch in der Tiefgarage des Wohnhauses abgestellt. Es stand dort, seit er es nach seiner Entlassung aus dem Gefängnis gekauft hatte. Sein altes Auto hatte bei dem Unfall einen Totalschaden erlitten. Mit dem neuen Auto war er an seinem ersten Tag in Freiheit vom Parkplatz des Autohändlers gefahren und hatte nach zwei Meilen eine solche Panikattacke bekommen, dass er es kaum nach Hause geschafft hatte. Seitdem stand das Auto auf seinem Anwohnerparkplatz. Manchmal ging er nach unten und ließ den Motor an. Er ließ das Auto ein wenig vor sich hintuckern, weil er den Eindruck hatte, dass er das tun musste. Damit gefahren war er seit diesem Tag jedoch nicht mehr. Das war etwas, was seine Mutter einfach nicht verstand. Leider war es auch etwas, das er ihr nicht erklären konnte. Diese Angst. Der kalte Schweiß. Die Furcht davor, etwas Falsches und unglaublich Dummes zu tun. Einen weiteren Unfall zu verursachen.

Noch ein Menschenleben auszulöschen.

Gordon wandte sich von Squirt ab, um zu dem altmodischen Schreibtisch in der Ecke hinüberzusehen. Die Autoschlüssel waren im obersten Schubfach. Irgendwie wusste er, dass der Moment gekommen war, diese Angst loszulassen. Es war an der Zeit, wieder Auto zu fahren.

Später am Abend, als das letzte Stück Pizza längst gegessen war und Squirt ziemlich müde dreinschaute, während sie auf der Couch saßen und Händchen hielten, stellte Gordon die Frage, deren Bedeutung Squirt nicht ansatzweise erahnen konnte.

Er beugte sich zu Squirt hinüber und umarmte ihn. Sie küssten sich nicht, obwohl Gordon das gern gewollt hätte. Gordon strich Squirt die Haare aus der Stirn und zeichnete mit einem Finger seine Augenbraue nach. Squirt schloss die Augen, als genoss er die Berührung.

„Es war ein langer Tag und du siehst aus, als würdest du jeden Moment einschlafen", sagte Gordon. „Wenn du möchtest, fahre ich dich nach Hause."

Squirt nickte. Beide Männer standen auf und es überraschte Gordon, dass Squirt sich in seine Arme kuschelte. „Danke", flüsterte er, den Kopf an Gordons Schultern gelehnt.

„Nein", flüsterte Gordon zurück. „Ich danke *dir*."

Er zog Squirt näher zu sich und das Geräusch seines wild klopfenden Herzens hallte in seinem Kopf wider. Gordon konnte sich nicht erinnern, dass jemals ein Mann so perfekt in seine Umarmung gepasst hatte.

Jemals.

„Ich kann dein Herz schlagen hören", sagte Squirt.

Und Gordon lächelte.

„Gut."

GORDON SETZTE Squirt in der Straße hinter dem Elektrogeschäft ab. Mit einem schüchternen Winken drehte Squirt sich um und fischte den Schlüssel aus seiner neuen Jeans, um die Tür zu öffnen. Gordon wartete, bis er drinnen war, bevor er losfuhr.

Das Auto gab ihm ein gutes Gefühl. Bis zu diesem Tag war ihm gar nicht aufgefallen, wie sehr er das Autofahren vermisst hatte. Er ließ die Scheiben herunter, sodass der Wind ihm die Haare zerzausen konnte, während er durch die Stadt fuhr. Als er an einer Autobahnauffahrt vorbeikam, entschloss er sich, aufzufahren. Er trat das Gaspedal durch und ordnete sich in den schnell fließenden Verkehr Richtung Süden ein.

Es war eine laue Nacht und das Auto reagierte prompt auf seine Manöver. Es schien genauso erleichtert zu sein wie Gordon, dass sie endlich wieder auf der Straße waren. Es schien jede seiner Bewegungen vorauszuahnen und wusste, wohin er wollte, noch bevor das Gordon selbst klar wurde.

Während er über die Straßen rollte, ließ er jede Minute des Abends Revue passieren. Er schwebte immer noch auf Wolke Sieben, weil er den Abend mit Squirt hatte verbringen dürfen. Das war ein neues Gefühl für Gordon. Doch obwohl es neu war, war er nicht so dumm, dass ihm nicht klar war, was es bedeutete. Er dachte an Mama Davis' Worte zurück und fragte sich, wie diese Frau so schlau sein konnte.

Als ihm die Geschwindigkeit auf der Autobahn zu viel wurde und er merkte, wie die Panik erneut versuchte, nach ihm zu greifen, fuhr er ab und hielt sich stattdessen an die Hauptstraßen. Ganz bewusst dachte er nur an das Hier und Heute, nicht an die Vergangenheit. Und es gelang ihm, die Erinnerungen zurückzudrängen, indem er an Squirt dachte: wie er sprach, wie er aß, wie er eine Hand nach Gordon ausstreckte. Die Güte in seinen Augen, seine sanften Augen, seine warmen Hände. Die Nacht schritt immer weiter voran und die Zahl der Kilometer auf seinem Tacho stieg. Irgendwann fuhr er über Umwege zurück zu seiner Wohnung, parkte das Auto und war dankbar dafür, sicher wieder angekommen zu sein. Nachdem er den Motor abgestellt hatte, beugte er sich nach vorn und ließ die Stirn aufs Lenkrad sinken. Er schloss die Augen. Sein Körper war zwar müde, doch sein Geist war hellwach.

„Danke, Gott", flüsterte er in das Dunkel. „Danke für das, was du getan hast." *Squirt*, dachte er, ohne die Worte zu formen. *Danke, dass du mir Squirt geschickt hast.*

Gordon öffnete die Augen und starrte durch die Windschutzscheibe auf die Jahre, die vor ihm lagen. Was brauchte er, um diese Jahre zu füllen? Was war das Wichtigste, das er brauchte, um ein anständiges, produktives Leben zu führen?

Vermutlich einen Job. Früher oder später würde er Arbeit finden müssen. Aber irgendwas mit Meteorologie? In dem einzigen Bereich, in dem er sich auskannte? Eher unwahrscheinlich. Außer es wäre etwas im Hintergrund, fern von allen Kameras. Seine Tage als lokal bekannter Wetterfrosch waren vorüber und das wusste er. Niemand würde ihn einstellen, damit er sich vor eine Kamera stellte. Nicht, wenn die ganze Stadt seine Geschichte kannte.

Vielleicht war er noch nicht bereit, sich nach einer neuen Stelle umzusehen. Nicht, bevor er das nicht ausgiebig durchdacht hatte. Sich einen Plan gemacht hatte. Sein Geld würde noch ein paar Monate reichen. Vielleicht sollte er sich zuerst auf die zweite Sache konzentrieren, die er für ein anständiges, produktives Leben brauchen würde. Und diese zweite Sache war nicht halb so kompliziert.

Er brauchte jemanden, mit dem er das Leben *teilen* konnte, das er sich aufbauen wollte. Jemanden, mit dem er gern zusammen war und der vielleicht auch gern mit ihm zusammen war. Und bei diesem zweiten Ziel gab es kein Sicherungsseil, kein Sprungtuch, um ihn aufzufangen. Er konnte das nicht vor sich herschieben. Er wusste ganz genau, was er wollte. Er wusste ganz genau, *wen* er wollte. Und morgen würde er damit beginnen, an dieser Zukunft zu arbeiten. Das volle Programm. Attacke!

Er stieg aus dem Auto aus, steckte die Schlüssel ein und grinste müde, aber glücklich vor sich hin, während er pfeifend die Treppe zu seiner Wohnung hochstieg.

Der arme Squirt. Er würde gar nicht wissen, wie ihm geschah.

8

UND DAMIT begann das Werben.

Während Gordon es genoss, nüchtern zu sein – und dankbar dafür war, dass sein Körper den ganzen Alkohol offensichtlich ohne nachhaltigen Schaden überstanden hatte –, entdeckte er auch das Gefühl der Zufriedenheit neu. Seine Albträume waren verschwunden. Er begann, vernünftig zu essen. Dadurch nahm er ein paar Kilo zu, was ihm gefiel. Er sah besser aus, er fühlte sich besser und er fand sogar einen Ansatz seines Glaubens wieder. Er sah zum Himmel hinauf, um dem da oben für die zweite Chance zu danken und für die Tatsache, dass er mit Genen ausgestattet worden war, die eine Alkoholabhängigkeit ohne bleibenden Schaden wegstecken konnten.

Obwohl ihn immer noch seine Erinnerungen plagten, lernte er, mit ihnen umzugehen, indem er sich auf andere Dinge und andere Menschen konzentrierte. Auf Mama Davis zum Beispiel. Oder auf Pistol Pete. Er konnte seine Schuldgefühle sogar beiseiteschieben, indem er an seine Mutter dachte. Und wenn alle anderen Ablenkungen fehlschlugen, dann blieb ihm immer noch seine ultimative Geheimwaffe.

Squirt. Squirt konnte immer seine Aufmerksamkeit erregen. Squirts Gesicht wurde schnell zur effektivsten Waffe in Gordons Kampf. Der Gedanke an Squirts saphirblaue Augen, an seine strohblonden Haare oder daran, wie ihre Hände so gut zusammenpassten, sorgten immer dafür, dass seine Schuld und sein Schmerz zurückgedrängt wurden. Zumindest für eine Weile. Wenn seine Gedanken *komplett* von Squirt ausgefüllt waren, hörte er oft mit dem auf, was er gerade tat und schloss die Augen, um die Erinnerungen in sich einzuschließen. Wenn er das tat, fühlte er sich plötzlich leicht, obwohl ihn vorher der schwere Stein seiner Schuldgefühle nach unten gezogen hatte. Und wenn sich diese Leichtigkeit einstellte, musste er lächeln. Immer.

Es war während einem dieser Momente des Lächelns, als er sich an Squirts Güte, Squirts Anmut, Squirts Sexyness erinnerte, dass er die Waffe aus dem Schubfach im Badschrank nahm, um sie in eine Schuhschachtel zu verbannen, die er im obersten Regal seines Schlafzimmerschranks verstaute. Er atmete durch, als die Waffe endlich außer Sichtweite war. Manchmal gelang es ihm, Stunden zuzubringen, ohne an sie zu denken.

Und gerade, als er selbst eine Veränderung an sich bemerkte, fiel sie auch anderen auf. Besonders Mama Davis. Wann immer sie in seiner Nähe war, stahl sich ein fröhliches Blitzen in ihre Augen und sie verstand die Veränderung, die in ihm vorging, auch wenn er sie selbst nicht verstand. Wenn er glaubte, irgendjemandem etwas vormachen zu können, dann war er bei Mama Davis an der falschen Adresse. Sie sah alles.

Abgesehen von allen diesen offensichtlichen Veränderungen in seinem Leben gab es noch eine weitere, nicht so offensichtliche. Er hatte endlich wieder ein Ziel. Sein Herz hing endlich wieder am Leben. Es schlug nicht nur, manchmal hämmerte es sogar. Und auch wenn es tief in seinem Körper vergraben war und man es nicht sehen konnte, so konnte er es doch fühlen.

Dafür musste er Squirt danken und das brachte ihn wieder zurück zu der Tatsache, dass er um ihn werben wollte. Was etwas seltsam war, denn sie beide warben jeweils um den anderen. Schließlich war der eine genauso verliebt wie der andere. Und so umschwirrten die beiden einander in einer Art Tanz, bei dem sie stets zueinander hingezogen wurden. Trotzdem waren sie vorsichtig, da jeder Angst vor dem Schmerz der Zurückweisung hatte. Gordon wusste, wie es war, wenn einen das Glück plötzlich verließ. Er war sich ziemlich sicher, dass auch Squirt diese Erfahrung gemacht hatte, obwohl er nicht der Typ war, über seine Verletzungen zu sprechen. Tatsächlich sprach er fast nie von sich selbst.

Also ging Gordon es langsam an.

Gordon fühlte sich mit solcher Intensität zu Squirt hingezogen, dass er es nicht einmal selbst erklären konnte. Es handelte sich nicht nur um sexuelle Anziehungskraft, obwohl die natürlich auch eine Rolle spielte. Nein, es hatte eher mit dem Hauch der Unschuld zu tun, die Squirt umgab. Seiner Schlichtheit. Der Tatsache, dass er immer auf einem Berggipfel stand und auf der einen Seite auf großes Glück und auf der anderen auf große Traurigkeit hinuntersah, ohne jemals einen Schritt auf beide zuzugehen. Er strahlte Ruhe aus und das besänftigte Gordons Geist und drängte seine Ängste zurück. Diese Ruhe war wie eine Droge: Je mehr Zeit verging, desto mehr sehnte sich Gordon danach.

Abgesehen von seiner jugendlichen Vernarrtheit in Squirt – genauso fühlte es sich jedenfalls an – hatte er noch einen anderen Grund, dass er so viel Zeit wie möglich mit seinem neuen Freund verbringen wollte. Sein Leben war so lange ziellos gewesen, dass er glücklich war, endlich das Gefühl zu haben, jemandem helfen zu können. Squirt helfen zu können. Squirt aus dem Leben herauszuhelfen, das er führte. Das war Gordons Chance, etwas Gutes zu tun, nachdem er bisher nur Leid verursacht hatte.

Es schien, dass Squirt aus einem viel einfacheren Grund Zeit mit Gordon verbringen wollte. Er mochte Gordon. Das wusste er, weil Squirt ihm das sagte. Oft.

Squirt kam mittlerweile jeden Tag in die Suppenküche, um zu frühstücken. Und jeden Tag, glücklich und satt, winkte er Gordon zum Abschied zu, um draußen auf der Straße darauf zu warten, dass seine Schicht zu Ende war. Dann spazierten sie durch die Stadt, hierhin und dorthin, bis Gordons Nachmittagsschicht begann. Manchmal sprachen sie kaum ein Wort miteinander. Manchmal redeten sie ununterbrochen. Manchmal lachten sie ständig und manchmal überhaupt nicht.

Aber Gordon war immer – immer! – glücklich in Squirts Gegenwart und er war sich ziemlich sicher, dass es Squirt genauso ging.

Wenn sie auf Straßen unterwegs waren, auf denen nicht so viel los war, rückten sie näher zusammen, sodass sich ihre Schultern berührten. Und wenn mal niemand sonst unterwegs war, fanden ihre Hände den Weg zueinander. Das mochte Gordon am liebsten.

Abends, wenn Gordon allein in seinem Bett lag und durch das Fenster auf den Canyon hinausschauen konnte, ließ er den Tag Revue passieren:

Wie er Squirt spielerisch die Baseballkappe vom Kopf gerissen und sie sich selbst aufgesetzt hatte, einfach nur, um sein blasses Haar im Sonnenlicht schimmern zu sehen …

Squirt, wie er ganz vorsichtig einen Welpen eingefangen hatte, der sein Halsband abgestreift hatte und auf die Straße gerannt war. Die alte Dame, der er gehörte, war starr vor Angst gewesen und ihre Augen schwammen in Tränen, als er ihr den Hund zurückgab und dem Welpen noch einen Kuss auf den Kopf drückte …

Obwohl Gordon auch die Stille zwischen ihnen genoss, erinnerte er sich doch am liebsten an ihre Unterhaltungen.

An einem Tag, an dem es nach Regen aussah, sagte Squirt zum hundertsten Mal zu Gordon: „Ich bin gern mit dir zusammen."

Gordon lächelte ihn an und kam näher, sodass ihre Schultern sich berührten. „Ich bin auch gern mit dir zusammen."

„Vermissen dich nicht deine anderen Freunde?", fragte Squirt.

„Wie meinst du das?"

Squirt zuckte mit den Schultern, um Zeit zu gewinnen. Offensichtlich beunruhigte ihn der Gedanke. „Ich meine, sie müssen dich doch vermissen, weil du deine ganze Zeit mit mir verbringst."

Jetzt war es an Gordon, unbehaglich dreinzuschauen. „Squirt, ich habe nicht so viele Freunde. Und selbst wenn, wäre ich lieber mit dir zusammen."

„Wirklich?"

„Ja."

Daraufhin erwähnte Squirt nie wieder Gordons andere Freunde.

Ein anderes Mal, als die Fußwege von der Hitze so aufgeladen waren, dass es sich anfühlte, als würde man über glühende Kohlen laufen, bog Squirt in einen kleinen Laden ein und kaufte für sie beide zwei Flaschen Limo.

„Wenn ich gewusst hätte, dass du das tun würdest", sagte Gordon, „dann hätte ich selbst für die Dosen bezahlt."

Squirt nahm einen großen Schluck von seiner Coke und seufzte zufrieden. Dann legte er sich die kühle Dose an die Stirn. „Ich tue gern Dinge für dich."

„Ich weiß", sagte Gordon. „Aber du hast nicht so viel Geld. Nächstes Mal lässt du mich bezahlen."

Squirt schien das lustig zu finden. „Ich habe Geld. Ich arbeite."

Davon wusste Gordon nichts. „Wo arbeitest du?"

„In dem Elektroladen. Ich putze und wische den Boden und bringe die Regale in Ordnung, wenn Kunden Sachen am falschen Ort abgestellt haben. Ich werde bezahlt und darf dort schlafen. Also. Ich habe Geld."

Das war das erste Mal, dass Gordon einen Einblick bekam, wie Squirt auf der Straße überlebte. Und es war ihm peinlich. Squirt arbeitete. Gordon tat das nicht. Squirt war wirklich der bessere Mensch. Er war netter, freigiebiger und vertrauenswürdiger. Er hatte einen Job, was Gordon nicht von sich behaupten konnte, außer man bezeichnete die vom Gericht angeordnete Arbeit in der Suppenküche als Job. Squirt hatte außerdem so viel Anstand besessen, wegen des Mordes unter der Brücke zur Polizei zu gehen, während Gordon das immer nur vor sich hergeschoben und gehofft hatte, nichts unternehmen zu müssen.

„Ich gebe mich geschlagen", sagte Gordon schließlich und versuchte sich an einem Lächeln. „Danke für die Cola."

Im Gegenzug kühlte Squirt Gordon die Stirn mit seiner kalten Coladose. Er lachte glücklich auf, als Gordon erleichtert aufseufzte, weil er die Abkühlung genoss.

Gordon kaufte Squirt eine Monatskarte für den Bus, obwohl Squirt das nicht wollte, doch so konnte er ihn an den Wochenenden zu Hause besuchen. Sie sahen sich im Fernsehen Filme an, spielten auf dem Küchentisch Monopoly, stellten Gordons bescheidene Kochkünste auf die Probe und saßen einfach nur auf dem Sofa und unterhielten sich über Dies und Das, bis Squirt nach Hause musste.

Eines Abends versuchten sie sich an Gordons Trivial Pursuit und Squirt schlug Gordon drei Mal in Folge. Da erkannte er zum ersten Mal, wie intelligent Squirt eigentlich war. Zwar war er im Umgang mit Menschen zurückhaltend, doch offensichtlich war er in der Lage, Dinge besser zu durchdenken als Gordon. Und er war schlau. Richtig schlau. Diese Erkenntnis faszinierte Gordon und seine jugendliche Verliebtheit erreichte neue Höhen. Er begann, Squirt auf andere Art anzusehen. Er war plötzlich weniger ein Projekt und mehr eine gleichgestellte Person. Er konzentrierte sich jetzt weniger darauf, Squirts Leben zu verbessern, sondern eher darauf, ihn besser kennenzulernen.

Und ihm näher zu kommen.

Jeden Tag sehnte er sich danach, in ihrer Freundschaft den nächsten Schritt zu gehen und jeden Tag aufs Neue machte er einen Rückzieher. Er begehrte Squirt wie am ersten Tag, doch er wollte sich nicht aufdrängen. Er wollte, dass Squirt die Initiative ergriff. Nur so konnte er sichergehen, dass es wirklich das war, was Squirt wollte und dass er wirklich bereit war, den nächsten Schritt zu gehen.

In vielen Nächten dachte er an den Anfang zurück, anstatt Dinge Revue passieren zu lassen, die sie gesagt oder getan hatten. Dann dachte er an die erste und einzige Nacht zurück, die sie zusammen verbracht hatten. Wie sie auf Squirts schrecklich hartem Bett im Keller unter dem Elektroladen gelegen hatten, endlos erschöpft von dem Mord, den sie unter der Brücke beobachtet hatten.

Doch er erinnerte sich nicht daran, was schrecklich an der Situation gewesen war. Er erinnerte sich daran, wie sich Squirts Wange auf seiner Brust angefühlt hatte. Er erinnerte sich daran, wie Squirts Atem über die Haare auf seiner Brust gestrichen war. Er erinnerte sich daran, dass sein Schwanz in dieser Nacht definitiv mehr gewollt hatte. Er erinnerte sich daran, dass er Squirt gern ausgezogen und den Mann unter der Kleidung entdeckt hätte. Die Hitze, die Nachgiebigkeit, der Hunger zwischen ihnen. Dieses bescheidene Lächeln, auf das Gordon so gern seine Lippen gedrückt hätte.

So gern wollte er mit Squirt die Sexualität erkunden.

Je mehr Zeit verging, desto mehr wuchs sein Begehren nach Squirt. Und nicht nur auf sexuelle Art. Auch seine Gefühle wuchsen.

Der Tag, an dem er erfuhr, dass es Squirt genauso ging, war der glücklichste Tag seines Lebens.

Und das veränderte sie beide für immer.

All das geschah, als Gordons Mikrowelle explodierte.

GORDON UND Squirt standen in der Küche und sogen den buttrig-schweren Geruch des Popcorns ein, das gerade in der Mikrowelle seine Runden drehte. Im Wohnzimmer wartete schon der Director's Cut des Exorzisten darauf, ihnen eine Heidenangst einzujagen. Squirt hatte den Film noch nie gesehen. Es war Halloween und sie fanden beide, dass ein gruseliger Film perfekt für den heutigen Abend war.

„Ist er blutrünstig?", fragte Squirt und bezog sich dabei natürlich auf den Film.

Gordon grinste. „Wie verrückt."

Ein durchtriebener Zug erschien um Squirts Mundwinkel. Er wurde begleitet von einem hinterhältigen Lächeln. „Hältst du meine Hand, wenn ich Angst bekomme?"

Gordon legte den Kopf schief und fühlte, wie bei diesem Gedanken die Aufregung von ihm Besitz ergriff.

Seit über einem Monat sahen sie sich jetzt täglich. Gordon hatte sich bisher bewusst auf eine Freundschaft beschränkt, bei der sie höchstens einmal Händchen hielten. Seit einiger Zeit ärgerte er sich sehr darüber, diese Entscheidung getroffen zu haben. Er wollte den nächsten Schritt gehen. Er wusste, dass es eines Tages soweit sein würde, doch er wartete auf den perfekten Augenblick. Allerdings war das letzte, was er wollte, Squirt Angst einzujagen.

In diesem Moment jedoch, als das Popcorn im Hintergrund kleine Knallgeräusche machte und sein Herz im Vordergrund ebensolche Sprünge zu machen schien wie das Popcorn – in diesem Moment, als Squirts Lächeln ihn noch süßer aussehen ließ, beschloss Gordon, den nächsten Schritt zu tun. Das Schicksal hatte ihn überzeugt, dass die Zeit dafür reif war und wer war er schon, dass er dem Schicksal widersprechen würde.

Ohne Vorwarnung machte er zwei Schritte auf Squirt zu und nahm ihn in die Arme. Ihre Körper berührten sich genau in dem Moment, als Squirts Augen vor Überraschung groß wurden.

Da Gordon fast einen ganzen Kopf größer war, konnte er sein Kinn auf Squirts Scheitel ablegen und sein weizenblondes Haar küssen. Er lächelte, als er bemerkte, dass Squirt nur einen Moment zögerte, bevor seine Hände über Gordons Rücken strichen und dann seine Umarmung erwiderten. Gordon lächelte und schloss die Augen, als er Squirts Lippen an seinem Hals spürte.

„Du musst dich bei dem blöden Film nicht fürchten", flüsterte Gordon, der sich verspielt gab, jedoch dabei nicht ganz überzeugend war. Seine Stimme klang viel tiefer, als er beabsichtigt hatte. Oh Gott, Squirt machte ihn so sehr an. „Ich beschütze dich."

„Und ich beschütze dich", entgegnete Squirt neckend, aber auch nicht zu scherzhaft. Er legte den Kopf in den Nacken, um Gordon ansehen zu können.

Squirts Atem roch süß. Sie hatten schon Halloween-Süßigkeiten verdrückt: M&M's, Baby Ruths, Kit Kats und Rolos. Während sie sich durch die Schale mit Süßkram gefuttert hatten, hatten sie das Terrassenlicht ausgeschaltet, um Kinder und Jugendliche abzuschrecken. Bisher schien das zu funktionieren, denn die Klingel hatte noch nicht einmal geläutet. Nachdem sie beunruhigend viel von der Schale Süßigkeiten verdrückt hatten, stand ihnen der Sinn nach etwas Salzigem. Deshalb hatten sie eine Tüte Popcorn in die Mikrowelle geschoben.

Gordon beugte sich zu Squirt hinunter und küsste ihn vorsichtig. Er berührte seine Lippen wie ein Weinkenner, der an einem unbekannten Jahrgang nippt. Als sich ihre Lippen berührten, legte ihm Squirt eine Hand an den Hals. Gordon schloss die Augen und genoss den Kuss. Sein Herz schlug wie wild und er konnte auch Squirts Herz hämmern hören. Er fühlte, wie jemandes Knie anfingen zu zittern, doch da sie so eng beieinanderstanden, konnte er nicht mit Sicherheit sagen, ob es Squirt war oder er selbst.

Gordon spürte, wie Squirts Zunge vorsichtig um Einlass begehrte und er öffnete den Mund so weit, dass Squirts Wunsch gewährt wurde. Der Geschmack und die Hitze von Squirts Zunge in seinem Mund ließ sein Herz noch wilder hämmern.

Sie hatten beide einen Steifen und Gordon spürte, wie Squirt sich noch näher an ihn schmiegte. Da sie noch vollständig bekleidet waren, verlangte es ihre Schwänze nach noch mehr Kontakt. Squirts Hand fand ihren Weg unter Gordons Hemd. Er legte ihm seine Hand auf die Rippen und Gordon erschauerte bei der Berührung.

Und gerade als Gordon darüber nachdachte, sich auf gleiche Weise zu revanchieren – die Haut unter Squirts Hemd zu berühren und zu erforschen, was sich unter seiner Kleidung versteckte – explodierte die Mikrowelle!

BOOM.

Squirt und Gordon sprangen einen halben Meter in die Höhe, Erektionen hin oder her. Ihr Kuss fand ein abruptes Ende, als ihre Schädel schmerzhaft zusammenprallten. Gordon schickte ein schnelles Dankgebet gen Himmel, dass er sich nicht die Zunge abgebissen hatte. Oder Squirts.

Squirt hatte offensichtlich andere Prioritäten. Mit ein paar schnellen Handgriffen zog er die Mikrowelle hervor und riss das Kabel aus der Steckdose, während Gordon einfach nur sinnlos herumstand, so als würde er sich gleich in die Hosen machen. Dieser Knall hatte ihm einen Mordsschrecken eingejagt.

„Um Himmels willen!", rief Gordon.

Squirt drehte sich zu Gordon um. Um seine Augen bildeten sich Fältchen, die erst auf ein Lachen und dann auf etwas anderes hindeuteten. Gordon konnte es noch am ehesten als *Nicht*-Lachen identifizieren.

„Ist mein Herz gerade explodiert?", fragte Squirt. Er schien nur halb im Scherz zu fragen.

„Nein", sagte Gordon und zog Squirt zurück in seine Arme. „Aber ich schätze, meine Mikrowelle hat sich gerade in die ewigen Jagdgründe verabschiedet. Wahrscheinlich wird das nichts mehr mit dem Popcorn. Geht's dir gut?"

Plötzlich fing es im Raum an zu stinken. Gordon und Squirt drehten die Köpfe und sahen eine Wolke schwarzen Rauchs aus dem Lüftungsschlitz des Geräts aufsteigen. Dann gab die Mikrowelle ein Husten von sich, das beunruhigend menschlich klang. Es folgten ein paar Klicks und dumpfe Töne, so als sterbe das Gerät gerade einen langsamen, schmerzhaften Tod. Dann zischte etwas, so als würde Schinken in der Pfanne anbraten.

Gordon verzog das Gesicht. „Das ist wohl der Todeskampf."

Da musste Squirt wirklich lachen. Er tat es, während er seinen Mund an Gordons Kehle drückte.

Gordon konnte Squirts Lächeln auf seiner Haut spüren und er schloss die Augen, um das Gefühl voll auskosten zu können. Schließlich lächelte auch er.

„Hast du einen Schraubendreher?", fragte Squirt, als seine Hände wieder ihren Weg unter Gordons Hemd fanden und seinen Rücken streichelten. *Wieder* musste Gordon die Augen schließen. Diesmal spürte er, wie ein Schauer seinen Körper von Kopf bis Fuß durchlief.

Dann kamen Squirts Worte in seinem Gehirn an. Er öffnete die Augen und sah auf Squirts engelsgleiches Gesicht herab. „Wozu brauchst du einen Schraubendreher?"

„Um die Mikrowelle zu reparieren."

„Du machst wohl Witze. Das Problem reparieren wir mit einer Kreditkarte."

„Wie soll das denn gehen?"

„Indem wir eine neue kaufen."

Squirt kicherte. „Ach Gott. Und dabei siehst du so männlich aus. Wo ist denn nun der Schraubendreher?"

„Du meinst das ernst."

„Ja, klar."

Ohne Squirt loszulassen, befreite Gordon eine Hand und zog eine Küchenschublade keinen halben Meter von ihnen entfernt heraus. Er sah Squirt immer noch liebevoll und ein bisschen herausfordernd an, während er blind in der Schublade kramte und schließlich einen Schraubendreher zum Vorschein brachte.

„Die Schublade für Krimskrams?", fragte Squirt.

„Genau. Du dachtest doch nicht etwa, dass ich einen Werkzeugkoffer besitze, oder?"

Squirt ließ seine Lippen über Gordons Kinn wandern. „Äh, nein. Scheinbar nicht. Hast du eine Zange?"

„Nein, aber ich habe eine Pinzette. Geht das auch?"

„Nein. Und ich werde dich nicht fragen, wieso du eine Pinzette besitzt."

Gordon stöhnte auf. „Eine weise Entscheidung."

Squirt befreite sich aus Gordons Umarmung. „Das dauert nicht lange. Kannst du dir merken, wo du warst? Also mit dem Küssen und dem Umarmen und so?"

„Auf jeden Fall", sagte Gordon. „Das werde ich nie vergessen."

Bei diesen Worten wurden Squirts Gesichtszüge weich und sein Blick suchte Gordons. Mit seinen Fingern folgte er der Kurve von Gordons Kinn und als er sprach, war seine Stimme so sanft wie seine Augen. „Das war die richtige Antwort", sagte er.

Dann drehte er sich entschieden zur Arbeitsfläche um, wo immer noch die zischende Mikrowelle stand und schwarzen Rauch ausstieß. Squirt öffnete die Tür. Er benutzte sein Hemd als Ofenhandschuh, zog das verkohlte Popcorn heraus und ließ es in die Spüle fallen.

Gordon sah zur, wie Squirt – diesmal mit richtigen Ofenhandschuhen, die Gordon ihm hingehalten hatte – die Drehscheibe herausholte und diese ebenfalls in die Spüle gleiten ließ. Dann hob er die Mikrowelle an und trug sie zum Küchentisch hinüber, wo er sie umgedreht abstellte, sodass er die Rückseite sehen konnte.

Squirt machte große Augen. „Bisschen staubig, was?"

Gordon griff sofort nach ein paar Küchentüchern und entstaubte die Rückseite der Mikrowelle. „Nicht so hochnäsig."

Squirt musste sich ein Lachen verkneifen. „'tschuldigung."

In weniger als fünfzehn Sekunden hatte er die hintere Klappe entfernt und legte konzentriert die Stirn in Falten, als er das Innenleben betrachtete. Dann drehte er das Gerät wieder um, sodass er die Vorderseite mit dem Sichtfenster und den Bedienelementen abbauen konnte.

Gordon sah über Squirts Schulter, eher um seine Körperwärme zu spüren als um tatsächlich zu sehen, was vor sich ging. Allerdings hatte er das Gefühl, dass er zumindest so tun sollte, als interessiere ihn das. Er zeigte auf ein Knäuel Kabel und kleine Knöpfe. „Was ist das?"

„Der Schaltkreis. Ist mit dem Bedienfeld auf der Außenseite verbunden."

„Was tut der?"

„Alles."

Gordon zeigte auf etwas anderes. „Was ist das?"

Squirt grinste. „Der Ventilator. Saugt durch die Lüftungsschlitze Luft an, um die Schaltkreise zu kühlen, während sich der Garraum der Mikrowelle erhitzt."

„Der Garraum?"

„Das Innere des Ofens. Da, wo man Zeug zum Garen reinstellt."

„Oh." Wieder zeigte er auf etwas. „Was ist *das*?"

„Noch ein Ventilator. Der zieht die Wärme aus dem Garraum und bläst sie durch den gegenüberliegenden Lüftungsschlitz, um damit den Rest des Geräts zu kühlen."

Noch einmal zeigte Gordon auf etwas. „Oh. Und was zum Henker ist das komische Ding da?"

„Das ist das Magnetron. Das große Geheimnis der Mikrowelle."

„Wichtig, was?"

„Nun, ja. Nur durch das Magnetron ist die Mikrowelle in der Lage, Essen zu erhitzen. Da die Mikrowellen Stahl nicht durchdringen, werden sie durch diese Öffnung in den Garraum geleitet. Und voilá: Popcorn. Oder Pizza. Oder Kaffee. Oder was auch immer du erhitzen möchtest." Squirt seufzte kurz auf. „Möchtest du, dass ich das Ding repariere oder soll ich dir auch noch die restliche Wirkungsweise erklären?"

„Da ist jemand gereizt", grinste Gordon. Er machte eine Geste, als würde er einen Reißverschluss schließen.

Da Gordon immer noch hinter ihm stand, um ihm über die Schulter zu schauen, entschuldigte sich Squirt damit, dass er sein Hinterteil an Gordons Schwanz rieb. „Tut mir leid."

Gordon tat es nicht leid. Stattdessen fiel er fast in Ohnmacht. Er küsste Squirts Scheitel und dieser kicherte, als Gordon mit der Zunge über seinen Nacken leckte.

„Das hilft nicht gerade", beschwerte sich Squirt.

„Dir vielleicht nicht, mir aber sehr wohl." Dann zeigte er mit dem Finger auf die Eingeweide seiner Mikrowelle.

„Was sind diese Dinger?"

„Kondensator und Diode. Zusammen schicken sie Elektrizität durch das Magnetron."

„Und das sorgt dafür, dass Sachen heiß werden?"

Squirt nickte. „Das sorgt dafür, dass Sachen heiß werden. Vereinfacht ausgedrückt."

„Warum zum Teufel weißt du so was?"

Squirt zuckte mit den Schultern. „Keine Ahnung. Ich weiß es einfach. Liegt mir in den Genen, schätze ich."

„Das ist unmöglich, Squirt. Niemand weiß einfach so, wie man eine Mikrowelle auseinandernimmt. Das gehört definitiv nicht zum menschlichen Genpool."

Squirt fummelte an der Diode oder dem Magnetron oder zumindest an irgendwas in der Mikrowelle herum. Gordon war sich da nicht so ganz sicher. Es war ihm auch relativ egal.

Gordon wollte zwei Fragen stellen. Eine davon war viel wichtiger als die andere. Er entschied, zuerst die unwichtigere Frage zu stellen.

„Also: Kannst du sie reparieren?"

„Ja, aber nicht heute." Er zeigte auf einen Klecks geschmolzenen Gummis auf dem Schaltkreis. „Siehst du das? Das ist ein Kurzschluss. Ich brauche einen Lötkolben, um das zu reparieren. Den bringe ich mit, wenn ich das nächste Mal komme."

Gordon war beeindruckt. Er hatte in seinem ganzen Leben noch keinen Lötkolben gesehen. Er war sich nicht einmal sicher, was das überhaupt war. „Das heißt, du besitzt so was?"

„Eigentlich besitze ich sogar zwei."

Gordon schlug sich auf die Brust, als würde sein Herz vor Aufregung flattern. „Mein Gott, ist das sexy." Daraufhin musste Squirt lachen.

Und während Squirt lachte, entschied Gordon, dass das ein guter Moment wäre, um die zweite Frage zu stellen. Die *wichtige* Frage. Er griff mit den Fingern unter Squirts Kinn, um ihn dazu zu bringen, ihn anzusehen.

„Schatz, ich kann das nicht mehr. Meine Schaltkreise sind auch durchgebrannt. Wirst du mit mir schlafen? Heute Nacht? Jetzt? Darf ich … darf ich dich in mein Bett entführen?"

Weil Squirt zwischen Gordons Brust und dem Küchentisch eingeklemmt war, war es für ihn nicht leicht, sich zu Gordon umzudrehen. Er konzentrierte sich so sehr darauf, Gordons Gesicht zu studieren, dass sich seine Augen zu Schlitzen verengten. Mit der Zungenspitze leckte er sich über die Lippen. Er hob eine Hand, um Gordon die langen Haare aus dem Gesicht zu streichen. Sein Daumen strich über Gordons Schläfe und mit der anderen Hand umfasste er Gordons Kinn. Seine Hände waren warm und Gordon hatte das Gefühl, dass sie ein Brandzeichen auf seiner Haut hinterließen.

Squirt ließ seinen Kopf auf Gordons Brust sinken. „Du willst mich also", flüsterte er, das Gesicht in Gordons Hemd vergraben.

„So sehr, verdammt", antwortete Gordon und zog Squirt enger an sich. „Ich möchte dich auf jede erdenkliche Art und Weise."

„Ich war mir nicht sicher."

Gordon drückte einen Kuss auf Squirts Haar und sog dessen Geruch ein. „Ich weiß. Tut mir leid. Ich wollte dich schon seit der ersten Nacht. Aber ich hatte Angst, dass ich dich verschrecke. Ich bin völlig verrückt nach dir, Squirt. Ich möchte mit dir zusammen sein. Ich möchte, dass du mich *magst*."

Squirt hob den Blick, um Gordon in die Augen sehen zu können. „Willst du das wirklich? Dass ich dich mag?"

Und Gordon zögerte. Dieses Zögern dauerte allerdings nur einen Augenblick. Die Güte, die Hoffnung, die *Aufregung*, die er in Squirts Augen sah, gaben ihm den Mut, den nächsten Schritt zu tun und sein Herz noch ein bisschen mehr zu öffnen. „Nein", sagte Gordon. „Das ist überhaupt nicht das, was ich möchte. Aber heute Nacht habe ich nur den Mut, danach zu fragen. Darf das meine Antwort für heute sein?" Gordon schloss die Augen, weil er Squirt nicht länger ins Gesicht sehen konnte. Er hatte Angst davor, was er dort sehen würde. Genauso sehr, wie er Angst vor dem hatte, was er tun würde.

Squirt stand auf Zehenspitzen und küsste Gordons Augenlider. Dann wanderten seine Lippen Gordons Wange hinab, bis sie seinen Mund erreichten. Er drückte seinen dagegen und während ihre Münder sich berührten, flüsterte Squirt: „Es war ein langer Tag. Wir sollten zuerst duschen. Wenn du mich dann noch willst, dann gehen wir ins Bett. Wirst du das tun?"

„Wie meinst du das: ‚Wenn du mich dann noch willst'?"

„Wirst du schon sehen."

Verwirrt, aber freudig erregt nickte Gordon.

Sofort nahm Squirt ihn bei der Hand und führte ihn durch die Wohnung. Als sie die Tür zum Badezimmer erreichten, zogen sie sich die Schuhe aus. Wieder auf Zehenspitzen und mit seinem Mund Gordons Lippen suchend, begann Squirt, Gordons Hemd aufzuknöpfen.

Mit zitternden Fingern griff Gordon nach Squirts Knopfleiste, um ihm denselben Dienst zu erweisen.

9

GORDON WUSSTE, dass ihn diese Erinnerung nie verlassen würde – die Erinnerung daran, wie sie beide im Flur seiner winzigen Wohnung standen und sich gegenseitig auszogen. Doch was eine wunderbare Erfahrung hätte sein sollen, wurde von Squirts düsterem Gesichtsausdruck begleitet. Er vermied es, Gordon in die Augen zu sehen und er lächelte auch nicht. Er konzentrierte sich einzig und allein darauf, Gordons Hemd aufzuknöpfen.

Gordon zog an dem letzten Knopf von Squirts Hemd und atmete erwartungsvoll ein, als er das erste Mal einen Blick darauf erhaschen konnte, was sich darunter versteckte.

Squirt war wunderschön. Seine Brust war haarlos und blass, die Muskeln jedoch definierter, als Gordon erwartet hatte. Gordon legte seine Fingerspitzen auf Squirts flachen, warmen Bauch. Dann strichen seine Hände nach oben über Squirts nackte Haut. Dabei schob er das Hemd zur Seite.

„Du bist wunderschön, Baby", flüsterte Gordon, doch Squirt sah ihm immer noch nicht in die Augen. Gordon neigte den Kopf, um zuerst die eine und dann die andere Brustwarze zu küssen.

Im ersten Moment der Berührung spannte Squirt sich an, doch dann entspannte er sich und schien den Kuss zu genießen. Er legte den Kopf in den Nacken, bis sich die Sehnen in seinem Nacken anspannten. Sein Mund war leicht geöffnet. Dann öffnete er die Augen und riss Gordon das Hemd vom Leib. Er sah zu, wie es mit einem leisen Geräusch zu Boden fiel und in einem kleinen Häufchen auf Gordons Füßen landete. Gordon hatte breite, muskulöse Schultern. Ein Schatten dunkler Härchen bedeckte seine Brust. Squirt beugte sich vor und sog den Geruch von Gordons Haut ein. Seine Augen waren weit geöffnet, so als wolle er nichts verpassen.

Squirt zitterte, als Gordon ihm das Hemd von seinem blassen, wunderschönen Oberkörper zog. Es rutschte an seinem Rücken herunter, fiel jedoch nicht zu Boden, weil die Ärmel seinen Fall aufhielten. Gordon riss seinen Blick von Squirts alabasterfarbener Haut los und fiel auf die Knie, um die Knöpfe an Squirts Ärmeln zu öffnen. Endlich fiel auch Squirts Hemd zu Boden.

Noch immer vor Squirt kniend, sah Gordon zu ihm hinauf, während Squirt auf ihn herunterblickte und seine Hände in Gordons langem Haar vergrub.

Erst da sah Gordon die Narben. Auf den Innenseiten von Squirts Armen. Beiden Armen. Zahllose weiße Bänder, die heller waren als die sie umgebende Haut. Squirts Unterarme waren vom Ellenbogen bis zu den Handgelenken vernarbt, die Stränge verliefen kreuzförmig. Gordon drehte Squirts Arm herum, um besser sehen zu können. Dann tat er dasselbe mit dem anderen Arm. Mit dem Finger fuhr er vorsichtig über die zerfurchte Haut. Die Narben fühlten sich unter seinen Fingern uneben an.

Gordon sah Squirt mit traurigen Augen an. „Schatz, was ist passiert?"

Squirt konnte nur den Kopf schütteln. Sein Gesicht war rot. Es war ihm peinlich und das verletzte Gordon nur noch mehr.

„Ich weiß es nicht", seufzte Squirt. „Ich kann mich nicht erinnern. Ich … ich erinnere mich an viele Sachen nicht."

Gordon legte einen Arm um Squirts Hüfte, zog ihn näher zu sich und vergrub das Gesicht in der Wärme von Squirts Bauch. Dort küsste er Squirt, genau über seinem Bauchnabel. Bei der Berührung durchlief sie beide ein Schauer.

Gordon holte ein Lächeln von irgendwoher und sah Squirt ins Gesicht. Das Lächeln war ein Angebot. „Kannst du dich daran erinnern, dass du mich magst? Kannst du dich wenigstens daran erinnern?"

Squirt erwiderte das Lächeln. Dabei bildeten sich kleine Fältchen um seine Augen. „Ja, Gordon. Daran erinnere ich mich jedes Mal, wenn ich mich umdrehe. Ich erinnere mich jedes Mal daran, wenn ich atme. Jedes Mal, wenn mein Herz in meiner Brust schlägt. Ich erinnere mich jedes Mal daran, wenn ich an dich denke, während ich mich selbst berühre."

Gordon stockte der Atem. Wieder zog er Squirt näher zu sich und vergrub sein Gesicht an dessen flachem, blassem Bauch, damit er seinen Geruch einatmen konnte. Er sehnte sich nach mehr. Er sehnte sich nach allem. Er ließ seine Hände nach oben über Squirts Rippen wandern, bis sie auf dessen Brustwarzen stießen. Bei der Berührung erschauerte Squirt.

Gordons Stimme war tief und verlockend. Er war so verrückt nach Squirt, dass er seine Gedanken kaum in Worte fassen konnte. „Tust du das, Squirt? Liegst du wirklich auf deinem kleinen Bett und berührst dich, wenn du an mich denkst?"

Squirt nickte. Seine Hand umfasste Gordons Hinterkopf und zog ihn nah zu sich. Er sagte nichts. Stattdessen sah er Gordon einfach an und nickte.

Gordon war hart. Er konnte fühlen, wie eng es in seiner Hose wurde. Sein Schwanz brauchte mehr Platz. Er stieß die Worte fast hervor: „Kommst du, wenn du an mich denkst? Berührst du dich, bis du kommst?"

Squirt schluckte. Wieder nickte er. „Manchmal", sagte er. Dann unterbrach er sich. „Nein. Immer."

Gordon lächelte. Er legte seine Lippen auf die Narben auf Squirts Unterarmen. Erst kam der eine Arm dran, dann der andere. Squirt versuchte, sich ihm zu entziehen, doch das ließ Gordon nicht zu. Schließlich gab Squirt seinen Widerstand auf und ließ Gordon gewähren. Gordon spürte, dass Squirt versuchte, sich nicht zu schämen. Er versuchte, Gordon nicht aufzuhalten. Versuchte, ihn gewähren zu lassen.

„Sind sie hässlich?", fragte Squirt leise. „Sind meine Narben hässlich?"

Gordon legte Squirt die Finger auf die Lippen. Nicht, um ihn zum Schweigen zu bringen, sondern um ihn zu heilen. Um ihn mit Worten zu heilen. „Nein", flüsterte er. „Die Narben sind ein Teil von dir. Und das macht sie schön." Nach kurzem Zögern fügte er hinzu: „Auch ich habe Narben, Squirt. Nur sind meine innen drin versteckt, damit die Leute sie nicht sehen."

Zu Gordons Überraschung küsste Squirt seine Fingerspitzen und schüttelte traurig den Kopf. „Da irrst du dich. Die Leute können sie sehen. Ich habe sie gesehen. Ich habe sie an dem Tag gesehen, als wir uns kennengelernt haben." Squirt nahm einen langen, tiefen Atemzug. „Wir können jetzt duschen, wenn du magst."

Immer noch lächelnd und vor Hunger nach mehr ganz verrückt, griff Gordon nach Squirts Gürtel und öffnete ihn. Sofort fiel Squirts viel zu weite Hose ihm von den Hüften.

Squirt stand vor ihm, nackt und hart.

ZU ZWEIT standen sie in der winzigen Duschkabine und jeder seifte sich selbst ein, weil er zu schüchtern war, den anderen zu berühren. Zumindest am Anfang. Erst, als Gordon Squirts steifen Schwanz an seinem Oberschenkel fühlte, traute er sich, den Moment zu nutzen.

Mit einer schlüpfrig-seifigen Hand umfasste er Squirts Penis und beugte sich zu ihm hinab, um seinen Oberkörper zu küssen. Squirt stellte sich auf die Zehenspitzen, um seine Erektion in Gordons Hand zu stoßen. Gordon hatte dabei das Gefühl, nie in seinem Leben etwas Erotischeres erlebt zu haben. Squirts schlanker Körper und sein schwerer Schwanz ergaben für Gordon ein Bild perfekter Schönheit. Er wollte ihn auf jede Art und Weise, die sich denken ließ. Er wollte diesen Mann ganz.

Als Squirts Finger sich vorsichtig um Gordons Erektion legten, schloss er die Augen. Bei der Berührung bekam er weiche Knie.

Gordon streckte eine Hand nach der Brause aus, um den Strahl genau auf sie auszurichten.

„Verdammt, wir sind sauber genug. Spül dich ab. Ich will dich in meinem Bett. Jetzt sofort."

Squirt musste lachen und verschluckte sich dabei fast, weil der Wasserstrahl nun genau auf sein Gesicht zielte. „Als Wasserleiche werde ich dir nicht viel nützen."

Daraufhin verstellte Gordon die Brause noch einmal, damit Squirt atmen konnte. Das war schließlich das Mindeste, was er tun konnte. Ihm war nicht nach Reden oder nach Floskeln. In diesem Moment wollte er nichts so sehr, wie er Squirt wollte.

Als sie die letzten Seifenreste abgewaschen hatten, öffnete Gordon die Tür der Duschkabine und griff nach einem Handtuch, das an der Badezimmertür hing. Wasser tropfte von ihm herab und bildete eine Lache auf dem Boden, während er

Squirt abtrocknete, der brav vor ihm stand – wunderschön und immer noch mit einem Steifen. Er rubbelte ihm die Haare mit so viel Einsatz, dass sie bald in alle Richtungen abstanden. Viel liebevoller und vorsichtiger widmete er sich Squirts Genitalien. Er genoss es, sie in seiner Hand zu wiegen. Squirt war nicht beschnitten und Gordon fand, dass er noch nie in seinem Leben etwas Leckereres gesehen hatte. Wie ein Gläubiger, der vor seinen Gott tritt, fiel er vor Squirt auf die Knie. Mit einer geschickten Bewegung schob er Squirts Vorhaut zurück, um ihn ordentlich abzutrocknen. Es kostete ihn all seine Selbstbeherrschung, Squirts Schwanz nicht gleich hier und jetzt in den Mund zu nehmen.

Als Squirt trocken war und Gordon fürchtete, jeden Moment vor Begierde zu explodieren, trocknete er sich selbst weit weniger ordentlich, dafür aber unglaublich flink mit demselben Handtuch ab und rubbelte sich durch die Haare.

Als er fertig war, warf er das Handtuch über eine Schulter und zog einen lachenden Squirt hinter sich her ins Schlafzimmer. Als sie am Fußende des Bettes angekommen waren, drehte er sich um, um Squirt vorsichtig in die Arme zu nehmen. Ihre Münder trafen sich dabei genauso wie ihre nackten Körper. Der Kuss war süß und dauerte lange. Gordon öffnete nicht einmal die Augen. Er bekam weiche Knie, als ihre Erektionen wiederholt aneinanderstießen. Squirt hob ein Bein, um es um Gordons Wade zu schlingen, woraufhin sein Schwanz noch stärker an Gordons Haut rieb. Gordon nahm ihn bei den Schultern und positionierte ihn so, dass er mit dem Rücken zum Bett statt. Dann half er ihm dabei, sich langsam hinzulegen.

Und es war in diesem Moment, als Squirt auf der Bettkante saß und Gordon nackt vor ihm stand, dass er jeden von Gordons Träumen wahr werden ließ.

Squirt wog Gordons Hoden in seiner Hand und beugte sich dann vor, um mit dem Mund Gordons Erektion zu umschließen. Bei den Gefühlen, die ihn dabei überkamen, musste Gordon die Augen schließen. Jeder Muskel in seinem Körper spannte sich an. Er konnte sich nicht beherrschen und stieß tiefer in diesen warmen, nassen Mund hinein. Squirt zog ihn näher zu sich. Seine Finger gruben sich in Gordons Hintern und seine Fingerspitzen spielten mit Gordons Schließmuskel.

Als Gordons Körper so stark erschauerte, dass er fast vornüberkippte, lachte Squirt um seinen Schwanz herum und zog ihn dann aufs Bett, sodass er auf Squirt zu liegen kam.

Gordon saß rittlings auf Squirts Brustkorb, während er seinen Schwanz wieder und wieder in die Tiefen von Squirts hungrigem Mund stieß. Er fasste mit einer Hand hinter sich, um Squirts herrliche Erektion in die Hand zu nehmen. Als Squirt bei der Berührung aufkeuchte, zog Gordon seinen Penis zumindest so lange aus Squirts Mund, dass er seine Position so ändern konnte, dass jeder den Schwanz des anderen mit Leichtigkeit mit dem Mund erreichen konnte. Squirt verstand sofort, worauf er hinauswollte und passte sich ihm an. Dann nahm er wieder Gordons Schwanz in den Mund. Gordon war der Ansicht, dass es nun an ihm war, Squirts Schwanz all seine Aufmerksamkeit zu schenken.

Squirts Penis war bildschön – hart wie Stein und von dicken Adern durchzogen. Trotz seiner Erektion verhüllte die Vorhaut immer seine Eichel. Der Anblick faszinierte ihn, daher berührte er mit der Fingerspitze vorsichtig die Spitze und schob die Vorhaut zurück, damit die Eichel darunter zum Vorschein kam.

Die Eichel war perfekt geformt – eine zartrosa Erhebung. Ein schimmernder Tropfen Sperma erzitterte auf der Spitze von Squirts Penis und mit rasendem Herzen machte Gordon sich daran, ihn mit vor Genuss geschlossenen Augen aufzulecken. Er sah fasziniert zu, wie Squirts Hüften hochschnellten, um ihm entgegenzukommen. Er gab sich Gordon vollkommen hin.

Als er Squirts Reaktion sah, musste Gordon lächeln. Mit seiner freien Hand streichelte er über Squirts schmale Hüfte. Auch sein eigener Körper erschauderte unter den Berührungen von Squirts Mund auf seinem Schwanz. Sein Verlangen nach diesem Mann wurde plötzlich zu einem lebenden, pulsierenden Etwas in seinem Inneren und mit weit geöffneten Augen schloss er seine Lippen um Squirts Eichel und nahm diesen langen, dicken Penis so tief wie irgend möglich in sich auf.

Squirt zog Gordon näher an sich heran, als er seinen eisenharten Schwanz bis zur Wurzel schluckte. Sein Mund tat wundersame Dinge, bei denen Gordon plötzlich Sterne sah.

Als Squirts Finger sich in Gordons Haaren vergruben und sein Schwanz immer tiefer in Gordons Mund stieß, während sein ganzer Körper vor Erregung bebte, gab sich Gordon ihrem Tanz hin und strebte nur noch danach, Squirts Begehren zu erfüllen. Er lud ihn zu sich ein, so tief wie er ihn aufnehmen konnte, und mit seinem Mund und seiner Berührung ließ er ihn wissen, dass er wollte, dass er kam.

Und schließlich geschah es.

Squirts Körper spannte sich plötzlich an und während er Gordons Namen rief, ergoss sich ein Stoß Sperma nach dem anderen in Gordons Mund. Squirt kam mit solcher Wucht, dass Gordon kaum Schritt halten konnte. Sperma tropfte ihm aus dem Mund und über das Kinn. Als der Sturm langsam abebbte, zog Gordon Squirt näher zu sich und lutschte hingebungsvoll an seinem Schwanz, um auch noch den letzten Tropfen zu erwischen. Er wollte nichts verschwenden. Squirt sollte nicht erschöpft aufs Bett fallen, ohne dass Gordon sicher war, dass er seinen Orgasmus bis zur letzten Sekunde ausgekostet hatte.

Als Squirt schließlich aufs Bett sank, streckte er eine zitternde Hand nach Gordon aus und berührte dankbar seine Wange. Sein Herz hämmerte immer noch so laut in seiner Brust, dass Gordon es hören und fühlen konnte, als Squirt sich wieder seinem Schwanz zuwandte, den er während seines eigenen Orgasmus kurzfristig vergessen hatte.

Mit dem Gesicht immer noch in Squirts Genitalien, seinen Geruch inhalierend und seinen Geschmack auf den Lippen, brauchte Gordon nicht lange, um seinen eigenen Höhepunkt zu erreichen.

Squirt schien das Spiel zu genießen. Er schmiegte sich eng an Gordons Körper. Mit den Beinen sorgte er dafür, dass Gordon sich nicht bewegen konnte und mit den Händen fuhr er pausenlos über seine nackte Haut. Squirts Zunge tanzte um Gordons Schwanz herum und mit seinem Mund liebkoste und erregte er Gordons Körper auf immer neue Weise. Er lockte und stichelte und flehte Gordon an, sich ihm zu ergeben. Genauso wie Gordon sich danach gesehnt hatte, Squirts Sperma zu schmecken, sich von ihm ausfüllen zu lassen, genauso konnte er jetzt spüren, dass Squirt denselben Wunsch verspürte. Er wollte ihn kontrollieren. Wollte ihn sich auf der Zunge zergehen lassen. Wollte ihm seinen eigenen Stempel aufdrücken, so wie auch Gordon es getan hatte.

Gordon schloss die Augen und fühlte, wie sich seine Eingeweide zusammenzogen und so seinen eigenen Höhepunkt ankündigten. Sein Körper fühlte sich an wie ein Knäuel von Stromkabeln, durch die bei jeder von Squirts Berührungen Strom floss. Jeder Zungenschlag entlockte ihm ein Keuchen, jede Berührung einer Fingerspitze ließ ihn nach mehr verlangen.

Er konnte sich nicht beherrschen und sein Rücken spannte sich an, bog sich Squirts Körper entgegen. Und in dem Moment spürte er, wie sein Höhepunkt ihn überflutete und sein Sperma aus ihm herausschoss.

„Ja, Schatz, ja!", murmelte Squirt, der immer noch Gordons Erektion im Mund hatte, und Gordon spürte, wie sein Orgasmus ihn mit sich riss.

Squirt keuchte auf und musste dann lachen, als eine ordentliche Portion von Gordons Sperma in seinem Rachen landete. Squirt schluckte und spornte ihn an, während Gordon unter ihm erzitterte. Er füllte Squirts Mund und konnte förmlich spüren, wie dieser einfach stur beschloss, nichts von der kostbaren Ladung zu vergeuden.

Squirt zog ihn näher an sich, während seine Lippen auch noch das Letzte von dem hervorzauberten, was Gordon zu geben hatte. Jeden Geschmack. Jeden Tropfen. Jeden Schauer der Erregung und jeden Seufzer der Leidenschaft, der Gordons Mund entkam. Wenn Squirt im Moment ein Ziel hatte – und Gordon konnte spüren, dass dem so war –, dann war es, Gordon glücklich zu machen. Er wollte ihm einen Augenblick schenken, den er nie vergessen würde. Und damit würde Gordon Squirt das Gleiche schenken. Denn Gordon begriff, dass Squirt Gordons Orgasmus noch mehr genoss als seinen eigenen. Und das war eine schier unglaubliche Erkenntnis.

Als die letzten Tropfen seines Höhepunkts versiegten wie ein trockener Brunnen, entspannte sich Gordons Körper. Und in dem Moment, als Squirts Mund ihn entließ, zog er ihn in seine Arme, sodass er auf ihm lag. Er bettete Squirts Kopf in seine Halsbeuge und vergrub seine Nase in Squirts immer noch feuchtem Haar.

Squirts Körper entspannte sich, wurde schwer und Gordon schloss die Augen und hielt ihn einfach nur fest.

Irgendwann mitten in der Nacht wachten sie auf. Nachdem Gordon nach einigen Versuchen endlich Ordnung in die verhedderten Laken gebracht hatte, schmiegte sich Squirt wieder in seine Arme, als wäre das genau der Ort, an dem er sein wollte. Und als wäre es auch der Ort, an dem Gordon ihn haben wollte.

Als Gordon so dalag, umgeben von Squirts Duft, sicher in Squirts schlanken, blassen Armen, erkannte er, dass er zum ersten Mal in seinem Leben auf die Liebe getroffen war. Er wusste, dass er Squirt für sich gewinnen musste, wenn er jemals ein glücklicher und zufriedener Mensch sein wollte.

Er sah durch das Fenster seines Schlafzimmers auf die Sterne hinaus, bis er wieder einschlief. Doch selbst da spürte er noch Squirts sanften Atem auf seiner Brust und Squirts herrlich blasse Arme, die ihn festhielten.

Gordon versenkte sein Gesicht in Squirts winterblondem Haar und genoss dessen Duft, der ihm in die Nase stieg. Er konnte spüren, wie ihrer beider Herzen jetzt ruhiger schlugen, eins im Takt mit dem anderen. Squirt hob einen Arm, um seine Hand an Gordons Hals zu legen und dieser drehte den Kopf, um die Narben auf Squirts Unterarm zu küssen.

„Tut mir leid wegen der Narben", flüsterte Squirt.

„Muss es nicht", flüsterte Gordon zurück. Er zog Squirt in eine noch engere Umarmung, damit er sich sicher fühlen konnte. „Nie muss dir in meiner Gegenwart etwas leidtun. Es gibt nichts, was dir leidtun müsste. Ist das klar?"

„Ist klar", seufzte Squirt. Seine Augenbrauen kitzelten Gordons Brust. „Ich werde es versuchen.

Kurz bevor er schließlich einschlief, schlich sich ein Lächeln auf Gordons Gesicht und er wusste, dass es für den Rest der Nacht nicht mehr verschwinden würde.

Als die ersten Sonnenstrahlen durch das Fenster schienen und er mit aufgeregtem Herzklopfen erwachte, nur um festzustellen, dass Squirt immer noch neben ihm im Bett lag, wusste Gordon, dass sich sein Leben grundlegend verändert hatte.

Das war der erste Gedanke, der ihm beim Erwachen durch den Kopf schoss.

10

GORDON STAND am Küchenfenster und starrte hinaus. Er wartete. Wartete. Dann passierte es. Einen halben Block entfernt drehte sich Squirt um, um nachzusehen, ob Gordon ihm hinterherschaute. Als er ihn am Fenster entdeckte, hellte sich sein Gesicht auf. Er lächelte und winkte und berührte mit den Fingern seine Lippen, so, als wolle er einen Kuss in Gordons Richtung schicken. Gordon grinste und winkte zurück. Er tippte sich mit der Hand an die Brust und Squirts Lächeln wurde noch breiter, sodass seine Zähne hell im Sonnenlicht leuchteten. Dann wandte sich Squirt um. Mit hoch erhobenen Kopf spazierte er zur Bushaltestelle, die sich ein Stück die Straße hinunter befand. Er trug ein Outfit, das Gordon ihm gekauft hatte. Er ging nach Hause. Gordon konnte es natürlich nicht hören, aber er war sich ziemlich sicher, dass Squirt ein fröhliches Liedchen pfiff. Zumindest hoffte er das.

Gordon vermisste ihn bereits.

Selbst als Squirt schon längst nicht mehr zu sehen war, war es Gordon unmöglich, sich das Grinsen aus dem Gesicht zu wischen. *Was für eine Nacht.*

Er starrte auf den Punkt, an dem Squirt aus seinem Blickfeld verschwunden war und wartete darauf, ob er vielleicht doch noch einmal auftauchte. Als er das nicht tat, drehte sich Gordon schließlich um, um sich daranzumachen, die Wohnung aufzuräumen. Er hob ein paar dreckige Klamotten auf und warf sie in den Wäschekorb. Dann ging er ins Schlafzimmer, um das Bett zu machen. Doch mitten in der Bewegung hielt er inne. Er drückte sich Squirts Kissen ans Gesicht und sog seinen Geruch ein. Dann legte er sich hin und vergrub das Gesicht im Laken. Auf der Seite, auf der Squirt gelegen hatte. Das Bettzeug roch immer noch nach ihm. Gordon lag da und atmete die verwirrenden Gerüche nach Seife, Sex und schlafenden Körpern ein, bis er sich wie ein Perverser fühlte. Dann stand er wieder auf und machte schließlich das Bett.

Herr im Himmel, was für eine Nacht.

Er bereute nur, dass Squirt ihm nicht erlaubt hatte, ihn nach Hause zu fahren. Er hatte gesagt, dass er genauso gut den Bus nehmen konnte – immerhin hatte er ja jetzt eine Monatskarte – und dass Gordon dann noch etwas Zeit hätte, bevor er zur Suppenküche musste. Gordon fand es im Moment nicht so wichtig, Zeit für sich selbst zu haben. Er hätte viel lieber die paar zusätzlichen Minuten mit Squirt genossen, die sie zusammen gehabt hätten, wenn er ihn hätte nach Hause fahren dürfen. Doch Gordon wollte sich auch nicht aufdrängen. Er wollte Squirt schließlich nicht ersticken. Er fürchtete sich immer noch davor, Squirt zu verschrecken. Das war einfach keine Option.

In seinem Kopf machte er bereits Pläne. Und sollte er Squirt verschrecken, dann machte das einen Strich durch jeden von diesen Plänen.

Das Bett war gemacht und Gordon war in Gedanken immer noch bei Squirt, als das Telefon klingelte. Er zuckte vor Schreck zusammen, denn es hatte so lange ohne Saft auf der Kommode gelegen, dass er fast vergessen hatte, wie der Klingelton überhaupt klang.

Er nahm es zur Hand und wusste bereits, bevor er auf das Display sah, wer am anderen Ende der Leitung sein würde. Und er sollte recht behalten. Es überraschte ihn selbst, dass er sich freute, die Stimme am anderen Ende zu hören. „Hallo? Hallo? Sag schon was, verdammt. Hallo?"

„Hallo, Mom", trällerte Gordon gut gelaunt.

Für ein paar Augenblicke herrschte Stille. Offensichtlich hatte seine Mutter nicht damit gerechnet, dass er wirklich ans Telefon gehen würde. Oder sie hatte nicht damit gerechnet, dass das Handy überhaupt noch funktionstüchtig war. Gordon fragte sich, zu wie vielen anderen Gelegenheiten und an wie vielen anderen Morgen sie am anderen Ende der Stadt gestanden und keine Verbindung zu ihm bekommen hatte. „Diese Nummer ist im Moment nicht erreichbar. Bitte versuchen Sie es später erneut."

Als sie endlich ihre Stimme wiedergefunden hatte, klang Gordons Mutter ziemlich überrascht. „Mein Gott, Gordon. Du hast dein Handy aufgeladen. Du hast es aufgeladen und bist tatsächlich rangegangen, als es geklingelt hat."

„Stimmt, das bin ich."

Seine Mutter klang immer noch überrascht – oder sogar *noch überrascher* – als sie feststellte: „Und du klingst glücklich. Herrgott, ich glaube, das letzte Mal habe ich dich mit sechs Jahren glücklich erlebt. Da waren dir gerade die Schneidezähne ausgefallen und du dachtest, die Zahnfee würde dir dafür ein Vermögen bezahlen. Ich weiß noch, dass ich dir fünf Dollar unters Kopfkissen gelegt hatte und du hast dich beschwert, dass man dich übers Ohr gehauen hätte."

Gordon versuchte, an sich selbst mit sechs Jahren zu denken. Da ihm das nicht gelang, dachte er stattdessen an Squirt, der seinen Höhepunkt genoss. Das war doch ein schöner Gedanke. Er hatte die Worte schon ausgesprochen, bevor er sich auf die Zunge beißen konnte. „Wenn du eine Nacht wie meine hinter dir hättest, würdest du auch glücklich klingen. Und fünf Dollar für ein Körperteil ist wirklich Beschiss."

Seine geballte gute Laune schien seine Mutter aus dem Konzept zu bringen. Dies war einer der seltenen Momente, in denen er sie sprachlos erlebte. „Nun, das ist doch schön, Schatz." Sie war immer noch so perplex, dass sie über die Worte zu stolpern schien. „Ich meine, dass du eine schöne Nacht hattest. Ich vermute, in all dieser großartigen Glückseligkeit hast du nicht zufällig wieder mit dem Autofahren angefangen? Das wäre zu viel erwartet, oder?"

94

Gordon konnte sich nicht erinnern, wann ihn seine Mutter das letzte Mal Schatz genannt hatte. „Tatsächlich habe ich gestern damit angefangen."

„Heiliger Bimbam", sagte seine Mutter. „Vielleicht solltest du mir von dieser wundersamen Nacht erzählen, die du gerade hinter dir hast. Und ich kann nicht glauben, dass ich gerade heiliger Bimbam gesagt habe."

Gordon lachte. Er hatte nicht oft die Gelegenheit, seine Mutter überraschen zu können, darum genoss er den Moment. Dann musste er noch mehr lachen, weil er plötzlich begriff, dass er sich *selbst* überrascht hatte, weil er diesen Moment mit seiner Mutter genoss. Er versuchte, seine gute Laune etwas herunterzufahren, bevor sie misstrauisch werden konnte. „Wolltest du etwas Bestimmtes?"

Gordon konnte das Lächeln in der Stimme seiner Mutter förmlich hören, als sie sagte: „Ich bin ziemlich sicher, dass ich einen Grund hatte anzurufen, aber ich habe keine Ahnung mehr, welchen."

„Vielleicht solltest du dann mal wieder ein paar Hunderter in deine Therapeutin investieren", grinste Gordon.

Zwar konnte er es nicht sehen, doch er konnte fühlen, dass seine Mutter am anderen Ende der Leitung sein Grinsen erwiderte. „Da könntest du recht haben."

Plötzlich wurde er wieder von Erinnerungen an Squirt übermannt und von einem Ohr zum anderen grinsend sagte er: „Ich muss los, Mom. Wir sollten uns mal zum Abendessen treffen. Vielleicht bringe ich einen Freund mit, damit du ihn kennenlernen kannst."

Die Stimme seiner Mutter war plötzlich eine ganze Oktave tiefer und sie klang zufrieden. „Ach, darum geht es also. Dann sollten wir das wohl mal machen, Schatz. Wer es schafft, dich aus deiner Depression hervorzulocken und stattdessen zum Lächeln zu bringen, hat sofort einen Stein bei mir im Brett. Ich freue mich auf das Abendessen."

„Hab dich lieb", sagte Gordon, bevor er es sich anders überlegen konnte.

Seine Mutter brauchte ein paar Augenblicke, um diese Worte sacken zu lassen. Als sie schließlich mit einem gestotterten „Hab dich auch lieb" antwortete, war zu hören, wie nahe ihr das ging.

Er entschied, dass es besser war aufzulegen, bevor er ihr völlig den Boden unter den Füßen wegzog. Als er den Anruf beendet hatte, legte er das Handy vorsichtig wieder auf die Kommode und brach dann auf dem Bett zusammen, als hätte ihn jemand erschossen.

Squirt hat das geschafft, sagte er zu sich selbst. *Er ist nicht mal im Zimmer, und trotzdem hat er zwei Menschen glücklich gemacht.*

Gordon schloss die Augen und dachte über das Geschehene nach, wobei er die Tatsache ignorierte, dass seine Wangen vom vielen Lächeln langsam anfingen zu schmerzen. Er rief sich Squirt vor Augen und nahm ihn in Gedanken in die Arme.

Allerdings kam die Erinnerung an die Realität nicht heran.

GORDONS BEWÄHRUNGSHELFER saß ihm gegenüber und sortierte seine Papiere. Gordon saß auf der Kante eines unbequemen Stuhls und wartete geduldig darauf, dass der Mann fertig wurde. Sie befanden sich in einem Gebäude der Bezirksverwaltung am Ende des Broadway, das keine fünfhundert Meter von der Bucht entfernt war. Die Coronado Bridge, wo Gordon und Squirt den schrecklichen Mord an dem Obdachlosen beobachtet hatten, befand sich ein paar Meilen entfernt am anderen Ende des Zentrums.

Gordons Bewährungshelfer wusste nicht, dass Gordon Zeuge eines Mordes geworden war und daran wollte er auch nichts ändern.

Durch das Fenster, das durch eine dicke Gesetzessammlung daran gehindert wurde zuzuschlagen, konnte er ein Schiffshorn hören. Vielleicht von einem Schiff, das ein Segelboot aus seinem Fahrwasser vertreiben wollte. Es kam kaum kühle Luft durch das geöffnete Fenster herein, doch die Luft, die hereinwehte, roch nach Meerwasser und den fettgebackenen Churros vom Kiosk unten am Eingang. Im Sommer herrschte an der Bucht immer eine ausgelassene Stimmung, denn ständig legten Ausflugsschiffe an, die Touristen übers Wasser schipperten. Manchmal drang diese gute Laune sogar in das Bürogebäude vor, wo Gordons Bewährungshelfer und zahllose weitere Beamte ihren Tätigkeiten nachgingen.

Harvey Rhiner war Mitte fünfzig. Seine stahlgrauen Haare ließen ihn sehr attraktiv erscheinen, außerdem sah er in seinem kurzärmeligen Hemd und dem Schlips schlank und durchtrainiert aus. Allerdings machte er im Moment einen etwas überforderten Eindruck. Gordon verstand nicht so recht, warum, denn er hatte ihm gerade erläutert, dass er bereit war, sich nach Arbeit umzusehen. Das war etwas, wozu ihn Mr Rhiner schon seit sechs Monaten gedrängt hatte.

Dass er seine Papiere hin und her sortierte, war offensichtlich ein Zeichen von Mr Rhiners Nervosität. Deren Grund konnte Gordon jedoch nicht erraten.

Schließlich beschloss Gordon einfach nachzufragen. „Ist irgendetwas nicht in Ordnung? Die stecken mich nicht wieder in den Knast, oder?"

Mr Rhiner zuckte zusammen, als hätte ihn jemand mit einer Reißzwecke gestochen. Dann lachte er über seine eigene Reaktion. „Nein, Gordon. Sie schlagen sich gut. Und es freut mich zu hören, dass Sie sich entschieden haben, sich nach Arbeit umzusehen. Es ist an der Zeit, wieder ein Teil der Gesellschaft zu werden."

„Wo liegt also das Problem?", fragte Gordon.

Mr Rhiner sah ihn ein paar Sekunden wortlos an und dann lief sein Gesicht puterrot an. Er fuhr sich mit der Hand über seinen Bartschatten und sah dann durch das Fenster nach draußen. Dort schien sich aber keine Lösung für sein Problem zu verstecken, also sah er wieder Gordon an. Er machte ein Gesicht, als stünde ihm eine Wurzelbehandlung bevor.

„Gordon, ich habe mich gefragt … Nun ja, mir ist aufgefallen … Nein, Moment. Ähm, also. Ja. Ich würde Sie gern um einen Gefallen bitten. Na ja, nein.

Es ist eigentlich kein Gefallen … Oh, verdammt!" Mittlerweile war Mr Rhiner so rot angelaufen, dass Gordon befürchtete, dass er gerade einen Herzinfarkt erlitt.

Gordon beugte sich nach vorn und legte die Hände auf den Tisch. „Himmel, Mr Rhiner. Raus mit der Sprache. Das Schlimmste, was Sie mir sagen können ist, dass ich wieder ins Gefängnis muss. Da Sie mir versichert haben, dass es darum nicht geht, bin ich ziemlich sicher, dass ich mit allem anderen umgehen kann."

„Natürlich, mein Sohn", sagte Mr Rhiner und das schockierte Gordon dann doch. Nie hätte er gedacht, dass Mr Rhiner ihn „mein Sohn" nennen würde.

Mr Rhiner holte einmal tief Luft, so als hätte er die letzten zehn Minuten unter Wasser verbracht und fuhr sich dann mit einer Hand durch die Haare. Als er die Hand senkte, standen seine stahlgrauen Haare in alle Richtungen ab.

Gordon hielt den Atem an und fragte sich, worauf Mr Rhiner eigentlich hinauswollte.

Seine Frage sollte bald beantwortet werden.

Immer noch knallrot wie eine Tomate fand Mr Rhiner endlich den Mut, mit der Sprache herauszurücken.

„Gordon, ich habe mich gefragt, ob Sie es in Ordnung finden würden, wenn ich Ihre Mutter zum Essen einladen würde."

Sobald die Worte ausgesprochen waren, sackte Mr Rhiner in seinem Stuhl zusammen, als hätte ihn die Frage all seine Kraft gekostet.

Es dauerte eine Weile, bis Gordon seine Stimme wiederfand. „Sie hat mir erzählt, dass sie mit Ihnen gesprochen hat. Ich hatte nur angenommen, dass es um mich gegangen wäre."

Wenn Mr Rhiner noch mehr erröten könnte, würde er vermutlich Feuer fangen. „Es ging um *Sie*, Gordon. Sie macht sich Sorgen um Sie. Das tun wir beide."

Gordon sah Mr Rhiner noch ein wenig länger ins Gesicht, einfach, damit er sich noch etwas länger unwohl fühlte. Dann beschloss er, ihn vom Haken zu lassen. „Na los, Mr Rhiner, versuchen Sie Ihr Glück! Ich bin mir nicht so sicher, ob Ihnen klar ist, worauf Sie sich da einlassen, aber wenn es das ist, was Sie wollen, werde ich Sie nicht aufhalten. Starten Sie einen Versuch. Meine Mutter braucht einen Mann in ihrem Leben. Vielleicht lässt sie ja *mich* dann endlich in Ruhe." Er dachte einen Moment nach und fügte dann hinzu: „Ein Witz. Das sollte ein Witz sein."

Mr Rhiner lockerte seinen Schlips. Vielleicht versuchte er, ein wenig Blut aus seinem Kopf abzulassen, bevor es ihm aus den Ohren schoss. „Nein, Gordon. Ich meine, ist es wirklich in Ordnung für Sie, wenn ich Ihre Mutter zum Essen einlade?"

Gordon lachte. „So lange Sie nicht schon verheiratet sind oder unter irgendeiner sexuell übertragbaren Krankheit leiden oder eigentlich ein Alien sind, der die Menschheit unterjochen will, haben Sie meinen Segen."

Mit geweiteten Augen stammelte Mr Rhiner: „Ich bin Witwer."

Daraufhin schnalzte Gordon und entschied dann, dass das eine sehr dumme Reaktion war. Darum nickte er stattdessen. „Nun gut, umso besser. Meine Mutter ist Witwe. Da haben Sie ja schon etwas gemeinsam."

Da diese Sache nun endlich geklärt war, versuchte Mr Rhiner sich wieder auf seine Funktion als Bewährungshelfer zu konzentrieren. Seine Wangen schimmerten zwar immer noch rot und das schien er auch zu wissen, doch er sah nicht mehr so aus, als würde er jeden Moment in Flammen aufgehen. Er schob Gordon einen Zettel zu.

„Nehmen Sie das. Das ist vielleicht Ihre beste Chance. Ich wünsche Ihnen alles Glück der Welt. Das tue ich wirklich."

Gordon starrte den Zettel an. Fast hatte er Angst, ihn in die Hand zu nehmen. „Warum? Was ist das?"

Mr Rhiner schenkte ihm ein warmherziges Lächeln. Dieses Lächeln überraschte Gordon fast so sehr wie die Tatsache, dass sein Bewährungshelfer mit seiner Mutter ausgehen wollte.

Mr Rhiner tippte mit einem Finger auf den Zettel und schob ihn dann noch näher zu Gordon. „Das ist vielleicht Ihre beste Chance, um wieder als Wettermoderator zu arbeiten. Es ist nicht Ihr alter Sender, aber es ist eine lokale Sendestation. Ich kenne den Mann persönlich. Er hat mir versprochen, dass er Sie in Betracht zieht, sobald sie Ihren Kopf aus dem Sand ziehen. Na ja, sobald Sie beschließen, wieder zu arbeiten und aufhören, Textnachrichten zu schreiben, wenn Sie betrunken Auto fahren."

Gordon machte große Augen. Er musste sehr überrascht und verletzt ausgesehen haben, da Mr Rhiner sofort zurückruderte.

„Tut mir leid, Gordon. Das war als Witz gemeint. Ich schätze, das war nicht lustig."

„Überhaupt nicht."

„Tut mir leid. Die Sache mit Ihrer Mutter lässt mich nicht in Ruhe."

Gordon nickte abwesend, doch er nahm den Zettel immer noch nicht in die Hand. „Hat meine Mutter das eingefädelt?"

„Nein, Gordon, das war ich. Was Ihnen vor zwei Jahren passiert ist, hätte jedem passieren können. Sie haben nichts Böswilliges getan, sondern nur schlechte Entscheidungen getroffen. Betrunken Auto zu fahren und auch noch SMS zu schreiben, war sehr dumm und ich bin mir sicher, das wissen Sie auch. Ich bezweifle sogar, dass das irgendjemand besser weiß als Sie. Ich sollte Ihnen das vermutlich nicht sagen, aber auch ich habe das schon getan. Zumindest früher. Seit ich Sie getroffen haben, habe ich das unterlassen."

„Warum haben Sie mir nicht vorher schon von dem Job erzählt?"

Mr Rhiner beugte sich über den Tisch. Endlich sah seine Gesichtsfarbe wieder halbwegs normal aus. Er hatte auch seine Haare ein bisschen in Ordnung gebracht, sodass er nicht mehr aussah wie ein verrückter Professor. Allerdings befürchtete Gordon, dass er nach ein paar Treffen mit seiner Mutter ein ganz anderes Niveau von „verrückt" erreichen würde. Der arme Mann. Aber diese Erkenntnis musste er ihm selbst überlassen.

„Tut mir leid, Gordon. Ich habe den Job nicht erwähnt, weil ich wusste, dass Sie es auch wollen müssen. Sie mussten bereit sein, wieder in den Sattel zu steigen, um es mal so auszudrücken. Bereit für den nächsten Galopp."

Gordon schenkte ihm ein halbherziges Grinsen. „Klischees helfen immer."

Auf Mr Rhiners Gesicht erschien ein Grinsen und wieder schoss ihm das Blut in die Wangen. „Tut mir leid."

Gordon nickte. „Mir auch."

Gordon gab sich Mühe, alle Gedanken an diese schreckliche Nacht vor zwei Jahren aus seinem Kopf zu verbannen, und als ihm das schließlich gelang, stellte sich eine gespannte Aufregung ein. Diese positive Anspannung brach sich in einem Lächeln bahn. Immer noch weigerte er sich, den Zettel zu berühren. Noch immer konnte er es nicht ertragen, Hoffnung zu haben. Die Hoffnung nämlich, dass Mr Rhiner recht haben könnte. Dass er tatsächlich eine Chance haben könnte, in seinem alten Beruf zu arbeiten.

„Ich weiß nicht, was ich sagen soll", stammelte Gordon. „Ich weiß nicht … wie ich Ihnen danken soll."

Mr Rhiner strahlte ihn an. „Schnappen Sie sich den Job. Das ist Dank genug. Und vielleicht könnten Sie ja bei Ihrer Mutter ein gutes Wort für mich einlegen."

Gordon lachte. „Ich werde Sie über den grünen Klee loben. Wenn ich fertig bin, wird Sie glauben, dass Sie übers Wasser wandeln können."

Mr Rhiner errötete. „Na ja, übertreiben Sie's nicht." Doch bei den Worten sah er glücklich aus.

Er stand auf und hielt ihm die Hand hin. „Viel Glück, Gordon. Wenn Sie den Job bekommen, finden wir eine andere Möglichkeit, wie Sie Ihre gemeinnützige Arbeit erfüllen können. Das organisieren wir dann schon mit Mama Davis. Ist das in Ordnung für Sie?"

Gordon nickte. Er konnte sein Glück immer noch nicht fassen. Natürlich hatte er den Job noch nicht, aber immerhin hatte er eine Chance bekommen. Und im Moment war das mehr als genug.

„Klar doch", sagte Gordon und schüttelte die ihm dargebotene Hand. „Aber wenn ich den Job bekomme, möchte ich es Mama Davis selbst erzählen. Sie ist eine tolle Frau."

Mr Rhiner schenkte ihm ein hintersinniges Lächeln. „So wie ich Ihre Mutter verstanden habe, mit der ich heute Morgen gesprochen habe, gibt es noch jemanden, dem Sie das wohl gern erzählen würden."

Jetzt war es an Gordon, zu erröten. „Das hat sie Ihnen erzählt?"

Mr Rhiner nickte. „Das ist doch toll, Gordon. Ein bisschen Liebe im Leben schadet doch niemandem." Dann errötete er wieder.

Das bemerkte Gordon gar nicht, weil er so glücklich war. Mit seiner freien Hand hob er den Zettel auf und ließ ihn in seine Tasche gleiten. Mit der anderen Hand schüttelte er immer noch Mr Rhiners Hand.

„Danke", sagte Gordon und Mr Rhiner nickte.

„Sie können jetzt gehen, Gordon. Halten Sie mich auf dem laufenden. Wir sehen uns am fünfzehnten wieder. Kommen Sie nicht zu spät."

„Werde ich. Ich meine, werde ich nicht. Ach, und –"

Mr Rhiner hob eine Hand. „Sie müssen mir nicht noch einmal danken. Wünschen Sie mir einfach auch Glück. Vielleicht haben wir es beide nötig, dass Fortuna auf uns herablächelt."

Gordon lachte, und bevor er sich beherrschen konnte, hatte er sich über den Schreibtisch gebeugt, um Mr Rhiner in eine Umarmung zu ziehen.

Und noch bevor sein Bewährungshelfer sich die Überraschung aus dem Gesicht wischen konnte, hatte Gordon das Büro verlassen und die Tür leise hinter sich zugezogen.

Wie verabredet, traf er sich mit Squirt an der Bucht. Squirt saß auf einem Flutpolder und verfütterte Chips an eine stetig wachsende Gruppe von Möwen. Sie machten sich gegenseitig das Futter streitig und schienen Squirt die Kartoffelchips fast aus den Händen zu picken. Squirt fand das Verhalten der Vögel amüsant.

Als Squirt aufsah und Gordon entdeckte, lächelte er von einem Ohr zum anderen.

Weil es Gordon im Moment egal war, was die Leute dachten, zog er Squirt in eine Umarmung. „Hallo, Schatz."

Squirt schob seine Baseballkappe zurück, um besser sehen zu können und schielte unter Gordons dichten Pony. „Lass uns nach Hause gehen", sagte er leise. „Ich will mit dir schlafen."

Gordon nickte. Das Herz in seiner Brust fühlte sich so groß an, dass für kaum etwas anderes Platz blieb.

„Dann ab nach Hause", flüsterte er.

GORDONS HAND strich über Squirts Rücken, während dieser rittlings auf ihm saß. Squirt war hart und sein Steifer lag auf Gordons Bauch. Sie waren beide nackt und die letzten Strahlen der untergehenden Sonne malten Streifen aus Licht auf ihre Körper.

Squirts Lippen lagen auf Gordons Mund; sie schmeckten und kosteten ihn. Gordon schloss die Augen, während Squirt sich über ihm zu schaffen machte. Gordon war so aufgeregt, dass seine Hände zitterten, sobald er Squirts Haut berührte. Er fühlte sich so heiß und glatt und einladend an. Squirt hielt ihn mit den Oberschenkeln fest, während er seinen Schwanz über Gordons Bauch zog. Gordon zitterten nur die Hände, Squirt dagegen zitterte am ganzen Körper. Als sie sich küssten, konnte Gordon spüren, wie unregelmäßig Squirt atmete.

100

Squirt riss sich von ihrem Kuss los und arbeitete sich an Gordons Körper abwärts. Dabei verteilte er Küsse auf Gordons Brustkorb, während dieser seine Hände in Squirts Haaren vergrub. Gordon drückte den Rücken durch, als Squirt in südlichere Gefilde kam und mit den Lippen seinen Bauch erreichte. Mit den Zähnen zog er spielerisch an Gordons Schamhaar.

Als Squirt seine Hoden erreichte und erst einen, dann den anderen in seinen heißen, feuchten Mund nahm, konnte Gordon nur mit einem gehauchten „Oh, Gott" reagieren. Er drückte den Rücken noch fester durch.

Squirt ließ von Gordons Eiern ab und widmete sich stattdessen seinem Schwanz. Gordon war so erregt, dass er befürchtete, sein Schwanz könnte explodieren. Wenn Squirt mit dem weitermachte, was er da gerade tat, war das sogar ziemlich wahrscheinlich.

Squirt schloss seine seidigen Lippen um Gordons Eichel. Langsam, ganz langsam nahm er Gordons gesamte Länge in den Mund. Während er Gordon mit dem Mund bearbeitete, spielten seine Hände mit Gordons Brust. Er erkundete jeden Quadratzentimeter Haut, fuhr mit den Händen über jede Rippe, spürte die Hitze, die von Gordons Körper ausging.

Gordon wusste nicht so recht, von wo er es so schnell hergezaubert hatte, doch in dem Moment, als Squirts Mund Gordons Schwanz entließ, hatte er auch schon ein Kondom in der Hand, um es über Gordons Steifen zu rollen. Gordon öffnete die Augen und schaute an seinem Körper hinab. Squirt sah seinen Blick und warf ihm ein aufreizendes Lächeln zu, als er mit den Lippen Gordons Eier liebkoste und gleichzeitig das Kondom abrollte.

Zufrieden mit seinem Werk drückte er mit den Fingern vorsichtig Gordons Eichel und lächelte zufrieden, als Gordons Hüfte nach oben schoss, um ihm entgegenzukommen.

„Schließ die Augen", bat Squirt. Gordon gehorchte sofort und genoss das Gefühl, das Squirts talentierte Hände auf seiner Erektion hinterließen.

Plötzlich roch es im Zimmer nach Lotion. Wieder arbeitete sich Squirt an Gordons Körper nach oben, ließ auf seinem Weg Küsse auf ihn niederregnen. Schließlich drückte er seinen Mund auf Gordons und verlangte Einlass. Sein Körper zitterte so heftig, dass er Gordon damit ansteckte. Zu wissen, wie erregt Squirt war, machte Gordon unglaublich an.

Obwohl seine Augen geschlossen waren, waren die Bewegungen von Squirts Körper für Gordon Indiz genug, dass er wusste, dass Squirt da unten irgendetwas anstellte. Mit sich selbst. Als Squirt aufkeuchte, verstand Gordon, was vor sich ging. Squirt bereitete sich selbst mit einem Finger vor.

„Lass mich", murmelte Gordon um ihren Kuss herum. Er schob Squirt zur Seite und legte ihn mit dem Gesicht nach unten aufs Bett.

Gordon legte ein Bein über Squirts blassen perfekten Körper und nun war es an ihm, die Kontrolle zu übernehmen. Seine Hände kneteten Squirts Rücken und seine Hüften, während dieser sein Gesicht im Kissen vergrub. Ein Lächeln stahl sich auf Gordons Gesicht, als er Squirts Pobacken berührte und sie sanft auseinanderschob. Die Creme, die Squirt kurz zuvor dort verteilt hatte, war noch zu sehen, und mit einem vor Erregung wild hämmernden Herzen ließ er eine Fingerspitze um Squirts Öffnung kreisen. Das Lächeln wurde zu einem Grinsen, als Squirt die Beine spreizte.

Gordon übte ein wenig Druck aus, um mit einem Finger langsam in die heiße Enge einzudringen. Squirt hob sich ihm entgegen und spreizte die Beine noch weiter. Die Muskeln an seinem Rücken und den Waden traten hervor.

Gordon küsste die Innenseite von Squirts Schenkel. Er zog seinen Finger hinaus und schob ihn wieder hinein. Vor und zurück. Währenddessen brachte er sich über Squirts Körper in Position. Sein Mund war nur Millimeter von Squirts Ohr entfernt.

„Sag mir, was du willst", flüsterte Gordon. „Sag mir, was du willst."

Und Squirt legte einen Arm um ihn, um ihn näher an sich heranzuziehen. Er streckte ihm seinen Hintern entgegen, damit er sich an der Härte von Gordons Erektion reiben konnte. Schon jetzt atmete Squirt keuchend aus und ein. Gordon konnte ihn hören, konnte ihn spüren: Squirts Hunger.

„Nimm mich, Gordon. Bitte. Ich kann nicht länger warten."

Gordon drehte den Kopf, sodass sie sich küssen konnten. Er befreite seinen Finger und als er Squirt in die Arme nahm, spürte er, wie dieser zwischen sie fasste und ihn leitete. Ihn nach Hause brachte.

Squirt positionierte die Spitze von Gordons Schwanz an seiner Öffnung. In dem Moment, als er sich völlig entspannte, übte Gordon ein wenig Druck aus. Beide keuchten auf, als Gordon in ihn eindrang. Sein Schwanz drang tiefer und tiefer in Squirts Innerstes vor. Er drückte seine Lippen auf Squirts Nacken und versuchte, seine Lust nicht herauszuschreien.

„Oh Gott", murmelte Squirt, dessen Mund mit den Haaren auf Gordons Unterarm spielte. Er knabberte an der Haut und schob Gordon seinen Hintern entgegen, um ihn ganz in sich aufnehmen zu können. Als Gordon begann, sich zu bewegen – zuerst ganz langsam und vorsichtig, um keine Schmerzen zu verursachen – öffnete er den Mund und knabberte an Squirts Hals. Der Geruch und der Geschmack dieses Mannes machten ihn so an, dass das laute Hämmern seines Herzens seinen Kopf erfüllte. Er nahm nichts anderes mehr wahr.

„Oh Gott", wiederholte Squirt, als Gordon seinen Schwanz fast zur Gänze wieder herauszog, um dann erneut in ihn einzudringen. Und dann noch mal. Und noch mal.

Es folgten endlose Minuten eines langsamen Tanzes. Als sie beide aufstöhnten, sich aneinander festhielten und jeweils nahmen und gaben, wusste Gordon, dass er nicht länger durchhalten konnte. Seine Hoden zogen sich zusammen, bevor sein Höhepunkt über ihm zusammenschlug. Sein Herz schlug so heftig, dass er befürchtete, es würde sich aus seiner Verankerung lösen und wie ein Ball über den Boden kullern.

Squirt warf den Kopf hin und her, ein Zeichen dafür, wie gefangen er im Moment war. Er schob Gordon immer noch seine Hüften entgegen und stöhnte jedes Mal auf, wenn Gordon zustieß.

Squirt schien zu spüren, dass Gordons Orgasmus nicht mehr fern war. „Ja", keuchte er. „Beende es. Komm für mich. Bitte, Gordon. Benutze mich. Komm in mir."

Als würde er ihm wortlos antworten, kamen Gordons Stöße kraftvoller. Immer und immer wieder. Gleichzeitig spürte er, wie Squirts Hand sich um seinen eigenen Schwanz legte, um sich selbst zum Höhepunkt zu bringen. Als Gordon schließlich aufstöhnte und das Kondom mit seinem Sperma füllte, kam ihm Squirts Hintern entgegen, um seine Stöße aufzufangen. Dann war es an Squirt, aufzustöhnen. Gordon schob gerade noch rechtzeitig eine Hand unter Squirts Bauch, um sein heißes Sperma aufzufangen.

Gordon zog Squirt näher zu sich und während sich noch die letzten Tropfen seines Höhepunkts ins Kondom ergossen, drehte Squirt wieder den Kopf, um Gordon küssen zu können. Ihre Lippen trafen aufeinander, als ihre Körper leidenschaftlich erschauerten. Es war eine Leidenschaft, von der Gordon wusste, dass sie sie teilten: die Leidenschaft für den jeweils anderen.

„Danke", murmelte Squirt, ohne den Kuss zu unterbrechen. Ein neuerlicher Schauer erfasste seinen Körper. Er schien es zu genießen, dass Gordon ihn fest umarmte. Auch das Gefühl, wie Gordons Schwanz in ihm erschlaffte, schien ihm zu gefallen. Gordon ging es genauso. Ein letztes Mal wurde Squirts Körper von einem Schauer erfasst, so als liefe ein letzter Schock Elektrizität durch seine Nervenenden.

„Danke", wiederholte Squirt, jedoch so leise, dass Gordon das Wort kaum verstand. Er konnte stattdessen fühlen, wie Squirts Lippen sich an seinen bewegten.

Gordon brachte gerade genug Abstand zwischen sie, dass er Squirts Gesicht betrachten konnte. Völlig fasziniert beobachtete er, wie eine Träne Squirts Wange hinunterlief. Ganz gerührt berührte er mit seiner Stirn Squirts und umarmte ihn noch fester als vorher.

„Bleib bei mir", flüsterte Gordon. „Bleib für immer bei mir."

Squirt versuchte vergebens, seine Stimme wiederzufinden. Stattdessen vergrub er sein Gesicht in Gordons Halsbeuge und nickte.

Gordon fühlte, wie Squirts heiße Tränen seinen Hals befeuchteten. Erst da bemerkte er, dass sie sich mit seinen eigenen vermischten.

11

WÄHREND EIN frisch geduschter Squirt den Kühlschrank nach etwas Essbarem durchsuchte, nahm Gordon selbst eine Dusche – hauptsächlich, um sich abzukühlen. Während er unter dem Wasserstrahl stand, dachte er nach.

Mit Squirt zu schlafen fühlte sich an, als wäre man im Himmel gelandet. Gordon hielt sein Gesicht unter das kühle Nass und ließ die vergangene Stunde mit Squirt Revue passieren.

Und er dachte an die Worte, die sie am Ende zueinander gesagt hatten.

Gordon konnte gar nicht glauben, dass er wirklich getan hatte, was er getan hatte. Immerhin hatte er Squirt praktisch gebeten, bei ihm einzuziehen, oder nicht? Und Squirt hatte ja gesagt. *Oder nicht?*

Doch das war noch nicht einmal das Absurdeste an der Situation. Das Absurdeste war, dass Gordon unsterblich in jemanden verliebt war, dessen echten Namen er nicht einmal kannte.

Wenn das nicht unglaublich seltsam war. Seine Mutter würde begeistert sein! Himmel.

Nun ja, Gordon würde das einfach gleich klären müssen. Er stellte das Wasser ab, schüttelte heftig den Kopf, damit das Wasser aus seinen viel zu langen Haaren tropfen konnte und verließ die Duschkabine, um sich abzutrocknen. Als er damit fertig war, zog er sich ein paar Boxershorts an und machte sich auf die Suche nach Squirt, den er, ein Sandwich essend, in der Küche vorfand.

Squirt sprang auf, als Gordon den Raum betrat. „Willst du auch ein Sandwich? Ich kann dir eins machen."

„Nein, Squirt", meinte Gordon lächelnd. „Setz dich ruhig hin und iss. Ich würde gern mit dir reden."

Squirt war nackt. Er trug nur ein Kunststoffarmband in Regenbogenfarben, das er auf der Kommode gefunden hatte. Gordon war der Meinung, dass er nie in seinem Leben einen schöneren Menschen gesehen hatte – die hellen, schlanken Linien seines Körpers erhoben sich vor ihm, gerade mit genügend Muskeln, um attraktiv zu sein; die blonden Härchen auf seinen sexy Beinen hatten dieselbe Farbe wie die Haare auf seinem Kopf; sein stattlicher Penis schwang bei jeder Bewegung hin und her. Wie ein verliebter Teenager sah Gordon zu, wie Squirt sich wieder auf seinen Stuhl fallen ließ, um weiterzuessen. Gordon war sich zwar nicht ganz sicher, doch er hatte das Gefühl, dass ein Schatten auf Squirts Gesicht fiel. Nur ein leichtes Unbehagen.

Gordon hatte so eine Ahnung, woher das Unbehagen rührte. Squirt fragte sich, worüber Gordon mit ihm reden wollte. Vielleicht dachte er, dass Gordon seine Worte von vorhin zurücknehmen könnte. Weil er nicht wollte, dass Squirt sich noch eine Sekunde länger unwohl fühlte, nahm er den Faden sofort auf. Am besten räumte er gleich alle Unwägbarkeiten aus dem Weg. Danach konnten sie sich entspannen und ihre traute Zweisamkeit genießen.

„Schatz, als ich dich gebeten habe, bei mir zu bleiben, habe ich das auch so gemeint. Ich habe das nicht nur gesagt, weil ich vor lauter Leidenschaft fand, so etwas sagen zu müssen. Ich möchte dich hier bei mir haben. Ich bin völlig verrückt nach dir. Ich möchte, dass wir eine Einheit sind. Eine Familie. Liebende. Ich möchte, dass wir Liebende sind." Gordon schluckte schwer. „Ich liebe dich, Squirt."

Squirt legte sein Sandwich beiseite und streckte seine Hand aus, um sie auf Gordons zu legen. Sie verschränkten die Hände und Gordon führte Squirts Hand zu seinem Mund, um sie zu küssen.

„Sag mir, dass du dasselbe fühlst. Bitte."

Wieder schwammen Tränen in Squirts Augen. Für einen endlosen Augenblick sah er mit seinen saphirblauen Augen in Gordons wartende Miene. Als er endlich sprach, drückte er Gordons Hand.

„Das tue ich", sagte Squirt. „Ich möchte jede Minute mit dir verbringen. Und – und ich weiß, dass du mich liebst, Gordon. Ich wusste es schon, bevor du es gerade ausgesprochen hast. Jedes Mal, wenn wir zusammen sind, kann ich deine Liebe für mich spüren. Du sagst, dass du möchtest, dass wir Liebende sind. Ich glaube aber, das sind wir längst. Ich denke, in meinem Herzen sind wir das schon seit wir uns das erste Mal gesehen haben. An dem Tag in Mamas Suppenküche. Erinnerst du dich? An dem Tag, als du auf deinem weißen Pferd angeritten kamst, und mich vor den bösen Schurken gerettet hast. Ich denke, schon da waren wir Liebende. Ich denke, seitdem ist meine Liebe für dich an jedem Tag gewachsen."

Gordon erkannte, dass Squirt recht hatte. Seit diesem ersten Tag war in Gordons Herzen ein Platz für Squirt reserviert.

Und um das Wunder perfekt zu machen, erwiderte Squirt seine Gefühle! Gordon war Squirt wichtig!

„Ich muss dir erst ein paar Dinge erzählen, Squirt. Da ist einiges, was du über mich wissen solltest. Und … und …"

„Und was, Gordon?"

„Und es gibt Dinge, die ich von dir wissen muss."

Squirt befreite seine Hand und stand auf. Er trug seinen Teller und das mit Senf beschmierte Messer zur Spüle. Mit dem Rücken zu Gordon stand er völlig ungeniert vor dem Spülbecken und wusch sein Geschirr ab, bevor er es zum Trocknen abstellte. Als er fertig war, sah er aus dem Fenster. Er hatte Gordon immer noch den Rücken zugewandt. Der Tag neigte sich dem Ende zu. Bald würde es dunkel werden und sie würden bald das Licht anmachen müssen. Entweder zogen sie sich dann etwas an oder Gordon musste die Vorhänge zuziehen. Das waren Gordons völlig nebensächliche Gedanken.

Squirt dagegen schien über wichtigere Dinge nachzudenken.

Squirt sprach leise und dem Fenster zugewandt, so als wäre die untergehende Sonne sein Gesprächspartner. „Es gibt sehr viele Dinge, die ich dir nicht erzählen kann, Gordon. Ich kann sie dir nicht erzählen, weil ich mich nicht an sie erinnere. Etwas ist mit mir passiert. Etwas … Schlimmes. Aber ich weiß nicht, was es war. Ich lebe schon eine ganze Weile so. Vielleicht erinnere ich mich eines Tages. Jedenfalls sagen das die Ärzte. Vielleicht kann ich dir dann all die Dinge erzählen, die du gern wissen willst. Aber du wirst Geduld haben müssen." Schließlich drehte sich Squirt zu Gordon um, der wartend am Tisch saß. Sein nackter Körper war ein wunderschöner Anblick. „Kannst du das, Gordon? Kannst du darauf warten, dass ich mich erinnere?"

Gordon verstand nicht, was Squirt ihm zu sagen versuchte, doch er glaubte, was er sagte. Im College hatte er von solchen Sachen gehört. Wenn in Squirts Vergangenheit etwas so Schreckliches passiert war, dass er jegliche Erinnerung daran verbannen musste, dann würde Gordon geduldig sein. Genau so, wie Squirt es wünschte. Er liebte ihn genug, um das zu tun. Oder nicht?

Gordon lächelte, um Squirt zu beruhigen. Um zu verstehen und zu beruhigen. „Ja", sagte er. „Ich kann warten. Ich kann eine Ewigkeit warten, sollte das nötig sein."

Squirt durchquerte den Raum, um sich vor Gordon zu stellen, der immer noch in Boxershorts am Küchentisch saß. Er setzte sich auf Gordons Schoß und schlang die Arme um seine Schultern. Er drückte seine Wange an Gordons – sie hatten beide eine Rasur nötig – und Gordon legte die Arme um ihn. Squirts Lippen zauberten kleine Küsse auf Gordons Schulter.

„Ich glaube nicht, dass ich jemals jemanden so geliebt habe, wie ich dich liebe, Gordon. Und zwar nicht, weil ich das *will*. Es war zu schwer, dich zu lieben und dich nicht komplett für mich zu haben. Es war zu schwer zu glauben, dass ich weiß, was du fühlst, es aber nicht sicher zu wissen, weil du ja nie etwas gesagt hast."

Gordon vergrub sein Gesicht in Squirts Halsbeuge und atmete seinen herrlichen Duft ein. Er liebte seine Hitze, seine Nachgiebigkeit, das *Leben*, das er so freimütig anbot. „Ich habe jetzt was gesagt", flüsterte Gordon. „Du kannst dir jetzt sicher sein. Okay?"

Squirt nickte. „Okay."

„Und ich kann mir auch sicher sein. Stimmt's?"

Squirt befreite sich so weit aus Gordons Umarmung, dass er ihm ins Gesicht sehen konnte. „Ja. Ich liebe dich auch, Gordon. Ich liebe dich mehr als alles andere."

Ein zartes Rosa erschien auf Squirts Wangen und Gordon grinste ihn an. „Bist wohl nicht dran gewöhnt, diese Worte auszusprechen?"

Squirt grinste zurück. „Nee."

Gordon fuhr mit einer Hand durch Squirts helle Haare, während er mit der anderen durch den Flaum auf seinem Oberschenkel fuhr. Ihre Position erregte ihn und da Squirt auf seinem Schwanz saß, war davon auszugehen, dass ihm das nicht entging.

„Jetzt, da du es laut gesagt hast, ist es nicht mehr so schlimm, oder?", fragte Gordon sanft.

Squirt schüttelte den Kopf. „Ich bin froh, dass wir es ausgesprochen haben. Ich habe das Gefühl, dass wir jetzt – na ja – *komplett* sind. Als hätten wir einen Vertrag geschlossen oder so."

„Wir haben einen Vertrag geschlossen. Wir sind jetzt zusammen. Ich gehöre dir. Und du gehörst mir. Ich möchte, dass du gleich bei mir einziehst. In Ordnung? Ich werde dir dabei helfen, deine Sachen aus dem Elektroladen hierherzubringen. Alles außer dieser verdammten Tür, die du als Bett benutzt. Die bleibt da. Dasselbe gilt für den Türknauf."

Offensichtlich besaß Squirt mehr gesunden Menschenverstand als Gordon. Er hielt sich nicht einmal damit auf, sich über das Bett zu amüsieren. „Wovon sollen wir leben? Keiner von uns hat einen Job."

Squirt brachte sich in Gordons Schoß in eine bessere Position und griff dann hinter sich, um Gordons Erektion in die Hand nehmen zu können. Er schien das ohne jeglichen Hintergedanken zu tun. Offenbar wollte er einfach nur Gordons Schwanz in der Hand halten. Gordon schloss für ein paar Sekunden die Augen, weil es sich so gut anfühlte. Dann legte er seine eigene Hand in Squirts Schoß, wo er – wenig überraschend – ebenfalls auf eine Erektion traf. Er umschloss sie mit kühlen Fingern und schob die Vorhaut zurück. Er ließ seine Finger so lange über Squirts Erektion tanzen, bis dieser in seinem Schoß erbebte.

Gordon lächelte. „Ich habe vielleicht einen Job in Aussicht. Wenn das klappt, haben wir ausgesorgt. Und du bist schließlich kein Dummkopf. Ich bin mir sicher, dass wir für dich was Besseres finden können, als in diesem blöden Elektroladen aufzuräumen und Kunden hinterherzuwischen. Selbst ein Fast Food Restaurant wäre besser als das. Und was auch immer passiert; ich habe noch genug Geld, um uns ein paar Monate über Wasser zu halten. Also mach dir darüber keine Sorgen, ja? Wir sollten uns für eine Weile nur aufeinander konzentrieren. Und darauf, dass es dir besser geht. Meine Mutter hat eine Therapeutin, die dir vielleicht helfen kann. Wir können ja fragen, ob sie …"

Squirt spannte sich an. „Das habe ich doch alles schon gemacht. Und mache es immer noch. Bis jetzt hat es nicht geholfen."

Gordon versuchte, ihn zu beruhigen. „Dann lassen wir uns etwas anderes einfallen. Mach dir nur bitte keine Sorgen. Wir sind beide nicht so ganz ohne Beschädigungen. Aber wenn man uns zusammennimmt, ergeben wir ein unglaublich großes Ganzes. Findest du nicht auch?"

Die Anspannung in Squirts Gesicht ebbte ab. Seine Lippen formten ein hintersinniges, kleines Grinsen, als seine Hand auf Gordons Penis das Tempo erhöhte. Gordon revanchierte sich auf gleiche Weise.

Gordon lachte. „Wir gehen wieder ins Bett, oder?"

„Das hoffe ich doch", sagte Squirt und blickte hinunter auf Gordons Hand auf seiner Erektion.

Mit weit geöffneten Augen sahen sie einander an. Dann trafen sich ihre Lippen in einem süßen Kuss.

„Mir schlafen die Beine ein", sagte Gordon, ohne den Kuss zu unterbrechen.

Squirt kicherte. Er sprang auf die Füße und zog Gordon vom Stuhl, Erektion hin oder her.

„Dann ab ins Bett, alter Mann. Ich werde sehen, was ich tun kann, um deinen Blutkreislauf wieder anzuregen."

Gordon besah sich ihre Erektionen und grinste. „Ich denke, das hast du schon getan."

Als sich die Dunkelheit langsam in die Wohnung schlich, lagen ihre Körper wieder aneinandergeschmiegt auf dem Bett und zum ersten Mal in seinem Leben schlief Gordon mit einem Mann, dem er seine Liebe gestanden hatte. Nicht mit einem Fremden, nicht mit jemandem, den er aufgerissen hatte, nicht mit einem One-Night-Stand. Sondern mit einem Mann, den er von ganzem Herzen liebte. Und der seine Liebe erwiderte.

Gordon wusste, dass er nie wieder derselbe sein würde.

Später, als sie befriedigt in der Dunkelheit lagen, stellte Gordon die Frage, die ihm schon lange auf den Lippen brannte.

„Bitte, Squirt. Sag mir, wie du heißt. Nur einmal. Lass mich deinen Namen von deinen Lippen hören."

Squirt hatte sich neben Gordon zusammengerollt. Seine Wange lag auf Gordons Brust. Stille breitete sich in dem dunklen Zimmer aus. Und sie hielt endlos lange an. Squirt gab vor, zu schlafen. Doch da Gordon fühlte, wie Squirts Wimpern gegen seine Haut strichen, wusste er, dass Squirt keineswegs schlief.

Er küsste Squirts Haar und genoss dessen Geruch und seidige Beschaffenheit. Nach ein paar Herzschlägen erlaubte er der Stille, den Raum auszufüllen und die Frage blieb unbeantwortet.

Für den Moment.

Später, in den frühen Morgenstunden, lagen beide im Bett, unfähig in den Schlaf zu finden.

„Lass uns meine Sachen holen", sagte Squirt. „Jetzt wird niemand im Laden sein, der Fragen stellen kann. Wir können dort in zwanzig Minuten alles zusammenräumen. Morgen, wenn ich zur Arbeit komme, kann ich es dem Chef erklären. Können wir das machen, Gordon? Ich möchte mich heute Nacht niemandem erklären müssen."

„Schämst du dich dafür, deinem Chef sagen zu müssen, dass du schwul bist?", fragte Gordon. „Geht es darum?"

„N-nein", stammelte Squirt. „Das weiß er ja. Aber er gibt wirklich sehr auf mich acht. Es wird ihm nicht gefallen, dass ich gehe. Ich möchte mit ihm reden, nachdem alle meine Sachen weg sind. Dann wird es einfacher sein. Also, können wir es so machen? Können wir jetzt gehen, wenn niemand da ist?"

Gordon fiel kein Grund ein, warum das nicht möglich sein sollte. „Klar", sagte er. „Ziehen wir uns an."

Als sie sich anzogen, erstarrte Gordon plötzlich, mit einem Bein schon in der Hose. Er sah aus wie eine halb angezogene Statue. „Ich liebe dich, Squirt."

Squirt blinzelte, überrascht aber glücklich. Dann überzog eine liebevolle Melancholie seine Gesichtszüge. „Ich liebe dich auch", sagte er und streckte eine Hand aus, um Gordons Wange zu berühren. „Das tue ich wirklich."

Gordon schloss die Augen, um die Berührung besser genießen zu können.

DA SQUIRT kaum etwas besaß, war Gordons Kofferraum nicht einmal voll. Er und Gordon waren in der Hälfte der von Squirt anvisierten Zeit mit dem Ausräumen fertig.

„Wie kannst du so leben?", fragte Gordon verblüfft, als er den letzten von drei Kartons ins Auto packte.

„Manchmal müssen wir tun, was wir eben tun müssen", antwortete Squirt in ernstem Tonfall.

Sie standen in der Gasse hinter dem Elektrogeschäft und die Straßenlaterne warf ein schauerliches gelbes Licht, während von der Bucht her Nebel hereinkam. Bei Squirts Worten hob Gordon den Kopf. Erst da bemerkte er, dass er das, was er gerade gesagt hatte, besser nicht laut ausgesprochen hätte.

„Tut mir leid, Squirt. Ich hab es nicht so gemeint, wie es geklungen hat."

Squirt nickte. Wenn es ihm peinlich war, versteckte er es gut. „Ich weiß."

Gordon nahm den letzten Berg Klamotten von Squirt entgegen und warf ihn auf die restlichen Sachen im Kofferraum, bevor er die Kofferraumklappe schloss. Dann drehte er sich sofort um und nahm Squirt in die Arme.

„Ich möchte, dass du nie wieder so leben musst. Von jetzt an werde ich mich um dich kümmern, Squirt."

Squirt entspannte sich in Gordons Armen. „Wir werden uns umeinander kümmern", sagte er leise. „Du wirst dich nicht für mich schämen müssen, Gordon. Ich werde mir einen ordentlichen Job suchen. Ich werde dafür sorgen, dass du stolz auf mich sein kannst. Das werde ich wirklich."

Gordons Lippen berührten Squirts Stirn in einem sanften Kuss. „Ich bin schon jetzt stolz darauf, mit dir zusammen zu sein."

Squirt spannte sich plötzlich an.

Gordon machte einen Schritt rückwärts, um ihm in die Augen sehen zu können. „Was ist los?"

Squirt murmelte etwas Unverständliches vor sich hin, gab sich dann aber Mühe, sich verständlich auszudrücken. „Es ist nur mein Chef. Er macht sich Sorgen um mich. Falls es in Ordnung ist, würde ich gern, zumindest für eine Weile, meine Post lieber hierhergeschickt bekommen. Ist das okay? Dann erscheint es ihm vielleicht nicht so endgültig, dass ich ausgezogen bin."

„Er muss dich wirklich sehr mögen", sagte Gordon.

Squirt nickte. „Er ist wie ein Vater für mich. Ich möchte seine Gefühle nicht verletzen."

„Dann tu, was dir richtig erscheint. Mir ist das egal. Ich will dich, nicht deine Post."

Squirt seufzte erleichtert auf.

Irgendwo über ihnen gurrte eine Taube. Dann gurrte sie wieder. Sie schauten beide auf, konnten den Vogel aber nirgends entdecken.

„Wir verschrecken die Tierwelt", sagte Gordon. „Hast du die Tür abgeschlossen?"

„Ja, alles zu."

„Dann lass uns nach Hause fahren."

„Nach Hause", wiederholte Squirt. „Mir gefällt, wie das klingt."

Gordon führte Squirt um das Auto herum und öffnete wie ein echter Gentleman die Beifahrertür für ihn.

„Und mir erst", sagte er.

12

GORDON UND Squirt begannen ihr Zusammenleben ohne großes Aufhebens und ohne jeglichen Zweifel. Beide wussten, dass es die richtige Entscheidung war, unter einem Dach zusammenzuleben. Schließlich waren sie verrückt nacheinander. Warum sollten sie also *nicht* zusammenleben?

Gordon stellte schnell fest, dass Squirt ein liebevoller und freigiebiger Partner war. Die Ära der Unsicherheit und Schüchternheit, in der sie ihre Beziehung begonnen hatten, wurde bald fortgeweht und ward nie wieder gesehen. Die stillen Stunden, die sie im Gespräch verbrachten, leise redend ihre Zukunft planend, wurden nur noch von den Stunden in den Schatten gestellt, die sie zusammen nackt im Bett verbrachten. Für Gordon war Sex plötzlich mehr als nur Sex. Es wurde zu einer fünf-Sterne-Luxus-Erfahrung. Einer Erfahrung, derer er nie müde wurde. Schon den Gedanken an Squirts Hände auf seiner Haut konnte er körperlich spüren. Wenn er daran dachte, wie Squirts talentierter Mund ihn zum Orgasmus brachte, bekam er einen Steifen. Dabei war es völlig egal, wo er sich in dem Moment gerade befand – auf der Straße, im Auto oder in Mamas Suppenküche, wo er Obdachlosen gebratenen Schinken auf den Teller klatschte. Immer wieder aufs Neue hielt er es für ein Wunder, wenn er daran dachte, wie er in Squirt eindrang und wie dieser vor Ekstase aufschrie. Das waren die Augenblicke, die er am liebsten mochte und an die er sich gern erinnerte, wann immer ihm danach war. Und ihm war oft danach.

Zu behaupten, dass sie einander nie müde wurden, wäre eine Untertreibung gewesen. Sie waren abhängig. Glücklich und unwiderruflich abhängig. Sie konnten einfach nicht genug bekommen.

„Ist die Liebe nicht wunderbar?", fragte Gordon eines nachts, als sie eng umschlungen im Bett lagen. Ihre Herzen hämmerten immer noch laut, doch ihre Körper waren erschöpft und auf ihren Lippen schimmerten immer noch verschiedenste Körpersäfte.

Squirt nickte und suchte nach den richtigen Worten. „Ja", sagte er schließlich und presste seinen Mund an Gordons Hals. „Oh, ja."

Gordon arbeitete weiterhin in Mamas Suppenküche. Er begriff auch, was er da eigentlich tat: Er machte vorsichtige Schritte, doch er wagte nicht so recht, das Schneckenhaus zu verlassen, in das er sich in den letzten zwei Jahren verkrochen hatte. Er hatte sich genug geöffnet, um Squirt in sein Leben zu lassen, doch er war sich noch nicht sicher, ob er dem Rest der Welt auch eine Chance geben wollte. Doch die Tage vergingen und das Glück, das er mit Squirt gefunden hatte, begann sich auf ihn auszuwirken. Es veränderte ihn. Es veränderte ihn zum

Guten. Er hatte ein bisschen weniger Angst vor der Welt – und vor sich selbst. Sein Selbstbewusstsein wuchs.

So wie Gordon weiter in der Suppenküche arbeitete, so ging auch Squirt weiterhin seiner Arbeit als Hausmeister im Elektrogeschäft nach. Sie sprachen nicht wieder davon, sich andere Jobs zu suchen, doch für Gordon brodelte das Thema unter der Oberfläche und wartete nur darauf, wieder aufgegriffen und umgesetzt zu werden. Doch sie schienen damit keine Eile zu haben. Es war schon spannend, zu sehen, wie Liebe die unbequemeren Wahrheiten des Lebens überdecken konnte. Doch auch die Liebe konnte nicht alles glattbügeln. Zum Beispiel ging Gordon das Geld aus. Dagegen würden sie bald etwas tun müssen oder sie säßen in absehbarer Zeit auf der Straße.

Im Moment jedoch hatten sie noch etwas Zeit und Gordon ließ sich von seinem stetig wachsenden Selbstvertrauen in die richtige Richtung tragen. Wenn die Zeit zum Handeln da war, würde er es wissen. Wenn er bereit war, sich wieder der Welt zu stellen, würde er auch das wissen. Daran zweifelte er nicht für eine Minute.

Der Gedanke daran, Gordons Mutter zu treffen, machte Squirt nervös, also versprach ihm Gordon, ihm Zeit zu geben, bevor er ihn seiner Mutter vorstellte. Zum Glück wurde seine Mutter von Mr Rhiner mit Beschlag belegt, den sie interessant fand. Für sie war er eine angenehme Abwechslung zu den hochnäsigen Immobilienmaklern, mit denen sie sonst zu tun hatte.

Sie erwähnte ihn manchmal am Telefon und das reichte schon, um bei Gordon die Alarmglocken läuten zu lassen. Seine Mutter war die verschwiegenste Person, die er kannte. Wenn sie seinen Bewährungshelfer so sehr mochte, dass sie ihn am Telefon erwähnte, dann musste sie wirklich verliebt sein.

Gordon überraschte sich selbst dabei, dass er sich für sie freute. Er freute sich auch für Mr Rhiner. Obwohl er sich immer noch nicht sicher war, ob der arme Mann eigentlich wusste, worauf er sich mit seiner Mutter einließ.

Doch Gordon war zu sehr mit seiner eigenen weltbewegenden Liebesbeziehung beschäftigt, als dass er sich großartig für die seiner Mutter interessiert hätte. Um es einfach auszudrücken: Er war viel zu glücklich mit seinem eigenen Leben, als dass ihn ihres irgendwie gekümmert hätte.

Er hatte immer noch Schuldgefühle und es dauerte eine Weile, bis er herausfand, warum. Die Erkenntnis überfiel ihn eines Morgens, als er aufwachte und Squirt an ihn gekuschelt vorfand.

Gordon schlüpfte aus dem Bett und ließ Squirt weiterschlafen. Er stand am Fenster und sah mit schläfrigen Augen auf den Canyon hinaus. Er erinnerte sich an den Schrei des Kojoten, der den Albtraum mit dem Wolf hervorgerufen hatte. All die Fehler, die er in der Vergangenheit gemacht hatte, stürmten auf ihn ein, während Squirt im Bett leise vor sich hinschnarchte. Der altbekannte Schmerz ergriff sein Herz, genau wie er es getan hatte, bevor Squirt es mit Liebe gefüllt hatte. Obwohl noch Squirts himmlischer Geruch an ihm klebte, wusste er sofort, woher seine Schuldgefühle rührten.

Sie kamen von diesem Fleckchen frisch ausgesäten Rasens auf dem Hügel von Holy Cross Cemetery. Diesen Ort konnte Gordon nie wirklich abschütteln. Niemals.

An diesem Tag fuhr er zwischen seiner Morgen- und seiner Nachmittagsschicht hinaus zum Friedhof und kletterte den Hügel zum Guadalupe Circle hinauf, wo Jeremy Aldritch Booth unter der Erde lag und von der heißen Sonne Kaliforniens beschienen wurde.

Als er endlich den flachen Stein erreichte, auf dem Jeremys Name eingraviert war, rannen ihm Tränen die Wangen herunter. Zu schwach und zu traurig, als dass ihn gekümmert hätte, ob ihn jemand sah, fiel er vor Jeremys Stein auf die Knie und vergrub das Gesicht in den Händen.

Als er sich wieder halbwegs unter Kontrolle hatte, nahm er sie vom Gesicht und wischte die Tränen fort. Er legte die Hände auf das sonnenverwöhnte Gras und sprach mit leiser Stimme zu dem jungen Mann, der unter ihm schlief.

„Ich habe kein Recht, darum zu bitten …", setzte Gordon an, doch dann brach ihm die Stimme.

Er räusperte sich, wischte sich einen neuerlichen Tränenschleier aus dem Gesicht, und begann erneut.

„Jeremy, ich bin gekommen, um dich um Erlaubnis zu bitten, dich endlich gehen zu lassen. Ich muss jetzt mit meinem Leben weitermachen. Wenn ich das jetzt nicht tue, schaffe ich es nie. Ich habe eine neue Liebe gefunden, obwohl ich nie gedacht hätte, dass mir das passieren könnte. Ich habe ein Glück gefunden, von dem ich weiß, dass ich es nicht verdiene. Aber – aber ich brauche deine Erlaubnis, damit ich es auch genießen kann. Ich weiß, dass ich nie wiedergutmachen kann, was ich dir angetan habe, aber mein Schmerz wird dich nicht zurückbringen. Das konnte er nie. Jetzt weiß ich das. Bitte sei der bessere Mensch von uns beiden und erlaube mir den Versuch, etwas aus meinem Leben zu machen. Ich werde dich nie vergessen. Ich weiß das. Und ich werde mir auch nie verzeihen, was ich dir angetan habe. Aber bitte … bitte, Jeremy. Gönne mir das. Gönne mir Squirt. Gönne mir … die *Liebe*."

Wieder brach Gordon die Stimme und mit einem letzten „Bitte" vergrub er wieder das Gesicht in den Händen. Er weinte leise, bevor es ihm gelang, sich zusammenzureißen.

Und in diesem Augenblick geschah etwas Wunderbares.

Ein kühler Wind streichelte über seine Haut. Er öffnete die Augen. Er hob den Kopf und ließ die kühle Brise sein erhitztes Gesicht kühlen. Als er den Blick senkte, entdeckte er einen kleinen Marienkäfer, der über den Grabstein krabbelte. Über Jeremys Grabstein. Plötzlich stieg ihm der Duft nach frisch gemähtem Gras in die Nase.

Er sah in den azurblauen Himmel hinauf, blinzelte die letzten Tränen fort und kam wieder auf die Beine. Er machte einen Schritt vorwärts, beugte sich hinunter und strich mit den Fingerspitzen vorsichtig über Jeremys Grabstein. Es war der Grabstein eines Mannes, den er im Leben nicht gekannt hatte. Der ihm im Tod aber umso näherstand. Genau in dem Augenblick, als seine Finger den Stein berührten, öffnete der Marienkäfer seine Flügel und schwirrte davon.

„Auf Wiedersehen", flüsterte Gordon. Er wandte dem Stückchen Gras auf dem Hügel, auf dem auch ein Teil seiner Seele lag, den Rücken zu und ging auf wackeligen Beinen zu seinem Auto zurück.

Die Leere, die er empfand, war neu. Es war keine Leere, die bedeutete, dass es ihm egal war. Das fühlte sich anders an. Aber bedeutete es, was er hoffte, dass es bedeutete? War ihm vergeben worden?

Eines Tages würde er es vielleicht wissen. Aber nicht heute. Vielleicht auch nie.

Die Tage vergingen. Es war eine friedliche Zeit. Gordons Leben ging weiter. Und sein Glück mit Squirt war endlos. Irgendwie hatte sich seine innere Unruhe gelegt, zumindest für eine Weile. Ob es nun einfach Wunschdenken war oder ob Gordon tatsächlich vergeben worden war; zumindest nahm er die Zügel wieder in die Hand und lebte sein Leben mit leichterem Herzen und einem klareren Ziel.

Drei Wochen später brachte er endlich den Mut auf, dem Rat seines Bewährungshelfers zu folgen. Er nahm sich sein Telefon und wählte die Nummer, die ihm Mr Rhiner aufgeschrieben hatte. Nach dem zweiten Klingeln nahm am anderen Ende jemand ab.

Man verabredete ein Treffen.

Da ihn die Möglichkeiten sprachlos machten, die sich ergaben, wenn dieses Treffen erfolgreich war, erzählte er niemandem davon. Nicht Squirt. Nicht seiner Mutter. Niemandem. Er selbst wagte kaum, daran zu denken.

Schließlich war der Tag heran. Gordon hatte seinen besten Anzug angezogen und versuchte, ruhig zu bleiben. Das Vorstellungsgespräch dauerte zwei Stunden. Als es vorbei war, stand er auf dem Fußweg vor den Channel 9 Studios, schloss die Augen und atmete tief die heiße Sommerluft ein, die nach den Blüten der Heckenkirsche duftete. Er blinzelte gegen die helle Sonne an, sah sich um und entdeckte den Ursprung des Geruchs. Am Ende des Parkplatzes stand ein Maschendrahtzaun, der von unzähligen Ranken überwachsen war. Gordon war sich sicher, noch nie in seinem Leben etwas gesehen zu haben, was so hübsch war. Oder so gut roch.

Natürlich fand sogar Gordon selbst, dass man ihm seine überschwängliche Stimmung nachsehen sollte. Denn nach dem, was gerade passiert war, wäre doch wohl jeder überschwänglich, oder?

Wenn er ehrlich mit sich war, musste er zugeben, dass er es nicht so ganz glauben konnte. Das Vorstellungsgespräch war überaus positiv verlaufen. Die Unterlagen, die er in der Hand hielt, waren der Beweis dafür. Es war ein Arbeitsvertrag. Bis jetzt war er noch nicht unterzeichnet, aber es war ein Arbeitsvertrag. Gordon musste einfach zusagen.

Jackson Price, der Programmmanager von KTSI, ein kettenrauchender Typ mittleren Alters mit einer stolzen Wampe und einer beginnenden Glatze, war freundlich, offen und sogar enthusiastisch gewesen, als es um Gordons Zukunft ging. Das angebotene Gehalt war angemessen, obwohl es lange nicht an das heranreichte, was er bei Channel 10 verdient hatte. Die Zeiten für seinen Wetterbericht wären alle zur Primetime und es bestand sogar die Möglichkeit, dass er vielleicht auch bei der Morgenshow *A. M. San Diego* das Wetter ansagen würde, was eine Gehaltserhöhung mit sich brächte.

Das waren tolle Neuigkeiten für jemanden, der die letzten sechs Monate damit verbracht hatte, Rührei und Schinken an Obdachlose und Rentner zu verteilen. Doch Gordon musste sich eingestehen, dass es eine Zeit gegeben hätte, wo die Aussicht darauf, bei genau diesem Fernsehsender zu arbeiten, ihn entsetzt hätte.

Wenn man ihm vor seinem selbst verschuldeten Absturz einen Job bei Channel 9 angeboten hätte, hätte er wohl nur darüber gelacht. Channel 9 war das Stiefkind der lokalen Fernsehsender von San Diego. Die Moderatoren waren hauptsächlich Leute wie Gordon – Leute, die nirgendwo anders mehr Arbeit finden konnten, weil sie ihre Chance auf Berühmtheit verpasst hatten, schon zu lange dabei waren oder sich einmal zu viel hatten liften lassen, um noch seriös zu erscheinen. Es war schließlich weithin bekannt, dass Max Mustermann sich die Nachrichten oder das Wetter ungern von alten Säcken vorlesen ließ. Max Mustermann bevorzugte Moderatoren, die wenigstens halbwegs ansehnlich waren.

Channel 9 war der einzige Sender in der Stadt, der sich gegen diesen Trend stellte.

Die Channel 9 News wurden fast ausschließlich von Leuten bestritten, die auf dem absteigenden Ast waren. Wegen ihres Alters, wegen persönlicher Probleme oder weil sie sich einfach nicht für den Job eigneten. Und trotz dessen produzierten sie eine ziemlich gute Sendung. Wenn die eigenen ästhetischen Ansprüche nicht so hoch waren, dass man sie sich gar nicht erst ansah. Als Beweis konnten sie sogar ein paar Emmys vorzeigen.

Es war ein Zeichen dafür, wie bescheiden er geworden war, dass er nach den schrecklichen letzten zwei Jahren – ein Unfall mit Todesfolge, eine Gerichtsverhandlung und ein Jahr im Gefängnis, danach Monate voller Schuldgefühle und unzähliger Besuche auf dem Friedhof, der Revolver in seinem Badschrank und die gemeinnützige Arbeit in der Suppenküche – einfach nur Dankbarkeit empfand, dass man bereit war, ihm bei Channel 9 diese Chance zu geben.

Der Job gehörte ihm, wenn er ihn annahm, und Mr Price hatte ihn darüber informiert, dass er in diesem Fall das jüngste und bestaussehendste Gesicht im Channel 9 News Team wäre. Gordons Jugend und sein gutes Aussehen wären genug, um die Öffentlichkeit auf seine Seite zu bringen. Und dann blieb abzuwarten, ob die Zuschauer bereit wären, über seine Vergangenheit hinwegzusehen.

Und genau das war der Knackpunkt.

Jackson Price hatte es zwar nicht so deutlich ausgesprochen, aber es war klar, dass eine Verlängerung seines Vertrages über das erste Jahr hinaus gänzlich davon abhing, ob die Öffentlichkeit bereit wäre, ihm seine vergangenen Fehler zu verzeihen. Immerhin wusste jeder in San Diego über Gordon Bescheid. Jeder, der in San Diego die Nachrichten einschaltete, war mit Neuigkeiten zu Gordons Verhandlung und später zu seiner Freilassung bombardiert worden. Jeder noch so kleine Fernsehpromi, und war es nur ein Wettermoderator bei einem lokalen Sender, war davon abhängig, dass die Öffentlichkeit ihm wohlgesonnen war. Gordon wusste das nur allzu gut.

„Ehrlich gesagt hängt es gänzlich von Ihnen ab, die Zuschauer so zu begeistern, dass sie Ihre Wiederauferstehung ermöglichen", sagte Mr Price nur wenig dezent.

„Wenn Sie die Leute auf Ihre Seite bringen können", sagte Mr Price, „ist Ihnen ein Platz bei Channel 9 sicher, so lange Sie ihn haben wollen."

Als er an diese Worte dachte, stahl sich ein Grinsen auf Gordons Gesicht. Ganz genau, werte Damen und Herren! So lange er ihn haben wollte. Genau so hatte er es gesagt!

Ihm schoss so plötzlich Adrenalin durch die Adern, dass er einen Freudenschrei ausstieß und zum Auto rannte. Er musste Squirt die Neuigkeiten mitteilen.

Auf dem Nachhauseweg blieb Gordon sowohl auf der Autobahn als auch in der Stadt weit unter der Höchstgeschwindigkeit, und das obwohl er so aufgeregt war. Auch wenn man ihm tausend Dollar geboten hätte, hätte er sein Handy nicht angefasst, egal wie oft es klingelte und piepte und in seiner Hosentasche vibrierte. Auch wenn es aus seiner Hosentasche gekrochen wäre und ihm mit einem nassen Fisch ins Gesicht geschlagen hätte, hätte er es nicht angefasst. SMS schreiben? Niemals. Er hatte nicht die letzten zwei Jahre ertragen, *ohne* etwas zu lernen.

Mit seiner Vorsicht war es in dem Moment vorbei, als er das Auto vor seiner Wohnung abstellte. Er sprang aus dem Auto, eilte mit dem Vertrag in der Hand die Treppen hinauf und riss die Wohnungstür auf.

„Squirt! Schatz! Wo zum Henker bist du? Ich habe Neuigkeiten!"

Doch Squirt war nicht da. Gordon sah in jedem Zimmer nach.

Er nahm den Telefonhörer in die Hand. Vielleicht arbeitete Squirt ja im Elektroladen. Gordon beschloss, dass er ihn anrufen und ihm die Neuigkeiten am Telefon erzählen würde. Er musste sie jemandem erzählen. Ganz dringend.

Als Gordon die Nummer wählte, fiel ihm eine aufgeschlagene Tageszeitung auf dem Couchtisch ins Auge. Er sah die beiden Bilder auf der Titelseite.

Beide Fotos zeigten ihn. Es waren Polizeifotos, von vorn und von der Seite. Verwaschen, so wie Zeitungsfotos oft aussahen, waren sie in der Nacht des

Unfalls gemacht worden. Da stand er also, abgerissen, mit müdem Blick und völlig unter Schock, sein 90-Dollar-Smokinghemd am Kragen zerrissen und seine Haare ein einziges Vogelnest. Er hielt ein Schild mit der Nummer fest, unter der sein Vergehen in die Akten eingehen würde. Auf seiner rechten Wange befand sich eine Schnittverletzung, die ein Sanitäter nur ein paar Minuten zuvor mit einem Pflaster zugeklebt hatte.

Die Fotos waren weniger als eine Stunde nach dem Unfall entstanden – dem Unfall, der Jeremy Aldritch Booth getötet und Gordons Leben in einen Albtraum verwandelt hatte.

Er starrte die Bilder schockiert an und ließ den Telefonhörer zu Boden fallen. Auch der Arbeitsvertrag glitt ihm aus der Hand. Erst da entdeckte Gordon das zu Boden gefallene Essen. Und den zerbrochenen Teller.

Seine Aufregung verwandelte sich von einer Sekunde zur nächsten in Angst. Gordon riss den Blick von der Unordnung los und griff nach der Zeitung.

13

GORDON STARRTE die Zeitung an. In seinem Inneren kämpften so viele verschiedene Emotionen miteinander, dass er nicht wusste, wo er beginnen sollte. In diesem Wirbelwind der Gefühle gelang es ihm nicht, sich auf eine Sache zu konzentrieren.

Schließlich gelang es *einem* Gedanken, sich an die Oberfläche zu kämpfen. Und er war schrecklich.

„Oh, nein."

Er zerknüllte die Zeitung in seiner Hand und lief hinüber ins Schlafzimmer. Dort riss er die Tür des Kleiderschranks auf. Squirts Sachen waren immer noch da. Sie hingen ordentlich neben seinen eigenen. Er zog die Schubladen auf. Auch Squirts Unterwäsche war noch an ihrem Platz. Im Gegensatz zu Gordons Sachen, die er immer nur ohne nachzudenken hineinwarf, waren Squirts Sachen ordentlich zusammengefaltet.

Auf der Kommode lag Squirts Geld – ein paar zerknitterte Dollarscheine und ein bisschen Wechselgeld – in einer Keramikschale. Dort lag es immer, wenn Squirt zu Hause war.

Gordon atmete erleichtert aus, doch diese Erleichterung hielt nicht lange an.

Er sah, dass Squirts Tennisschuhe – ein neues Paar, das er ihm vor einigen Wochen gekauft hatte – vor dem Bett standen. Es war das einzige Paar Schuhe, das Squirt besaß. Gordon hatte die alten in den Müll geworfen, als er dieses Paar gekauft hatte.

So verwirrt, wie er war, versuchte er nachzudenken. Was war hier passiert? Er starrte die Schuhe an. Warum würde Squirt ohne seine Schuhe irgendwohin gehen? Gordons Besorgnis wuchs zu einem Knoten der Angst.

Wo zum Teufel war Squirt?

Und dann kehrten seine Gedanken zu der zerknüllten Zeitung in seiner Hand zurück. Er sah sie an und versuchte, die wachsende Panik niederzukämpfen.

Die Zeitung war zwei Jahre alt. Gordon besaß einen ganzen Stapel alter Zeitungen, die er ganz hinten im Schrank in einem Kopfkissenbezug verstaut hatte. In allen Ausgaben fanden sich Artikel zur Verhandlung. Gordons Verhandlung. Die Zeitung in seiner Hand war ein Teil der Sammlung. Die Fotos von seiner Verhaftung sorgten immer noch dafür, dass sich ihm der Magen umdrehte wann immer er sie ansah.

Gordon hasste diese Bilder. Und er hasste alles, was mit ihnen zu tun hatte.

Er ging zurück zum Schrank und schob seine Klamotten zur Seite. Wie erwartet befand sich dahinter der Kopfkissenbezug, doch der Inhalt war herausgefallen und auf dem Boden des Schranks verteilt. Jemand hatte die Zeitung durchgesehen. Alles Schlechte, das Gordon je passiert war, war in diesen Zeitungen aufgezeichnet. Alles über den Unfall. Alles über die Zeit nach dem Unfall. Die öffentliche Schande. Wie er seinen Job bei Channel 10 verloren hatte. Wie seine Emmy-Nominierung zurückgezogen worden war. Die Gefängnisstrafe. Geschichten über den Mann, den Gordon getötet hatte. Alles.

Und Squirt hatte alles gesehen! Mein Gott, was, wenn das genug wäre, um Squirts Liebe zu ihm zu zerstören? Aber das war ein dummer Gedanke, oder? So zerbrechlich war ihre Liebe nicht, oder doch? Natürlich hatte Gordon vorgehabt, Squirt alles zu erzählen. Doch irgendwie war die Zeit vergangen, und seine Geheimnisse waren nicht ans Tageslicht gekommen. Hatte er es sich einfach gemacht? Vielleicht. Gordon hatte Squirt nichts von dieser schrecklichen Sache erzählen wollen. Wer würde das schon wollen. Aber er hätte es tun *sollen*. Gordon hätte sich mit Squirt zusammensetzen und ihm alles beichten sollen. Aber er hatte es nicht getan. Und nun war es vielleicht zu spät.

Aber sie hatten doch beide Geheimnisse, die sie nicht teilen wollten, oder nicht? Gordons Vergangenheit. Squirts Vergangenheit. Sogar Squirts richtiger Name. Squirt hatte dieses Thema vermieden, so wie Gordon es vermieden hatte, seine eigene Vergangenheit mit ihm zu teilen. Und Gordon hatte es zugelassen.

Erst jetzt fielen Gordon ein paar Dinge auf. Warum bestand Squirt darauf, seine Post weiterhin in den Elektroladen zu bekommen, wo er arbeitete? Warum verweigerte er sich jedes Mal, wenn die Rede auf seinen richtigen Namen kam? Wenn es in Squirts Vergangenheit Dinge gab, für die er sich schämte, hätte Gordon das verstanden. Wie hätte er das auch *nicht* verstehen können? Wenn sie beide mit einer Lüge lebten, wie konnte der eine den anderen dann für etwas beschuldigen, was er selbst ebenfalls tat?

Gordon ließ seinen Blick über die fett gedruckten Überschriften schweifen. Jede ließ sein Herz schwer werden. Lokaler Wettermoderator verursacht tödlichen Verkehrsunfall. Gerichtsverhandlung des Wettermoderators heißestes Thema in der Stadt. Staffords Opfer im dritten Jahr des Jurastudiums – Jahrgangsbester. Wettermoderator schuldig gesprochen – der Gerechtigkeit ist genüge getan. Stafford zu einem Jahr Gefängnis verurteilt. Anwalt der Anklage meint – Wettermoderator ist mit leichter Strafe davongekommen.

Gordon schloss fest die Augen, um die Worte nicht länger sehen zu müssen. Er konnte spüren, wie ihm das Blut zu Kopf stieg. Selbst jetzt war die Schande all dessen, was er angerichtet hatte, fast zu viel, um sie zu ertragen. Das einzige, was die letzten Monate erträglich gemacht hatte, war Squirt. Die Liebe, die sie gemeinsam entdeckt hatten, hatte Gordon sein Leben zurückgegeben.

War es damit jetzt vorbei? Was das sogar für Squirt zu viel?

War er für immer verschwunden?

Zum ersten Mal seit Wochen ging sein Blick zu dem Regal über seinem Kopf – dort, wo er die Waffe verstaut hatte.

Die verdammte Waffe.

Sein Puls hämmerte in seinen Schläfen. Er hob die Hand. Nicht in Richtung des Regals, sondern um die Schranktür zu schließen. Er knallte sie zu und verschloss die Waffe – seine Vergangenheit – hinter der Tür.

Gordon massierte sich die Schläfen und versuchte nachzudenken. Er konnte nicht so einfach aufgeben. Er musste Squirt finden. Das war am wichtigsten. Über den Rest würde er sich später Gedanken machen.

Zuerst musste er Squirt finden.

Gordon schnappte sich die Autoschlüssel, die auf dem Küchentisch lagen und verließ die Wohnung. Auf dem Weg zu seinem Auto schaute er kurz im Wäscheraum vorbei, um sicherzugehen, dass Squirt auch dort nicht war. War er nicht, verdammt.

Gordon fuhr langsam durch die Nachbarschaft. Er sah um Ecken, beobachtete die Fußwege und Schaufenster. Kein Squirt. Der Tag neigte sich langsam dem Ende zu. In ein paar Stunden würde es dunkel sein. Gordon fuhr. Er knabberte nervös an seiner Unterlippe und sein Herz wurde schwer, wenn er daran dachte, dass er seine Vergangenheit vor Squirt geheim gehalten hatte. Da änderte es nichts, dass Squirt es nicht anders gemacht hatte.

Wie konnten sich zwei Menschen so sehr lieben und trotzdem nicht in *allem* ehrlich zueinander sein? Es war, als hätten sie ihre Zeit zusammen nur in der Gegenwart verbracht und dabei ihre Vergangenheit, ihre Geschichte außen vorgelassen. Warum tat man so etwas? Ihre Vergangenheit machte sie doch zu denen, die sie waren. Wenn man jemandem seine Liebe gestand, musste man doch alles über ihn wissen. Oder etwa nicht? Ansonsten lebte – und liebte – man doch eine Lüge.

Gordon wusste, dass Squirt Probleme hatte. Es gab viele Dinge, an die er sich nicht erinnerte. Das hatte Squirt gesagt. Gordon war sich nicht sicher, ob Squirt damit seine Kindheit meinte oder Dinge, die später passiert waren. Und Gordon hatte nie versucht, es herauszufinden. Warum nicht? Hatte er solche Angst davor, dass der Weg in Squirts Vergangenheit auch seine eigene ans Licht bringen würde?

Und dann waren da noch die schrecklichen Narben auf Squirts Armen, die er sich offensichtlich selbst zugefügt hatte. Als Squirt am Anfang ihrer Beziehung davon gesprochen hatte, hatte er sich für sie geschämt, doch dann hatte er sie nie wieder erwähnt. Irgendwo da draußen gab es eine Ärztin, die Squirt dabei half, sich zu erinnern – so viel wusste Gordon zumindest – aber er wusste nicht, wie er sie erreichen sollte. Er wusste nur, dass Squirt zweimal im Monat einen Termin bei ihr in einem Büro irgendwo im Zentrum hatte. Den Namen der Ärztin kannte Gordon nicht. Er hatte nie eine der Rechnungen gesehen. Er hatte keine Ahnung, wo die Praxis war.

Himmel! Wie hatte Gordon nur so dumm sein können? Wie konnte er Squirt einerseits sagen, dass er ihn liebte und sich andererseits von seinen Problemen abwenden, als bedeuteten sie nichts? Welche Art Mensch tat so etwas?

Doch um auf das momentane Problem zurückzukommen: Wie weit konnte Squirt ohne Schuhe und ohne Geld kommen? Und noch wichtiger: *Wohin* würde er gehen? Gordon fiel darauf nur eine Antwort ein.

Das Elektrogeschäft. Der Ort, den er Zuhause nannte. Offensichtlich hatte er dort Freunde. Und auch diese Freunde hatte Gordon nie kennengelernt. Er hatte nicht einmal den *Versuch* unternommen.

Selbst wenn Squirt es nicht angeboten hatte, hätte Gordon etwas in diese Richtung unternehmen sollen.

Er fuhr in Richtung Mission Hills und sah auf die Uhr, weil er sich fragte, wann der Laden wohl schloss. Verdammt, nicht einmal *das* wusste er.

Er schlug mit der Handfläche auf das Lenkrad ein. Mist Mist Mist.

Er fuhr schneller. Jetzt machte er sich wirklich Sorgen. Sehr viele sogar.

Als er den Laden, der zwischen einem Lebensmittelgeschäft und einem winzigen Buchladen lag, entdeckte und feststellte, dass das Neonlicht über der Eingangstür noch brannte, seufzte er erleichtert auf. Wenigstens hatte der Laden noch geöffnet. Er quetschte sich in die erste Parklücke, die er finden konnte und rannte, den Autoschlüssel noch in der Hand, zum Laden. Er war so nervös, dass er zusammenzuckte, als die kleine Glocke über der Eingangstür bimmelte, um anzuzeigen, dass jemand das Geschäft betreten hatte.

Er war noch nie hier oben gewesen. Nur im Keller. Das war noch ein Teil von Squirts Leben, mit dem er sich nie beschäftigt hatte.

Ein älterer Herr, der hinter der Ladentheke stand, sah auf, als Gordon das Geschäft betrat.

Noch bevor er wirklich eingetreten war, konnte er schon das Missfallen des Mannes spüren.

Und das ließ ihn in seinem Schritt innehalten.

Es WAR nicht das erste Mal, dass er Abscheu in den Gesichtern von Fremden sah. Er erinnerte sich an die Polizistin auf der Wache, an dem Tag, als er nach Squirt gesucht hatte. Der Mann hier sah ihn mit demselben Blick an. Misstrauisch. Argwöhnisch. Kalt. So als kenne er Gordons Vergangenheit und hieße sie nicht gut. Nicht. Ein. Bisschen. Und Gordon akzeptierte das. Er hatte das schon so oft gesehen, dass es ihn jetzt nicht aus der Bahn werfen konnte.

Auf dem Gesicht des Mannes hinter dem Tresen war aus der Abneigung auf seinem Gesicht allerdings schon offener Hass geworden. Und das war geschehen, noch bevor Gordon drei Schritte in das Ladengeschäft getan hatte. Die Intensität dieses Hasses lag wie der Geruch nach altem Fleisch in der Luft. Er konnte fast sehen, wie im Kopf dieses Mannes ein innerer Film ablief, der alle Stationen von Gordons Absturz abarbeitete. Er konnte sogar sehen, wie die Nervenenden des Mannes eine fette Überschrift in sein Hirn schrieben: „Eingebildeter und überbezahlter TV-Star benimmt sich wie ein Arsch und tötet jemanden."

Eine gute Überschrift, dachte Gordon. Gab alle Fakten kurz wieder.

Er wappnete sich gegen die Abneigung des Mannes und ging auf den Tresen zu.

Der Mann hob eine abwehrende Hand, als wäre er ein Verkehrspolizist. „Ich habe nichts für Sie. Am besten, Sie drehen sich um und gehen wieder. Wir haben geschlossen."

Gordon sah, wie im hinteren Teil des Geschäfts zwei Kunden mit einem weiteren Angestellten sprachen. *Von wegen geschlossen,* dachte er.

Doch er beschloss, es auf die freundliche Art zu versuchen. Mit Aggression war er noch nie weit gekommen.

„Ich bin nicht wegen Ihrer Dienstleistungen hier. Ich suche nach jemandem."

Der Mann neigte den Kopf, als käme zu seiner Abneigung jetzt auch noch Verwirrung hinzu. „Nach wem könnten Sie hier wohl suchen?"

„Squirt", sagte Gordon, der immer noch nicht verstand, woher die intensive Abneigung dieses Mannes genau rührte. „Ich suche nach Squirt."

Die Reaktion des Mannes war so übertrieben, dass sie schon fast komisch wirkte. Der Mann hätte wahrscheinlich auch nicht heftiger zusammenzucken können, wenn Gordon ihm einen elektrischen Schlag versetzt hätte.

Reichlich verwirrt, weil die Reaktionen des Mannes so weit entfernt von allem waren, was Gordon bisher erlebt hatte, machte er ein paar Schritte rückwärts, als der Mann sich anschickte, um den Tresen herumzugehen.

Er kam mit großen Schritten. Er war ein großer Kerl um die fünfzig. Trotz seines Alters war er gut in Form. Wenn das hier in eine Handgreiflichkeit ausartete, würde Gordon alle Hände voll zu tun haben. Doch bevor Gordon etwas unternehmen konnte, wurde er am Oberarm gepackt und in Richtung Tür geschoben. Offensichtlich hatte der Mann vor, ihn vor die Tür zu setzen.

Jetzt wurde er wirklich sauer.

Gordon riss sich los und schubste den Mann von sich, um etwas Abstand zwischen sie zu bringen. „Was zum Teufel tun Sie da?"

Wenn es den Mann überraschte, dass Gordon sich wehrte, dann ließ er es sich nicht anmerken. Er zog Gordon an seinem T-Shirt zu sich heran. „Finden Sie nicht, dass Sie dem Jungen schon genug angetan haben? Jetzt verschwinden Sie von hier. Und wenn ich Sie noch mal hier erwische, reiße ich Ihnen den Kopf ab. Haben Sie mich verstanden? Sie sind hier nicht willkommen. Sie werden hier *niemals* willkommen sein, Mr Stafford. Und jetzt raus hier!"

Wieder befreite sich Gordon aus dem eisernen Griff des Mannes.

Noch verwirrter als zuvor versuchte er, die Situation zu durchschauen. „Verstehe schon. Sie sind nicht gerade mein größter Fan. Glauben Sie mir, das passiert mir oft, Sie verletzen also nicht meine Gefühle oder so. Aber zum Teufel, ich muss Squirt finden. Es ist wirklich wichtig. Ich glaube, es ist etwas passiert. Sie müssen mir nur sagen, ob er hier ist. Vielleicht ist er unten in seinem bretthartem Bett? Wenn das so ist, würde ich ihn gern sehen. Wir müssen reden."

Während Gordon sprach, wurden die Augen des Mannes immer größer, so als könne er nicht glauben, was Gordon da von sich gab.

„Woher wissen Sie von Squirts Bett? Und woher wissen Sie, dass er hier im Keller gewohnt hat? Und was geht Sie das überhaupt an?"

Gordon wollte Squirt nicht in Schwierigkeiten bringen, aber das hier war lächerlich. Dieser Kerl hier spielte sich auf, als wäre Gordon ein blutrünstiger Mörder.

„Vermutlich weiß ich mehr über Squirt als Sie, *Sir*. Wir wohnen zusammen, falls Sie es wissen müssen. Es überrascht mich, dass er Ihnen das nicht erzählt hat. Also, irgendwas ist passiert und ..."

Jetzt war es an dem Mann, einen Schritt rückwärts zu machen. „Mit *Ihnen* hat sich Squirt eingelassen? *Sie* sind das?"

Gordon verstand immer noch nicht, was eigentlich vor sich ging. „Ja. Er und ich ..."

Doch weiter kam er nicht.

Jegliche Farbe wich aus dem Gesicht des Mannes. Er sah aus, als würde er gleich vornüberfallen. Gordon erinnerte sich daran, was er vorhin zu ihm gesagt hatte: „Finden Sie nicht, dass Sie dem Jungen schon genug angetan haben?" Was zum Teufel hatte er damit gemeint?

Der Mann machte einen völlig erschöpften Eindruck. Er sah sich nach einem Platz um, wo er sich hinsetzen konnte und parkte seinen Hintern schließlich auf einer Tonne mit Artikeln im Ausverkauf. Es schien von allem etwas zu geben: Glühbirnen, Zahnräder, Stablampen, Schraubendreher, Panzertape. Eingestaubte Überbleibsel, die zu lange in den Regalen gelegen hatten und nun heruntergesetzt waren, um vielleicht in dieser Tonne noch mehr Staub anzusetzen.

Gordon strich sich die Haare aus dem Gesicht. Als er die Hand wegnahm, waren seine Finger feucht. Er schwitzte.

„Was zum Henker ist mit Ihnen los?", fragte er. „Was bitteschön habe ich *Ihnen* getan? *Oder* Squirt? Immerhin scheint es Sie ja sehr zu empören, dass wir uns kennen."

Der Mann starrte Gordon an. Er starrte ihn einfach nur an. Dann rieb er sich mit den Händen über seine Arbeitshosen. Vielleicht schwitzte auch er.

In seinem Gesicht breitete sich ein Ausdruck der Überraschung aus. Als er sprach, klang auch seine Stimme überrascht. „Mein Gott, Sie wissen es nicht, oder? Sie wissen nicht, wer Squirt ist."

„Nein, ich ..."

„Seien Sie still, Mr Stafford. Lassen Sie mich nachdenken." Der Mann kratzte sich über den Bartschatten. Er brauchte dringend eine Rasur.

Es folgte ein Monolog, bei dem der Mann eher mit sich selbst als mit Gordon sprach.

„Und Squirt weiß auch nicht, wer Sie sind. Wie könnte er auch? Er hat ja alle Erinnerungen blockiert. Er kann sich an nichts erinnern."

„Woran erinnern?", fragte Gordon. „Woran erinnert er sich denn nicht?"

Der Mann sah Gordon an und seufzte laut auf, als versuche er, sich selbst zu beruhigen. „Es ist nicht so, dass er sich nicht erinnert, Mr Stafford. Er hat *beschlossen*, sich nicht zu erinnern. Die Ärzte nennen das selektive Amnesie. Aber davon wissen Sie nichts, oder?"

Gordon schüttelte den Kopf. „Nein. Er hat mir erzählt, dass er Probleme mit dem Gedächtnis hat. Dass er eine Ärztin hat. Aber mehr weiß ich nicht. Er hat mir nie gesagt, warum."

„Warum", wiederholte der Mann und schüttelte ungläubig den Kopf. In seinen Augen spiegelten sich jetzt weniger Wut und Hass. Er sah einfach nur müde aus. „Nein, ich schätze, das hat er Ihnen nicht gesagt. Denn das Warum ist, weshalb er überhaupt seine Erinnerungen blockiert hat. Bei dem anderen Warum bin ich mir nicht so sicher."

„Das andere Warum?"

„Ja, Mr Stafford. Warum Sie Squirt nicht die Wahrheit über *sich* erzählt haben."

„Aber ..."

„Sie hätten es ihm sagen sollen. Selbst, wenn er es nicht verstanden hätte."

„Was verstanden hätte, um Himmels willen?"

Der Mann sah ihn nur an.

„Hören Sie", sagte Gordon. „Wenn Sie mir das alles erklären wollen – toll. Aber bevor Sie das tun, sagen Sie mir bitte, ob Squirt unten ist. Er ist ohne Geld oder Schuhe gegangen, also ..."

„Nein", sagte der Mann. „Er ist nicht hier. Ich wüsste, wenn er das wäre. Ich schätze, wir machen uns besser auf die Suche nach ihm."

Dieser letzte Satz verwirrte Gordon. „Wir?", fragte er.

„Ja, Mr Stafford. Wir. Und während wir suchen, erzähle ich Ihnen alles." Als hätte er gerade eine Eingebung, sah er Gordon ungläubig an. Er sprach eher zu sich selbst als zu Gordon: „Verdammt, wie konnten sie beide aufeinandertreffen?"

Es schien sich um eine rhetorische Frage zu handeln, also antwortete Gordon nicht. Er hatte andere Prioritäten. „Wenn wir ihn suchen wollen, sollten wir es jetzt tun. Es wird bald dunkel."

Der Mann nickte. „Ja, gut."

Er erhob sich von der Tonne und rief dem anderen Angestellten, der den beiden Kunden immer noch etwas über Verandalichter erzählte, zu: „Dan, ich muss los! Wenn ich nicht zurück bin, bis wir schließen, schließ bitte den Laden für mich ab."

Gordon sah, wie Dan nickte und sich dann gleich wieder den Kunden widmete. Verandalichter verkauften sich schließlich nicht von selbst.

„Kommen Sie", sagte der Mann leise. Er sah Gordon jetzt mit weniger Abneigung an, aber der Unterschied war gering. „Lassen Sie uns Squirt finden.

124

Mein Van ist im Kundendienst unterwegs. Wir müssen Ihr Auto nehmen, falls Sie eins haben."

„Habe ich", sagte Gordon und ging zur Tür.

Die kleine Glocke über der Tür zeigte an, dass sie das Geschäft verließen. Diesmal zuckte Gordon nicht zusammen, als sie klingelte. Tatsächlich hörte er das Geräusch nicht einmal. Ihm schwirrten zu viele andere Gedanken im Kopf herum.

Der Mann folgte Gordon auf die Straße hinaus und zündete sich eine Zigarette an. Er machte immer noch ein ziemlich unfreundliches Gesicht.

14

GORDON FÄDELTE sich in den Feierabendverkehr ein. „Wohin fahren wir?"

„Ich weiß nicht", sagte der Mann. „Lassen Sie mich nachdenken. Fahren Sie einfach nur."

Also fuhr Gordon.

Der Mann ließ die Seitenscheibe herunter, damit der Rauch seiner Zigarette entweichen konnte. Er hielt sich nicht damit auf, Gordon zu fragen, ob es ihn störte, dass er rauchte. Und Gordon im Gegenzug war es mehr als egal. Er war eher damit beschäftigt, die Antworten auf viel wichtigere Fragen zu finden.

„Wie heißen Sie?", fragte Gordon. „Und was ist Ihre Beziehung zu Squirt?"

Der Mann warf Gordon einen eisigen Blick zu und nahm dann einen langen Zug von seiner Zigarette. Währenddessen überlegte er offensichtlich, ob er die Frage überhaupt beantworten sollte. Schließlich kam er zu einer Entscheidung.

„Jerry hat für mich gearbeitet."

„Jerry?" Gordon erinnerte sich daran, dass der Polizist auf der Wache Squirt Jerry genannt hatte. Er hatte vermutet, dass das Squirts Name war, doch als er das Thema angeschnitten hatte, war Squirt ausgewichen und hatte das Thema gewechselt.

„Ja", sagte der Mann. „Sein Name ist Jerry. Ich bin Sam."

Er bot ihm nicht seine Hand an. Genauso wenig wie Gordon.

Die Straßenlaternen gingen gerade in dem Moment an, als Gordon an einem haltenden Auto vorbeifuhr. Die Nacht brach herein. „Und Sie haben Squirt angestellt, um den Laden zu putzen? Dafür haben Sie ihm einen Ort zum Schlafen angeboten. Das war sehr freundlich von Ihnen. Vielen Dank."

Sam schnippte seine aufgerauchte Zigarette aus dem offenen Fenster. „Ich habe Squirt nicht eingestellt, damit er den Laden sauber macht, Mr Stafford. Das hat sich nur so ergeben, als ihn seine anderen Talente – *verlassen haben.*"

„Seine anderen Talente?"

„Ja. Seine anderen Talente. Die Talente, mit denen er sein Geld verdient hat, bis Sie hereingeschneit sind und sein Leben ruiniert haben."

Jetzt war es an Gordon zusammenzuzucken, als hätte ihm jemand einen elektrischen Schlag versetzt. „Ich habe sein Leben nicht ruiniert! Wir lieben einander. Wir sind zusammen. Es tut mir leid, wenn Sie nicht wussten, dass er schwul ist. Squirt sagte, das wüssten Sie, also …"

„Ich wusste, dass er schwul ist", sagte Sam leise. „Und Sie haben trotzdem sein Leben ruiniert, ob Sie es nun wissen oder nicht."

Gordon fühlte, wie ihm die Hitze zu Kopf stieg. Langsam wurde er wütend. Außerdem wurde es dunkel, was ihre Chancen, Squirt irgendwo am Straßenrand zu entdecken, stark verringerte. Und das machte Gordon noch wütender. Er stellte das Abblendlicht an. „Squirt und ich sind bisher nur gut füreinander gewesen. Es ist mir egal, ob Sie das glauben oder nicht. Aber es würde mich interessieren, wie Sie darauf kommen, dass ich sein Leben ruiniert habe. Klären Sie mich auf. Lassen Sie mich an Ihrer geballten Weisheit teilhaben, Sam. Ich würde nur zu gern Ihre Version der Geschichte hören."

Sam drehte sich im Sitz. Er löste den Sicherheitsgurt, damit er Gordon von der Seite anstarren konnte.

„Schnallen Sie sich wieder an", sagte Gordon. „Ich möchte nicht angehalten werden."

Sam lachte freudlos auf, schnallte sich jedoch nicht wieder an. „Nein, ich schätze, das wollen Sie nicht. Immerhin hatten Sie ja schon genug Probleme mit dem Gesetz, nicht wahr?"

Gordon fand keinen Grund, das abzustreiten. Er wusste, dass der Mann ihn in dem Moment erkannt hatte, als er den Laden betrat. Und wenn er ihn erkannt hatte, kannte er auch wie jeder andere Zeitungsleser und Fernsehzuschauer aus San Diego Gordons Geschichte. „Ja", stimmte er widerwillig zu. „Mehr als genug."

Sams Stimme klang jetzt tiefer. Fast schon ungläubig. „Sie wissen wirklich nicht, wer Jerry ist, oder?"

„Nein, verdammt. Ich weiß es nicht. Und ich weiß auch nichts von den Talenten, von denen Sie gesprochen haben. Offensichtlich weiß ich *gar nichts*, außer, dass ich ihn liebe und mir Sorgen um ihn mache. Wenn Sie auch nur eine Ahnung haben, wo er sein könnte, dann sagen Sie es einfach! Es war Ihre Idee, nach ihm zu suchen. Also lassen Sie uns suchen, anstatt fruchtlose Gespräche zu führen."

„Jerry ist Elektriker, Mr Stafford. Er hat vier Jahre für mich gearbeitet. Zwei Jahre als Elektriker und zwei Jahre … so wie Sie ihn jetzt kennen."

Gordon erinnerte sich an den Abend in seiner Küche. In Gedanken schlug er sich mit der Hand gegen die Stirn. Natürlich. „Er hat meine Mikrowelle repariert", sagte Gordon und erinnerte sich daran, wie souverän Squirt die Situation gelöst hatte. Wie gut er sich ausgekannt hatte. „Er hat sein Werkzeug mitgebracht und meine Mikrowelle repariert. Ich hätte es wissen müssen."

„Es gibt noch andere Dinge, die Sie hätten wissen sollen, Mr Stafford. Zum Beispiel hätten Sie wissen sollen, dass Sie Jerry besser in Ruhe lassen. Dass Sie sich nicht in sein Leben einmischen. Sie haben dem Jungen schon genug angetan. Wegen Ihnen ist er so, wie er heute ist."

„Ja. Er ist ein guter Mensch. Ein gütiger Mann. Sie werden bemerken, dass ich von einem Mann spreche, nicht von einem Jungen. Und noch viel wichtiger, er ist mein Partner. Das ist er. Es ist mir egal, ob Sie das glauben oder nicht, aber wir sind glücklich zusammen. Wir lieben einander sehr. Wir versuchen, wieder auf die Beine zu kommen und unser Leben wieder …"

„Jerry kann sein Leben nicht auf die Reihe bekommen, weil sein Kopf das nicht zulässt. Und Sie helfen nicht!"

Gordon schlug mit der Faust gegen das Autodach. „Aber *warum*, um Himmels willen?"

Keine Antwort. Gordon sah zur Seite, um zu beobachten, was Sam tat. Er starrte aus dem Fenster. Offensichtlich war er tief in Gedanken versunken.

„Was ist los?", fragte Gordon. „Haben Sie vielleicht eine Idee, wo Squirt sein könnte?"

Sam wandte langsam den Kopf, um Gordon anzusehen. Die Wut war aus seinem Gesicht gewichen. Jetzt spiegelte sein Gesichtsausdruck nur Sorge. „Ja. Biegen Sie rechts ab. Es ist ein paar Meilen die Straße hoch."

Gordon folgte den Anweisungen. Als sie Richtung Osten fuhren, bemerkte er, dass das die gleiche Straße war, die er immer nahm, wenn er zum Holy Cross Cemetery unterwegs war. Eine Angst nagte an ihm, die er sich nicht recht erklären konnte. Er umklammerte das Lenkrad fester und fuhr weiter. Er biss die Zähne zusammen. Ein Schweißtropfen lief seinen Rücken hinunter.

„Jetzt wissen Sie, wohin wir unterwegs sind, oder nicht?", sagte Sam. Er hatte es nicht als Frage formuliert.

„Ja, ich glaube schon. Aber ich weiß nicht, warum."

Sam zündete sich eine weitere Zigarette an und warf das benutzte Streichholz aus dem Fenster. Gordon sah im Rückspiegel, wie die kleine Flamme auf dem Asphalt erlosch.

„Ich erkläre es, wenn wir da sind", sagte Sam.

Gordon nickte nur. Plötzlich war er nicht mehr wütend. Er hatte nur noch Angst.

Es WAR dunkel auf dem riesigen Friedhof. Es gab keine Lichter, um ihnen den Weg zu weisen. Aber das machte nichts. Gordon war so oft auf den verschlungenen Wegen unterwegs gewesen, dass er sie blind navigieren konnte. Und er wusste auch, dass der Wärter bald die Tore schließen würde. Sie konnten nicht lange bleiben. Sie mussten sich beeilen.

Doch Sam schien es nicht eilig zu haben.

Gordon schlich die kurvigen Wege entlang. Links und rechts von ihnen waren Grabsteine, die in der stillen Dunkelheit aufragten. Gordon konnte sich nicht dazu überwinden, auf direktem Wege zu dem Grabstein auf dem Hügel zu fahren. Das erforderte zu viel Nachdenken. Er fürchtete sich vor dem Gedanken. Er fuhr einfach nur. Ziellos. Er fuhr einen Weg hinunter, bog dann in einen anderen ein, bog dann spontan noch einmal ab und fuhr in die entgegengesetzte Richtung. Er hielt nie an. Bewegte sich immer nur vorwärts. Wie ein Vogel, der sich vor dem

Licht fürchtete. Gegen jede Wahrscheinlichkeit hoffte er, dass Sam ein anderes Ziel im Kopf hatte als diesen einen Grabstein, auf den seit einer gefühlten Ewigkeit Gordons Tränen gefallen waren. Bestimmt hatte Sam ein anderes Ziel vor Augen. Das musste er doch.

Was konnte Jeremy Aldritch Booth mit all dem zu tun haben?

Und während Gordon sich diese Frage stellte, nistete sich wieder die alte Scham in ihm ein. Er versuchte, es zu ignorieren, doch das Gefühl wurde nur schlimmer. Wie ein bitterer Nachgeschmack, der einfach nicht verschwinden wollte.

Der Mond hing riesengroß am Himmel. Wie ein überdimensionaler Scheinwerfer tauchte er die Grabsteine in ein helles Licht, sodass sie aussahen, als wären sie aus Elfenbein geschnitzt. Die Steine schimmerten in der Dunkelheit wie eine Armee von Engeln, die zum Leben erweckt worden war, zum Beispiel von dem Knirschen der Autoreifen auf Schotter. Sie hoben die Köpfe und ihre Hände waren zu einer Warnung erhoben, als die Scheinwerfer des Autos die Dunkelheit durchstachen und sie nacheinander beleuchteten.

Sam schien kein besonderes Interesse daran zu haben, Gordon die Richtung zu weisen. Er nutzte einfach die Dunkelheit und die Stille im Auto dazu, seine Geschichte zu erzählen, während Gordon ihm zuhörte.

Sams Stimme war traurig, als er sprach: Ein gebrochenes Herz, das inmitten von zerstörten Leben immer weiterschlug. Gordon wusste vielleicht nicht, worauf der Mann hinauswollte, aber er wusste, was Schmerz war. Er hatte lange genug mit ihm gelebt, um ihn erkennen zu können.

„Ich werde Ihnen von einem jungen Mann erzählen, den ich mal kannte", kam Sams Stimme aus dem Schatten des Beifahrersitzes. „Ich werde Ihnen von Jerry erzählen."

„Okay." Über dem wilden Hämmern seines Herzens konnte Gordon kaum seine eigene Stimme hören. In seinen Ohren erschien ihm sein Herzschlag unglaublich laut, so als würde er als endloses Echo von den Grabsteinen zurückgeworfen. Die Nacht schickte sich an, kühl zu werden – eine Erleichterung nach dem heißen Tag. Die Luft roch schwer nach alten, vergessenen Blumen – Blumensträußen, die auf den Gräbern verrotteten, so wie die Leichen unter der Erde verrotteten. Die Blumen waren vielleicht ein Tribut an die Toten. Oder vielleicht waren sie auch nur ein Beweis für die Lebenden, dass sie immer noch großherzig ihrer Trauer nachhingen.

Bei dem Gedanken schloss Gordon die Augen. Er schob ihn beiseite.

„Dann erzählen Sie", sagte er leise. „Erzählen Sie mir von … Jerry."

Sam zündete sich noch eine Zigarette an und die Flamme des Streichholzes warf tiefe Schatten auf sein nachdenkliches Gesicht, während er auf die Reihen der Gräber hinausstarrte.

„Er ist vor vier Jahren zu mir gekommen", begann Sam. „Ich habe ihn von Anfang an gemocht. Er war ein guter Elektriker. Er sagte, er hätte das Handwerk bei der Navy gelernt." Sam lächelte. Das konnte Gordon seiner Stimme anhören. „Er war so ein dürres Bürschchen, aber mein Gott, konnte er essen."

Jetzt war es an Gordon zu lächeln. „Kann er immer noch."

„Er hat auch hart gearbeitet. War einer der besten Elektriker, die mir je begegnet sind. Und in meiner Karriere habe ich viele kennengelernt, Mr Stafford. Wirklich viele."

Sam atmete tief durch. Vom Fahrersitz aus konnte Gordon den kalten Zigarettenrauch in seinem Atem riechen. Der Mann machte es sich in seinem Sitz bequem, so als stelle er sich auf eine längere Geschichte ein. „Ich wäre nie darauf gekommen, dass er schwul ist, wenn er es mir nicht eines Tages erzählt hätte. So ganz nebenbei, während wir im Hinterzimmer beim Mittagessen saßen. Er erzählte mir, dass er jemanden kennengelernt und sich verliebt hatte. Sie würden zusammenziehen und wenn ich seine neue Nummer anriefe, solle ich mich nicht wundern, wenn jemand anderes antwortet."

Gordon sah wortlos zu, wie Sam sich am Armaturenbrett zu schaffen machte und die Oberfläche mit den Fingern abklopfte. Er brauchte eine Weile, bis er begriff, dass Sam nach dem Aschenbecher suchte. Als er endlich zu dieser Erkenntnis gelangt war, hatte Sam den Aschenbecher längst gefunden und drückte darin seinen Zigarettenstummel aus. Vielleicht wollte er nicht den Frieden der Grabstätten stören, indem er seine aufgerauchte Zigarette aus dem Fenster schnippte, so wie er es bisher getan hatte.

„Sprechen Sie weiter", sagte Gordon.

Sam bekam einen Hustenanfall und spuckte aus dem Fenster. Gordon vermutete, dass Sam nicht fand, dass es den Frieden störte, wenn er auf die Gräber spuckte.

„Wegen seiner Homosexualität hatte Jerry es nicht immer leicht gehabt. Für mich war es kein Problem, dass er schwul war. Daran bin ich gewöhnt. Ich hab einen Bruder, der so schwul ist, wie man nur sein kann. Auch andere Verwandte. Einige sind noch am Leben, andere … nicht mehr. Die Schwulen sind die nettesten Menschen überhaupt. Wie ich schon sagte, ich bin daran gewöhnt. Aber Jerry machte den Fehler und erzählte seiner Familie von seiner Homosexualität. Die haben sofort ihr wahres Gesicht gezeigt und ihn rausgeschmissen. Also fand er sich im stolzen Alter von vierundzwanzig Jahren – oder jedenfalls in dem Dreh – plötzlich ohne Familie wieder. Zum Glück hatte er seinen neuen Partner, der ihm durch diese schwere Zeit geholfen hat. Ich kannte ihn, wissen Sie? Kannte ihn gut. Er war ein guter Mann, völlig verrückt nach Jerry. Die beiden haben einander gutgetan. Sie waren … glücklich."

Sam zeigte auf den Randstreifen der Schotterstraße. „Halten Sie hier an", sagte er. „Stellen Sie den Motor ab."

Gordon hielt das Auto am Fuß von Guadalupe Hill an. Ein neuer Schwall der Angst vermischte sich mit dem Grauen, das sich bereits in seiner Magengegend eingenistet hatte. Sie standen da, wo er immer parkte, wenn er mit dem Auto zum

Friedhof fuhr. Er stellte die Scheinwerfer aus und ließ die Dunkelheit auf sich wirken. Sie verschluckte sie zur Gänze, das rote Glimmen von Sams Zigarette im Aschenbecher war der einzige Lichtschein. Als das Sam auffiel, benutzte er den zerknitterten Stummel, um das Flämmchen zu ersticken.

Gordon versuchte, seine Angst beiseitezuschieben und sich auf das zu konzentrieren, was Sam ihm erzählte. „Das meinte er also, als er sagte, er hätte keine Familie", murmelte Gordon, eher zu sich selbst als zu Sam.

„Wie bitte?", fuhr Sam ihn scharf an. „Was haben Sie gesagt?"

Gordon seufzte. „Squirt hat mir erzählt, dass er keine Familie hat."

„Und damit hatte er recht", antwortete Sam. „Hat er nicht. Nicht wirklich. Er hat eine Handvoll homophober Idioten, die ihn in dem Moment wie eine heiße Kartoffel fallen gelassen haben, als sie erfahren haben, dass er schwul ist. Das ist nicht das, was ich unter Familie verstehe. Sie doch wohl auch nicht, oder?"

Der arme Squirt. „Äh, nein. Ich glaube kaum."

„Herzlose Schweinehunde", flüsterte Sam und starrte durch das Autofenster auf die vom Mondlicht beschienenen Grabsteine.

Zu Gordons Überraschung öffnete Sam die Autotür und stieg aus. Als die Innenraumbeleuchtung anging, musste Gordon gegen die plötzliche Helligkeit anblinzeln.

„Ich brauche ein wenig frische Luft", sagte Sam. „Kommen Sie mit, Mr Stafford."

Gordon zog den Schlüssel ab und folgte ohne weitere Diskussion.

Während sie liefen, starrte Gordon zu Boden. Obwohl der Mond hell schien, musste man sich trotzdem aufmerksam seinen Weg suchen. Hier und da standen Grabsteine im Weg und viele Trauernde hatten Andenken liegen lassen, über die man stolpern konnte: Blumen – echte und solche aus Plastik –, kleine Figuren der heiligen Jungfrau und auf dem Grab eines kleinen Kindes eine ganze Sammlung von Spielzeugautos, die ordentlich um den Grabstein herum angeordnet waren.

Der nächtliche Spaziergang auf dem Friedhof ließ Sams Stimme sanfter werden. Das wäre wahrscheinlich jedem so gegangen. „Wissen Sie, Mr Stafford, als Jerrys Familie ihn aus ihrem Kreis verbannt hat, haben sie ihn immer nur mit Bibelversen attackiert. Ich bin sicher, Sie haben auch schon solche Leute getroffen. Die Religion ist ihr Lebensmittelpunkt. Einen Gott zu verehren, dessen Existenz niemand beweisen kann, war für sie wichtiger, als sich um den Sohn zu kümmern, den sie in die Welt gesetzt hatten und den sie mit ihren eigenen Augen sehen konnten."

„Das tut mir leid", sagte Gordon und wich vorsichtig einer Steinvase aus, die mit etwas gefüllt war, das im Dunkeln aussah wie Lilien aus Plastik. Er bückte sich, um eine Blüte zu berühren und stellte fest, dass die Blumen echt waren. „Es muss schwer für Squirt gewesen sein, plötzlich allein dazustehen."

„Nun ja. Wie ich schon sagte, war er ja nicht gänzlich allein. Er hatte Freunde im Laden. Und er hatte seinen Partner." Wieder war in Sams Stimme ein Lächeln zu hören. Es passte nicht so recht zu ihrer Umgebung, fand Gordon.

Eine Frage drängte sich Gordon plötzlich auf und sofort versuchte er sie beiseitezuschieben. Er würde sie Sam nicht stellen. Er konnte es nicht. Sein Herz sank, als er bemerkte, welche Richtung Sam einschlug. Sie erklommen schon den kleinen Hügel, der zum Guadalupe Circle führte. Vor nicht einmal einer Woche war Gordon zuletzt diesen Weg gegangen. Viele der Namen auf den Grabsteinen kannte er auswendig. Jacobs. Styles. Mendoza. Blaine.

Gordons Puls pochte heftig in seinen Schläfen, als sie sich der Hügelkuppe näherten. Sein T-Shirt war unter den Achselhöhlen durchgeschwitzt. Am Horizont konnte er die Skyline von San Diego sehen, die wie eine Fata Morgana schimmerte. Dahinter, das wusste er, dehnte sich der Pazifik endlos aus, bis er – Welten entfernt – wieder auf Land traf.

Gordon riss den Blick von der Schönheit dieses schimmernden Horizonts los. Er zeigte auf ein paar Büsche, die ein Areal begrenzten, auf dem sich Kindergräber befanden. „Lassen Sie uns da langgehen", sagte Gordon.

Sam schüttelte den Kopf. „Nein, Mr Stafford. Lassen Sie uns *hier* entlanggehen." Und er ergriff Gordons Arm, um ihn in die richtige Richtung zu schieben. Sanft, aber mit Nachdruck.

Gordons Herz fühlte sich wie ein Eisklumpen in seiner Brust an, als er Sam den mit Gras bewachsenen Hügel hinauf folgte. Vor sich im Mondlicht konnte er schon das bekannte Grab entdecken. Das Grab des Mannes, den er getötet hatte. Sam hielt genau darauf zu.

„Warum sind wir hier?", fragte Gordon tonlos. „Ich dachte, wir suchen nach Squirt."

Sam antwortete nicht. Er ging einfach weiter. Sein Griff um Gordons Arm war so fest wie ein Schraubstock. Gordon ließ sich einfach ziehen und versuchte, nicht nachzudenken. Überhaupt an nichts zu denken. Nicht an Squirt. Nicht an sich selbst. Oder was da vor ihnen im Mondlicht lag.

Er versuchte, nicht darüber nachzudenken, warum Sam ihn hierherbrachte.

Diese Frage wollte Gordon ganz bestimmt *nicht* verstehen.

Zwei Grabsteine von dem Fleckchen neuen Grases entfernt, das im Mondlicht genauso grün aussah wie der Rest, stolperte Gordon. Er kippte vornüber und landete auf einem Knie. Sofort durchnässte das feuchte Gras sein Hosenbein. Scheinbar hatten die Friedhofsmitarbeiter erst kürzlich das Gelände gewässert. Gordon zitterte, als er bemerkte, wie klamm seine Hose sich nun anfühlte.

Sam stand über Gordon und hielt ihm eine Hand entgegen, um ihm aufzuhelfen. „Wir sind noch nicht ganz da. Bleiben Sie jetzt nicht stehen."

Gordon ergriff die ihm dargebotene Hand und zog sich auf die Beine. Als Sam sich umdrehte, um weiterzugehen, ließ er Gordons Hand nicht los. Er hielt sie immer noch fest umschlossen in seiner riesigen wettergegerbten Pranke.

Sam hielt am Rande des Grabes an, das Gordon so gut kannte. Hierher hatte er ihn von Anfang an führen wollen. Es machte keinen Sinn, sich der Wahrheit noch länger verschließen zu wollen. Ein Schluchzen steckte in seiner Kehle fest und verlangte danach, herausgelassen zu werden. In seinen Augen brannten Tränen.

Wieder fiel Gordon auf ein Knie, diesmal vor Trauer. Vor Scham. „Nein", flüsterte er und er legte seine Hand auf das nasse Gras, welches das Grab bedeckte. Hier fühlte sich das Gras kühl und beruhigend auf seiner Haut an. So kühl und beruhigend, wie sich vielleicht auch der Tod anfühlte.

Sam schwieg. Er stand neben Gordon. Stoisch. Stumm. Er streckte keine Hand aus, um Gordon zu trösten. Er schien auch nicht überrascht zu sein, Gordon in der Dunkelheit weinen zu hören.

Gordon versuchte, sein Schluchzen zu unterdrücken. Er versuchte, die Tränen, die seine Sicht verschwimmen ließen, wegzublinzeln.

Der Mond schien auf die beiden Männer am Grab herab. Wenn es ihn auch nur im Ansatz interessierte, was hier unten passierte, so war nichts davon zu erkennen. Ein Windstoß fuhr durch die Reihen der Grabsteine und ließ die Blätter des nahen Eukalyptusbaumes rascheln. In dem Moment, als der Wind auffrischte, schob sich eine dunkle Wolke vor den Mond.

In der plötzlichen Dunkelheit konnte man die Inschrift auf dem Grabstein nicht mehr lesen. Doch Gordon wusste auch so, was darauf stand. Schon vor langer Zeit hatten sich die Worte in sein Gedächtnis eingebrannt.

Jeremy Aldritch Booth

1988-2012

In Gottes liebenden Armen

Gordon fiel nach vorn und vergrub *beide* Hände im feuchten Gras. Er schloss die Augen, um die Dunkelheit nicht mehr ertragen zu müssen, auch wenn er für die späte Stunde dankbar war. Er wollte nicht vor diesem Mann weinen. Er wollte nicht vor Gott weinen, falls Gott ihnen zusah. Nicht noch einmal.

Und doch weinte er. Seine Tränen brachen aus ihm heraus wie Lava aus einer Erdspalte. Heiß und sprudelnd und wild.

„Oh Gott", stammelte er. „Jetzt verstehe ich. Es war Squirt, den ich in jener Nacht in dem anderen Auto habe schreien hören. Squirt war der Beifahrer, den ich nicht sehen konnte. Es war sein ... *sein Partner*, den ich getötet habe." Er sah zu Sam auf, der völlig bewegungslos neben ihm stand. „So war es, oder?"

Und ohne dass er es erwartet hätte, ohne dass er daran geglaubt hätte, von diesem Mann Mitleid erwarten zu können, legte ihm Sam eine Hand auf die Schulter.

„Ja, Mr Stafford", sagte Sam und er sprach akzentuiert und sehr geschäftsmäßig. Seine Stimme war so kühl und gefühllos wie das feuchte Gras unter Gordons Händen.

„Und der andere Mann im Auto war mein Sohn."

15

GORDONS HERZ schien in seiner Brust zu stolpern. Er wurde von dem altbekannten Schamgefühl übermannt. Doch dieses Mal war das Gefühl der Scham so tief, dass er fürchtete, es würde ihn von den Beinen reißen.

„Ihr Sohn ..."

Sam wandte Gordon den Rücken zu und ließ sich neben dem Grab langsam auf die Knie sinken. Er strich über den Grabstein und wischte ein paar Grashalme fort, die nach dem Mähen hier hängen geblieben waren. „Ja, Mr Stafford. Jeremy Aldritch Booth war mein Sohn. Aldritch war der Mädchenname seiner Mutter."

Vor Tränen fast blind, streckte Gordon eine Hand aus, bis er mit den Fingern Sams Schuhspitze erreichen konnte. Der Schuh war klamm von der Nässe des Bodens. Er umklammerte den Schuh und versuchte, seine Stimme unter Kontrolle zu bekommen.

Nachdem er sich die Tränen abgewischt hatte, konnte er sehen, dass Sam ihn anstarrte. Im Mondlicht sah sein Gesicht traurig und hoffnungslos aus.

„Es tut mir so, so leid", stammelte Gordon. Seine Entschuldigung klang so schwach in seinen Ohren, dass die Tränen erneut anfingen zu laufen. Und diesmal konnte er sie nicht unterdrücken. Er klammerte sich immer noch an Sams Schuh fest, so als drohe er eine Klippe hinunterzustürzen. Er vergrub sein Gesicht in der anderen Hand und fiel vornüber. Am Fuß des Grabes drückte er seine Stirn in die Erde.

In diesem Grab lag der Sohn dieses Mannes. Der Mensch, den er vor zwei Jahren volltrunken getötet hatte.

Gordon nahm einen tiefen Atemzug und öffnete die Augen, um sich Sams hasserfülltem Blick zu stellen.

Doch was er stattdessen sah, war Mitleid. Der Anblick verschlug ihm den Atem.

Gordon sprach die einzigen Worte, die ihm in den Sinn kamen. „Es tut mir leid", sagte er wieder. „Es tut mir ... leid."

Sams Stimme klang rau vor Emotion, doch seine Augen blieben trocken. Vielleicht hatte er schon Tränen vergossen. Vielleicht hatte er alle seine Tränen geweint. „Ich weiß, dass es Ihnen leidtut, Mr Stafford. Das haben Sie auch bei der Verhandlung gesagt. Erinnern Sie sich? Im Zeugenstand haben Sie geweint und sich entschuldigt. Ich habe in der letzten Reihe gesessen, weil ich Angst hatte, Ihnen etwas anzutun, wenn ich näherkäme. Nach diesem Tag, als Sie Ihre Schuld akzeptiert und sich vor dem vollen Gerichtssaal entschuldigt hatten, habe ich Sie immer noch für eine lange Zeit gehasst. Ich schätze, das ist nur natürlich.

Doch irgendwann, als ich sah, wie sich Ihr ach-so-großartiges Leben in einen Scherbenhaufen verwandelte, begriff ich, dass Sie einen ziemlich hohen Preis für Ihre Tat bezahlt hatten. Nicht so hoch wie der Preis, den mein Sohn bezahlt hat. Aber trotzdem ein hoher Preis."

„Sie haben mein Leben verfolgt?" Gordon seufzte. „Ich verstehe das nicht."

Stöhnend kam Sam wieder auf die Beine. Er entzog Gordon seine Schuhspitze und rieb sich die schmerzenden Knie. „Ich kann nicht mehr so lange knien wie früher. Ich muss wieder aufstehen. Arthritis. Bin im Laufe meines Lebens in zu vielen Häusern herumgekrochen."

„Sicher", stammelte Gordon.

Sam sah auf Gordon hinunter, der immer noch auf dem Boden kniete und sein Gesichtsausdruck spiegelte Mitgefühl wider. Aber wie war das möglich?

„Mr Stafford, jeder in dieser Stadt kennt Ihre Geschichte. Wie Sie sich wohl vorstellen können, habe ich jeden Nachrichtenbeitrag gesehen, in dem Ihr Name auftauchte. Ich fürchte, ich war eine Zeit lang ein bisschen von Ihnen besessen. Ich weiß, was Sie alles durchgemacht haben. Ich weiß, wie schwer Sie es im Gefängnis hatten. Ich weiß, dass Sie sich von Ihrer Karriere verabschieden konnten und dass Sie in den letzten Monaten in einer Obdachlosenunterkunft gearbeitet haben. Haben sich um die Armen gekümmert. Haben zu viel getrunken. Vielleicht tun Sie das ja noch, was weiß ich. Ich weiß, dass Sie Ihr schickes Haus verloren haben und stattdessen in eine winzige Wohnung ziehen mussten. Es war alles in den Nachrichten. Wirklich alles. Man musste nur wissen, wo man suchen muss. Und da ich reichlich Grund hatte zu suchen, habe ich das eben getan."

Gordon öffnete den Mund, um etwas zu sagen, doch Sam brachte ihn mit einer Handbewegung zum Schweigen.

„Lassen Sie mich ausreden." Sam sah zu derselben Skyline hinüber, die Gordon vorhin bewundert hatte. Er klang zwar schroff, doch sah er dabei nachdenklich aus. Müde. „Ich habe endlich angefangen, meinen Hass auf Sie loszulassen, Mr Stafford. Ich habe mich davon überzeugt, dass sie einen hohen Preis für Ihre Tat bezahlt haben und ich wusste, dass ich damit zufrieden sein musste. Es war zwar nur eine kleine Rache, doch es war besser als nichts.

Und dann sind Sie heute durch meine Tür spaziert und ich wusste plötzlich, dass ich Sie immer noch abgrundtief hasse. Vielleicht noch mehr als vorher. Sie stark und gesund zu sehen, während die Knochen meines Sohnes kalt und leblos in dieser Erde liegen, würde wohl jeden Vater dazu bringen, Sie zu hassen. Doch jetzt, da ich ein wenig Zeit hatte darüber nachdenken, fange ich an zu glauben, dass ich vielleicht ... unfair war."

„Das waren Sie nicht!", rief Gordon. „Ich habe Ihren Hass verdient. Oh Gott, ich bin ..."

Sam hob eine Hand. „Sagen Sie nicht noch einmal, dass es Ihnen leidtut. Das hilft nicht. Lassen Sie mich ausreden. Da meine Frau nicht mehr ist und auch mein Junge nicht mehr unter uns weilt, habe ich meine ganze Aufmerksamkeit –

meine ganze *Liebe* – auf Jerry konzentriert. Immerhin war mein Sohn ja verrückt nach ihm. Und auch ich war vielleicht ein bisschen verrückt nach ihm. Ich bin ja nicht blind. Ich habe mitbekommen, wie er sich in den letzten Monaten verändert hat. Ich wusste, dass er jemanden kennengelernt hatte, der ihm etwas bedeutet. Ich dachte, das wäre gut. Ich habe sogar gehofft, dass es vielleicht genug wäre, damit er sein Leben wieder in die Spur bekommt. Dass er die Mauer durchbricht, die er in dieser Nacht um seine Erinnerungen errichtet hat. In dieser Nacht, als Sie meinen Sohn getötet haben."

Bei diesen Worten zuckte Gordon zusammen und er vergrub wieder das Gesicht in seinen Händen. Aber er hörte zu. Er saugte jedes Wort auf, das Sam sagte. Er wollte alles hören. Er wollte Worte der Vergebung. Oder des Hasses. Oder der Verdammnis. Welche Worte dieser Mann auch wählen würde, Gordon war bereit, sie zu akzeptieren. Wenn es Worte des Hasses waren, verdiente er sie. Und was die Vergebung betraf, so konnte er nicht glauben, dass sie ihm tatsächlich angeboten wurde. Wie konnte das sein?

Sam räusperte sich, als wäre er es nicht gewöhnt, so lange zu sprechen. „Nach dem Unfall hat Jerry versucht, sich umzubringen. Ich vermute mal, Sie haben die Narben gesehen. Ich schätze, er hat Ihnen nicht erzählt, wo er sie herhat."

„Nein", sagte Gordon und eine Welle der Trauer überrollte ihn. „Er konnte sich nicht erinnern. Zumindest hat er das gesagt."

„Und das stimmt auch", sagte Sam. „Er erinnert sich nicht. Meinen Sohn zu verlieren, war sehr hart für den Jungen. Es hat ihn fast den Verstand gekostet." Sam sah Gordon an. „Und jetzt – mit Ihnen – ist er zum ersten Mal seit einer gefühlten Ewigkeit glücklich. Als er aus dem Keller ausgezogen ist, habe ich mir zwar Sorgen gemacht, doch ich dachte, das wäre vielleicht gut für ihn. Ich habe nicht versucht, ihn aufzuhalten. Ich fand, dass er ein wenig Glück verdient hätte. Er hat ein bisschen Liebe in seinem Leben verdient. Und die Liebe kann viele Leiden kurieren, Mr Stafford."

„Ja", hauchte Gordon. Die getrockneten Tränen auf seinen Wangen fühlten sich kühl an. „Squirt hat mich geheilt. Er hat es geschafft, dass ich wieder leben wollte."

Sam klopfte eine Zigarette aus der Packung und Gordon konnte sehen, wie sein Gesicht plötzlich von dem Streichholz erhellt wurde, das er mit einer Hand anzündete. Er schüttelte das Streichholz aus und nahm einen langen Zug von der Zigarette. Als er sprach, vermischten sich seine Worte mit dem Zigarettenrauch.

Sams Stimme klang streng, aber nicht lieblos. „Warum hat Jerry Sie verlassen, Mr Stafford? Also heute. Warum ist er abgehauen?"

Gordon hatte sich endlich beruhigt. Und nun verspürte er wieder das plötzliche Bedürfnis loszuheulen. „Ich denke, er hat herausgefunden, wer ich bin. Ich denke, er hat die Wahrheit herausgefunden. Die Wahrheit, von der ich bis eben gar nichts wusste. Ich habe Zeitungsausschnitte. Ich hatte sie im Kleiderschrank versteckt. Eigentlich hatte ich sie vor mir selbst versteckt und nicht vor Squirt. Er hat sie gefunden. Ich glaube, er begreift langsam, dass ich derjenige bin, der seinen Geliebten getötet hat."

Sam starrte auf Gordon herab. Seine Zigarette hing schlaff zwischen seinen Lippen. Er nahm sie und schnippte die Asche beiseite. „Das hatte ich befürchtet."

„Bitte", krächzte Gordon. Seine Stimme war rau und seine Kehle trocken. „Sagen Sie mir warum Squirt sich nicht erinnert. An seinen Namen, seinen Beruf, irgendwas. Wie kann das sein? Und jetzt, wo er die Artikel gesehen hat und davongelaufen ist, bedeutet das, dass er beginnt, sich zu erinnern? Ist er irgendwo da draußen und hasst mich?"

Sam starrte ihn schweigend an. Dann wandte er den Blick wieder der hell erleuchteten Skyline der Stadt zu. „Ich kann Ihre letzte Frage nicht beantworten, Mr Stafford, weil ich es einfach nicht weiß. Aber der Rest … Sie fragen sich, wie das sein kann. Es handelt sich um selektive Amnesie. Wird durch ein physisches oder psychisches Trauma ausgelöst. Jerry hat meinen Sohn sehr geliebt. Ihn vor seinen Augen sterben zu sehen, hat für eine Art Realitätsverlust gesorgt. Er hat diese Nacht völlig aus seiner Erinnerung verbannt. Doch als er diese Nacht verbannt hat, hat er auch vieles von seiner eigenen Vergangenheit verbannt. Das hat er nicht absichtlich getan. Er hat das ja nicht geplant. Als die Ärzte ihn nach seinem Selbstmordversuch wieder auf dem Damm hatten, war seine Erinnerung einfach weg. Alles. Kaputt. Er hatte eine Menge Blut verloren, vielleicht lag es ja auch daran. Ich weiß es nicht. Vielleicht ist das auch einfach die Art, wie sich der menschliche Geist gegen solche Tragödien wehrt. Gegen die Trauer. Manchmal jedoch ist das Heilmittel noch grausamer als das Problem."

„Wie meinen Sie das?"

„Ich meine, dass es schlimmer wurde, Mr Stafford. Wenn Jerry gezwungen ist, sich der Wahrheit zu stellen, bevor er bereit dazu ist, könnte ihn das vollends in den Wahnsinn treiben. Er könnte sich völlig aus der Realität verabschieden. Oder er könnte sich einfach in sich zurückziehen."

„Woher wissen Sie das? Von seiner Ärztin?"

„Ja", sagte Sam. „Wir unterhalten uns oft. Wir sind so etwas wie Freunde geworden. Na ja, vielleicht eher Kriegskameraden. Wir kämpfen in derselben Schlacht. Wir versuchen, Jerry zu helfen." Sam nahm wieder einen langen Zug von seiner Zigarette und blies den Rauch aus. „Ich frage mich, ob Jerry ihr von seiner neuen Liebe erzählt hat. Und falls er das getan hat, frage ich mich, warum sie es mir nicht erzählt hat. Wahrscheinlich hatte sie Angst. Angst, dass ich völlig ausraste."

„Vielleicht", sagte Gordon. „Aber wie auch immer Sie dazu stehen, Sie müssen mir glauben, wenn ich Ihnen sagen, dass nichts falsch daran ist. Es ist nichts Schlechtes. Squirt liebt mich. So viel zumindest weiß ich. Und ich liebe ihn."

„Ja, ich schätze, das tun Sie. Aber manchmal reicht Liebe eben nicht aus, um die Welt zu heilen. Manchmal braucht man dazu auch ein bisschen Stärke. Als Jerry meinen Sohn verloren hat, hat ihn das einen Großteil seiner Kraft gekostet. Und bisher hat er sich davon nicht erholt."

„Warum haben Sie mich *hierher*gebracht?", fragte Gordon und sah sich in dem Meer der sie umgebenden Grabsteine um. „Haben Sie gedacht, er wäre hier?"

„Ja. Er kommt manchmal her. Ich schätze, Sie tun das auch. Oder täusche ich mich da?"

Wieder überkam Gordon ein Gefühl der Scham. „Nein, Sie täuschen sich nicht. Bevor ich Squirt kennengelernt habe, bin ich fast jeden Tag hierhergekommen. Jetzt bin ich nicht mehr so oft hier."

Sam starrte auf ihn herab. „Wenn ich gewusst hätte, dass Jerry sich mit Ihnen eingelassen hat, hätte ich dem ein Ende bereitet, wissen Sie."

Gordon nickte. Eine Träne rann ihm über die Wange. „Ja, das glaube ich auch. Aber damit wären Sie im Unrecht gewesen. Squirt und ich, wir können einander immer noch retten. Ich weiß, dass wir das können."

Für einen Augenblick herrschte Schweigen. Dann wandte Sam das Gesicht gen Himmel, so als könnte er die Worte, die er sagen wollte, aus den Sternen greifen. Gordon brauchte einen Moment, bis er begriff, dass er nichts dergleichen tat. Er versuchte, seine Tränen zu unterdrücken. Er versuchte, ihnen keinen Raum zu geben.

Daraufhin sprach Sam die überraschendsten Worte des ganzen Abends.

„Ich denke, Sie haben recht, Mr Stafford. Es wäre falsch gewesen, Sie beide auseinanderzubringen. Und ich denke, Sie haben auch noch mit etwas anderem recht. Wenn es für Jerry noch irgendeine Hoffnung gibt, dann kommt sie von Ihnen. Und von der Liebe, die er für Sie empfindet."

„Vielleicht reicht Liebe allein manchmal ja doch aus", gab Gordon seiner verzweifelten Hoffnung Ausdruck. Sogar jetzt sehnte er sich nach Squirts liebevoller Umarmung. Selbst jetzt, nach allem, was passiert war. Vor seinem inneren Auge erschienen plötzlich Bilder von Squirts hellem Haar, von seinen hellen Augen und seiner hellen Haut. Seinen starken Händen. Von den Narben auf seinen Armen. Er dachte an seine sanfte Art beim Sex. An das breite, zufriedene Lächeln, das sein Gesicht erhellte, wenn er von der Liebe sprach. Von Gordon.

„Vielleicht", erwiderte Sam. Er sprach das Wort aus, als wäre es das einzige Zugeständnis, das er machen konnte. „Vielleicht reicht sie aus."

Über ihren Köpfen ertönte der Schrei eines nachtaktiven Vogels. Sam sah zu dem Eukalyptusbaum auf, aus dem das Geräusch gekommen war. „Es ist meine Schuld, wissen Sie. Wegen mir haben Sie Squirt nicht erkannt."

„Wie meinen Sie das?"

Sam wandte ihm den Blick zu. „Von dem anderen Mann im Auto haben Sie nie ein Foto gesehen, oder? Es war nie etwas in den Zeitungen. Das liegt daran, dass ich dafür gesorgt habe, dass es so ist. Nach Jerrys Zusammenbruch habe ich ihn für eine Weile weggesperrt."

„Weggesperrt?"

„Ja, Mr Stafford. Weggesperrt an einen Ort, wo Menschen dafür ausgebildet sind, mit solchen Patienten umzugehen. Und sie haben auch gute Arbeit geleistet.

Sie haben sich um ihn gekümmert, bis er in der Lage war, sich in der Welt da draußen durchzuschlagen. Nun ja, mit ein bisschen Hilfe."

„Ein bisschen Hilfe von Ihnen", sagte Gordon.

„Ja. Aber die Einrichtung hat auch einen anderen Zweck erfüllt. Sie hat ihn von der Öffentlichkeit ferngehalten. Von der Presse. Ich wollte nicht, dass sein Bild auf jeder Titelseite erscheint. So wie Ihres und das meines Sohnes. Wenigstens das konnte ich durchsetzen. Ich habe ihn beschützt." An dieser Stelle konnte sich Sam ein kurzes, ungläubiges Auflachen nicht verkneifen. „Und damit habe ich auch dafür gesorgt, dass Sie beide zusammenkommen konnten. Natürlich war das alles ein riesiger Zufall, aber die Tatsache, dass Sie Jerry nicht erkannt haben, hat sicherlich eine Rolle gespielt. Und da sind wir nun: Sie sind in den Mann verliebt, dessen ehemaligen Partner Sie getötet haben. Und der Partner des Mannes, den Sie getötet haben, liebt Sie sogar wieder." Es folgte ein weiteres ungläubiges Lachen. „Die Welt ist schon komisch. Man kann es nicht anders sagen."

„Ich glaube, ich hätte mich auf jeden Fall in ihn verliebt, Sam. Auch wenn ich gewusst hätte, wer er ist."

Sam zuckte mit den Schultern. „Schon möglich, wer kann das schon wissen?" Er schien seine letzten Energiereserven aufgebraucht zu haben. Er rieb sich mit einer Hand über das Gesicht, als könne er die Müdigkeit wegwischen wie eine Staubschicht.

Gordon beobachtete ihn. Als er sprach, klang seine Stimme selbst in seinen eigenen Ohren hin und hergerissen. „Wo ist er, Sam? Er ist nicht hier. Wo könnte er hingegangen sein?"

Sam schüttelte den Kopf. Auch er hatte keine Antwort.

Und während sich zwischen ihnen die Stille wie ein lebendes Wesen ausbreitete und jeder von ihnen seine eigenen Gedanken verfolgte und an seine eigenen Sorgen dachte, klingelte plötzlich das Handy in Sams Hosentasche. Es war ein überraschender, lauter Misston.

Über ihnen im Eukalyptusbaum beschwerte sich der Vogel über den Aufruhr.

Sam brummelte vor sich hin, als er das Handy hervorzog. „Ich hoffe mal, das ist der Anruf, auf den ich gewartet habe. Vielleicht ist er zu ihr gegangen. Das hat er vielleicht getan, wissen Sie. Es ist möglich."

„Zu ihr?", fragte Gordon.

Doch Sam hatte sich abgewandt. Er stand gebeugt, das Handy fest ans Ohr gedrückt. „Ja?", sagte er leise. „Ja, ich bin's."

Hoffentlich wurde er gefunden, betete Gordon im Stillen. Vielleicht richtete sich diese Bitte an Gott. Falls Gott existierte. *Bitte Gott, lass Squirt in Sicherheit sein.*

Gordon hielt den Atem an und wartete.

Schließlich sagte Sam in den Hörer. „Ja, ich kann in zwanzig Minuten da sein." Nach einer Pause fügte er hinzu: „Wir müssen ihn nicht informieren. Er ist hier bei mir."

Er drehte sich um und sah Gordon an. Gordon kämpfte sich auf die Beine. Seine Hosenbeine waren vom nassen Gras durchweicht und fühlten sich klamm an seiner Haut an.

Noch einmal sprach Sam in den Hörer. „Keine Sorge." Es folgte ein freudloses Lachen. „Ich habe ihn noch nicht umgebracht."

Mit diesen Worten steckte er das Handy zurück in seine Hosentasche.

„Lassen Sie uns gehen", sagte er. „Jerry ist im Mercy Hospital."

„Geht es ihm gut?"

„Das werden wir gleich herausfinden."

Sam setzte sich in Richtung des Autos in Bewegung. Nachdem er einen letzten Blick auf den Grabstein zu seinen Füßen geworfen hatte, folgte Gordon ihm.

IM KRANKENHAUS ging es zu wie in einem Bienenstock. Die Frau, die ihnen auf dem überfüllten Flur entgegeneilte, trug eine Stoffhose und eine Wildlederweste. Ihre Hemdsärmel bauschten sich wie kleine, weiße Wölkchen. Ihr ganzes Auftreten schrie förmlich *Lesbe*. Doch es schrie auch *klug und fürsorglich*.

Gordon mochte sie auf Anhieb.

Als sie noch fünf Meter von ihnen entfernt war, rief sie ihnen schon zu. Ihre Stimme klang angespannt, aber sachlich. Ihr Blick richtete sich auf Gordon, als sie auf sie zuhielt. „Die Polizei hat ihn an der Bucht gefunden. Er hat unter der Brücke gelegen. Zum Glück hatte er meine Visitenkarte in der Tasche, darum haben sie mich angerufen. Ich habe ihnen gesagt, dass sie ihn herbringen sollen. Ich denke, das hätten sie vielleicht sowieso getan."

Als sie sie erreicht hatte, nickte sie Sam zu und hielt Gordon eine Hand hin. „Endlich lernen wir uns kennen", sagte sie. „Jerry hat mir erzählt, dass Sie der Neue sind. Er hat die Verbindung natürlich nicht hergestellt, aber ich dachte mir, eines Tages macht es vielleicht *Klick* bei ihm. Schätze, der Tag ist gekommen."

„Ja", sagte Gordon, der von ihrer Schonungslosigkeit überrascht war. Er war sich immer noch nicht so recht sicher, was eigentlich vor sich ging.

„Wo ... wie geht es ihm?"

Sie schenkte ihm ein schwaches Lächeln. „Gleich zwei Fragen auf einmal. Sehr ökonomisch. Das mag ich." Sie wandte sich Sam zu und nahm seine Hand. „Hallo, Mr Booth. Sehen Sie mich nicht so an. Es tut mir leid, dass ich Ihnen nicht gesagt habe, mit wem sich Jerry eingelassen hat, aber um ehrlich zu sein, hatte ich nicht den Eindruck, dass aus diesem Wissen irgendetwas Gutes erwachsen könnte."

„Da hatten Sie wahrscheinlich recht", grummelte Sam.

Sie lächelte ihn überlegen an. „Ich weiß, dass ich recht hatte."

Und irgendwie brach es Gordon aufs Neue das Herz, als er Sams Nachnamen hörte – den Namen des Mannes, den er vor zwei Jahren umgebracht hatte. Er fühlte, wie er hin und her schwankte. Und noch bevor er so richtig begriff, was vor sich ging, hatten ihn schon Sam und die Ärztin am Arm ergriffen und führten ihn zu einer Reihe von Stühlen im Wartebereich.

Als Gordon sich hingesetzt hatte, beugte die Ärztin sich zu ihm hinunter und sah ihm in die Augen. „Geht es Ihnen besser? Ich schätze, das ist alles ein bisschen viel für Sie."

Es war Gordon peinlich, so bemuttert zu werden. Immerhin war er in diesem Szenario der Bösewicht. Sinnlos, das abstreiten zu wollen.

„Mir geht's gut. Mir ist nur schwindelig geworden."

Die Ärztin lächelte. „Ja. Nun ja. Das ist wohl verständlich. Unter diesen Umständen."

„Umständen?"

Sie ignorierte ihn. „Jerry ist im fünften Stock. In der Psychiatrie. Es geht ihm den Umständen entsprechend gut." Sie stand wieder auf, gab Gordon einen letzten aufmunternden Klaps auf die Schulter und wandte sich dann an Sam. „Was ist passiert?", fragte sie. „Ich habe Sie vor einem Jahr davor gewarnt, dass es auf diese Weise enden könnte. Irgendetwas muss ihn dazu getrieben haben, sich in sich zurückzuziehen."

Sam sah Gordon an. Sein Blick war weder freundlich noch unfreundlich. Es war einfach nur ein Blick. „Fragen Sie *ihn*", sagte Sam. „Er kann das besser erklären als ich."

Daraufhin sah die Ärztin wieder Gordon an. „Also, Mr Stafford? Können Sie mir erzählen, was passiert ist?"

Doch Gordon hatte selbst eine Frage. „Wovor haben Sie Sam vor einem Jahr gewarnt?"

Das Telefon der Ärztin klingelte. Sie holte es aus der Tasche ihrer Weste, schaute auf das Display und drückte auf einen Knopf, bevor sie es wieder wegsteckte. Sie setzte sich auf den Stuhl neben Gordon und legte ihm eine Hand auf den Arm. „Es gab schon immer drei Möglichkeiten, wie Jerrys psychische Störung enden könnte, Mr Stafford."

„Nennen Sie mich Gordon."

Sie lächelte höflich. „Gordon, ich bin Dr. Stark." Sie warf Sam einen kurzen Blick zu, bevor sie weitersprach. „Die drei Möglichkeiten sind folgende: Er könnte so weitermachen wie bisher und seine Erinnerungen sind für immer verloren. Er könnte seine Erinnerungen plötzlich wiedererlangen und ohne negative Nebeneffekte sein Leben weiterleben. Oder er könnte seine Erinnerungen wiedererlangen und feststellen, dass er sie nicht ertragen kann. Er würde sich völlig in sich zurückziehen, um sich davor zu schützen."

Gordon nickte und versuchte nachzudenken. Er versuchte, die Angst zu ignorieren, die sich seiner bemächtigen wollte. „Sie meinen einen katatonischen Zustand, in dem er nichts mitbekommt?"

„Ja, Gordon. Ganz genau. Ein katatonisches Koma."

Gordon versuchte stammelnd, eine Frage zu formulieren, doch die Worte wollten ihm nicht über die Lippen kommen. Davon abgesehen kannte er die Antwort längst. *Er kannte sie.* „Und welche dieser drei Möglichkeiten ist eingetreten?", brachte er schließlich hervor. Er wappnete sich für die Wahrheit.

Dr. Stark spielte mit einem Ehering an ihrem Finger. Sie schaute auf ihre Hand hinunter. Dann hob sie den Blick, um erst Sam und dann wieder Gordon anzusehen.

„Jerry hat sich für die letzte Möglichkeit entschieden, fürchte ich. Er reagiert nicht. Die Polizei hat ihn schon in diesem Zustand vorgefunden, unter der Brücke an der Bucht. Ansonsten ist er nicht verletzt. Niemand hat ihn … belästigt. Aber ich fürchte, er hat sich völlig in sich selbst zurückgezogen. Er hat den Schalter umgelegt, Mr Stafford. Nun ja, *er* hat das nicht getan. Das war sein Gehirn. Ich habe immer befürchtet, dass es mal so kommt."

Gordon sah zu, wie ein Mann einen kleinen Jungen im Rollstuhl den Flur entlangschob. Der Junge hatte ein frisch eingegipstes Bein und der Mann beschwerte sich lautstark über ein verdammtes Skateboard, das demnächst im Müll landen würde und was für ein Ärgernis es war, ein Kind großzuziehen. Der Vater des Jahres.

„Den Schalter umgelegt", murmelte Gordon. Als er erst der Ärztin und dann Sam in die Augen sah, fühlte er, wie er wie ein alter Luftballon in sich zusammensackte. Jedes Quäntchen Leben schien aus ihm herauszusickern. Er unterdrückte seine Tränen, weil er schließlich begriff, dass Tränen nicht helfen würden. Niemandem. Am allerwenigsten Squirt.

Nur unter Schwierigkeiten fand er seine Stimme wieder. „Er hat meine Zeitungsausschnitte entdeckt. Die Artikel über mich. Über den Unfall. Die Verhandlung. Alles. Ich habe sie verstreut im Schrank gefunden. Ich vermute, er hat sie alle gelesen. Darum ist er so, wie er jetzt ist. Das ist meine Schuld. Ich zerstöre alles, was ich anfasse. Ich hätte wissen müssen, dass ich kein Glück verdiene. Und ich hätte wissen müssen, dass ich nicht wiedergutmachen kann, was ich Sams Sohn angetan habe, ohne dabei jemand anderem wehzutun. Ich dachte, dass Squirt und ich uns gegenseitig helfen könnten. Ich dachte, wir lieben uns genug, um das zu tun. Aber jetzt ist er nur ein weiteres meiner Opfer. Ein weiteres Leben, das ich ruiniert habe. Sie sammeln sich immer weiter an. Alle meine Opfer."

Dr. Stark warf ihm einen gereizten Blick zu. „Dass Sie sich selbst bemitleiden, hilft Jerry nicht. Dieser Zustand muss nicht dauerhaft sein, wissen Sie. Manchmal ist das so, aber längst nicht immer. Es ist durchaus möglich, dass er morgen aufwacht. Oder nächstes Jahr, wenn wir nicht so viel Glück haben." Sie sah zu Sam auf, der neben ihnen stand. „Sam, setzen Sie sich hin. Sie machen mich nervös."

Sam machte ein überraschtes Gesicht und ließ sich in den Stuhl auf Gordons anderer Seite fallen. Erst da packte Dr. Stark Gordon beim Kinn und zog sein Gesicht herum, sodass er sie ansehen musste.

„Nur weil Jerrys Verstand einen Schritt zurück gemacht hat, heißt das nicht, dass er Sie deswegen weniger liebt, Gordon. Es bedeutet nicht, dass er Sie aufgegeben hat. Und Sie sollten ihn auch nicht aufgeben. Und hören Sie mit dieser Selbstanklage auf. Das bringt Sams Sohn nicht zurück und es hilft auch Jerry nicht."

Sie nahm Gordons Hand. „Also. Wenn Sie damit fertig sind, sich selbst zu bemitleiden, dann können wir jetzt gehen und meinen Patienten besuchen."

Zum hundertsten Mal an diesem Tag kämpfte Gordon gegen die Tränen an. „Er wird nicht mal wissen, dass ich da bin."

Die Ärztin lächelte. „Das wissen wir nicht, Gordon. Es gibt Experten, die der Meinung sind, dass katatonische Patienten alles mitbekommen, was um sie herum geschieht. Andere hingegen behaupten, sie würden ihre Umwelt überhaupt nicht wahrnehmen."

„Und woran glauben Sie?" Sam sprach aus, was Gordon dachte.

Mit einem Finger brachte Dr. Stark einen kleinen Perlohrring an ihrem Ohrläppchen in die gewünschte Position. „Ich denke, das hängt vom Patienten ab. Das heißt in Jerrys Fall, dass wir es nicht wissen, wenn wir es nicht ausprobieren. Aber einer Sache können wir uns absolut sicher sein."

„Und das ist?", fragte Gordon.

Sie lächelte ihn wissend an. „Wenn wir es nicht versuchen, werden wir genau gar nichts erreichen."

Dr. Stark stand auf und bat sie, ihr zu folgen. „Dann lassen Sie uns mal Jerry besuchen. Und um Himmels willen versuchen Sie, nicht so griesgrämig dreinzuschauen. Und ich meine Sie beide. *Das* wird ihm bestimmt nicht helfen."

Sam und Gordon folgten ihr ohne weitere Widerworte zum Fahrstuhl. Als sie auf den Lift warteten, klopfte sie ihm wieder beruhigend auf den Arm.

„Die Liebe kann viel erreichen, Gordon. Dieser Wahrheit sollten Sie sich nie verschließen. Seien Sie jetzt stark für Jerry. So wie Jerry auch für Sie stark sein würde. Das würde er doch, oder?"

Diese einfache Frage sorgte dafür, dass Gordon plötzlich begriff, dass sie recht hatte. Wenn ihre Rollen vertauscht wären, wäre Squirt für ihn da.

„Ja", flüsterte Gordon. Er sprach eher zu sich selbst als zu Sam oder Dr. Stark. „Absolut." Gordon zweifelte an vielem. Aber nicht daran. Daran glaubte er mit aller Macht.

Die Ärztin lächelte ihn gütig an, als sich die Erkenntnis auf seinem Gesicht widerspiegelte. Als der Fahrstuhl sich mit einem *Pling* öffnete, schob sie Sam und Gordon hinein.

„Lassen Sie uns Squirt besuchen", sagte sie und drückte auf den Knopf für den fünften Stock. „So nennen Sie ihn doch, oder Gordon? Squirt?"

Sie summte leise vor sich hin, als der Fahrstuhl sich in Bewegung setzte.

16

IHR WEG durch die psychiatrische Station war ernüchternd. Die Fenster waren vergittert und über allem hing ein Hauch von melancholischer Verzweiflung. Die traurig-grünen Wände waren auf Höhe des Gesichts von den Fingernägeln zwanghafter Patienten zerkratzt. Gordon begriff das jedoch erst, als er jemanden dabei beobachtete, wie er genau das tat. Aus den Betten zu beiden Seiten des Korridors starrte man ihn aus unzähligen leeren Augen an. Gordon wandte den Blick ab. So leer und verzweifelt diese Blicke auch waren, sie hatten gleichzeitig etwas Anklagendes. Dabei war nicht Gordon selbst gemeint, sondern eher seine Gesundheit und sein funktionierender Geist. Hier zwischen diesen zerstörten Seelen entlangzulaufen, hatte den Effekt, dass er sich dafür schämte, gesund zu sein. Und diese Scham wiederum spiegelte sich in den Blicken, die ihn trafen.

Das traurige Weinen der Kranken, der über allem hängende Geruch nach Abfall und Urin und durchnässter Bettwäsche, ein plötzliches, wildes Lachen – all das machte ihm eines mehr als deutlich: Squirt war ein Patient an diesem schrecklichen Ort. Und es war Gordons Schuld, dass er hier gelandet war.

Gordon und ein ebenso schockierter Sam folgten Dr. Starks forschen Schritten. Ihre praktischen 3-Zentimeter-Absätze klackerten über das zerschlissene, grün-braune Linoleum. Der Flur schien endlos zu sein. Nach einer Weile fand Gordon es einfacher, auf seine eigenen Füße zu starren, anstatt sich umzusehen. Das war besser für sein Herz. Und auch seine Schuldgefühle waren dann erträglicher.

Die Fenster, durch die man nach draußen auf die Welt der geistig Gesunden blicken konnte – wenn man sie denn so nennen wollte – waren mit Stahl und Gittern befestigt worden. Die Gitter waren so dick und engmaschig, dass man kaum auf die Nacht draußen blicken konnte. Die Stahlstreben waren mit Gummi ummantelt, sodass ein verwirrter Kopf, der gelegentlich – ob beabsichtigt oder nicht – dagegenschlug, nicht wie eine Melone aufplatzte und den Wahnsinn überall auf dem Fußboden verteilte.

Zwei Mal auf ihrer langen Reise den Flur hinunter mussten sie darauf warten, dass Türen, die von schweren Drähten umgeben waren, vom Aufsichtspersonal für sie geöffnet wurden. Erst dann konnten sie ihren Weg fortsetzen. Gordon vermutete, dass diese Teilung der Station dem Personal eine bessere Chance gab, die Kontrolle zu behalten, sollte jemals so etwas wie ein Aufstand ausbrechen. Oder vielleicht waren die Türen auch zur Sicherheit der Patienten installiert worden, die sich dann jeweils mit weniger anderen Wahnsinnigen abfinden mussten.

Squirt lag im letzten Bett auf der linken Seite, das an die Wand grenzte. Gordon sah ihn schon von weitem und in dem Moment, als er ihn erkannte, umfasste eine kalte Faust sein Herz. Unfreiwillig hielt er für einen Moment inne, bevor er den Mut aufbrachte, seinen Weg fortzusetzen. Obwohl er von all diesem sinnlosen Aufruhr umgeben war, sah Squirt in seinem Bett so klein und hilflos und reglos aus, dass Gordon Probleme hatte, überhaupt zu begreifen, was er da sah.

Aus irgendeinem Grund hatte Gordon erwartet, dass Squirt mit Lederfesseln an den Knöcheln und Handgelenken ans Bett fixiert sein würde, doch das war nicht der Fall. Squirts Kopf ruhte ganz friedlich auf einem verblichenen, krankenhausblauen Kopfkissen. Eine Wolldecke war ihm bis unters Kinn gezogen worden. Man hatte sie ordentlich überall unter die Matratze gesteckt. Sein erster Handgriff ging zu Squirts Brustkorb, weil er wissen wollte, ob er dort vielleicht ans Bett gefesselt war.

„Er ist nicht fixiert, falls es das ist, was Sie sich fragen", sagte Dr. Stark leise.

Ihm war egal, was man von ihm dachte, darum beugte er sich zu Squirt hinunter, strich ihm die Haare aus der Stirn und gab ihm einen Kuss. Es überraschte niemanden – am wenigstens Gordon selbst –, dass Squirt nicht auf den Kuss reagierte.

„Wie wird er ernährt?", fragte Gordon. „Mit einer Magensonde?"

„Hoffentlich nicht", sagte die Ärztin. „Für den Moment reicht uns ein Tropf mit Nährstoffen. Wenn das Koma jedoch zu lange anhält, werden wir um eine Magensonde wohl nicht herumkommen. Ich hoffe aber, dass das nicht nötig sein wird."

Gordon schob seine Finger unter Squirts Hand, die auf dem Laken lag. Seine Haut fühlte sich warm an und seine Hand war so leicht und luftig wie eine Feder. Und so reglos wie der Tod.

Zu Gordons Überraschung zog Sam einen Stuhl von der Wand ans Bett. „Setzen Sie sich", befahl er. „Sie sehen immer noch aus, als würden Sie jeden Moment umkippen."

Gordon setzte sich. Squirts Gesicht war blass und ruhig. Wenn er sich konzentrierte, konnte er Squirt atmen hören. Sein helles Haar war feucht. Vielleicht hatte man ihn gebadet, nachdem er ins Krankenhaus gebracht worden war und seine Haare waren noch nicht vollständig getrocknet.

Dr. Stark zog sich einen weiteren Stuhl heran und setzte sich auf die andere Seite des Bettes. Sam lehnte sich gegen die Wand am Kopfende. Er verschränkte die Arme vor der Brust und machte ein besorgtes Gesicht. Sein Blick ging ständig zwischen Gordon, Jerry und der Ärztin hin und her. Er fummelte an der Zigarettenpackung in seiner Brusttasche herum, nahm sie jedoch nicht heraus. Auf seinen Schuhen fanden sich immer noch ein paar Grashalme vom frisch gemähten Rasen auf dem Friedhof.

Dr. Stark beugte sich nach vorn und stützte die Ellbogen auf der Bettkante auf, so als säße sie an einem Schreibtisch. Sie beobachtete Gordons Gesicht.

„Sie begreifen es immer noch nicht ganz, oder?"

„Nein", seufzte Gordon. „Ich ... wie kann sein Verstand sich einfach so abschalten? Wie kommt es, dass ein Gehirn dazu in der Lage ist?"

Nun seufzte auch Dr. Stark. „Eine sehr gute Frage, Gordon. Leider kenne ich niemanden, der sie befriedigend beantworten könnte. Das Gehirn ist vermutlich der Teil unseres Körpers, den wir am wenigsten verstehen. Aber wir wissen zumindest ein paar Dinge. Erinnerungen können in zwei verschiedenen Teilen des Gehirns gespeichert werden." Sie tippte sich gegen den Schädel, so als wolle sie den Reifegrad einer Melone testen. „Das ist einerseits der Hippocampus und andererseits die Amygdala, eines der Gefühlszentren des Gehirns. Manche Wissenschaftler glauben, dass menschliche Erinnerungen jedes Mal, wenn sie aufgerufen werden, neu geschrieben werden. So wie eine Ratte im Labor, die lernt, dass sie Futter bekommt, wenn sie einen bestimmten Hebel herunterdrückt. Aber wenn man einen bestimmten chemischen Prozess unterdrückt, während der Hebel heruntergedrückt wird, kann das Gelernte auch sofort wieder vergessen werden. Verstehen Sie mich?"

„Nein."

Sie grinste. „Wir Mediziner nennen das eine Lacunare Amnesie. Im Lateinischen bedeutet das Wort lacuna Lücke. Mit anderen Worten: Wenn der chemische Prozess unterbrochen wird, hinterlässt er ein Loch in der Erinnerung."

Gordon sehnte sich danach, zu fühlen, wie Squirts Hand sich um seine schloss, doch nichts passierte. Wenn Leben in dieser Hand war, dann konnte Gordon es nicht fühlen.

Er sah die Ärztin an. „Und Squirts Körper hat irgendwie diesen chemischen Prozess unterbrochen, um die Erinnerung an die Nacht auszuradieren, in der Sams Sohn getötet wurde?"

„Ja. Das Trauma, seinen Freund vor seinen Augen sterben zu sehen ..." Dr. Stark sah zu Sam auf, der neben ihr stand. „Tut mir leid, Mr Booth. Wenn Sie sich das lieber nicht anhören wollen ..."

„Schon in Ordnung", sagte Sam mit betont gleichgültiger Stimme. „Fahren Sie fort."

Dr. Stark nickte kurz und wandte sich dann wieder Gordon zu. „Das Trauma, seinen Geliebten vor seinen Augen sterben zu sehen, hat dazu geführt, dass Jerry dieses Bild, die ganze Situation aus seinem Gedächtnis verbannt hat. In seinem Fall scheint es so zu sein, dass er auch fast alles verdrängt hat, was davor geschah. Er hat nicht nur Jeremys Tod verdrängt, sondern er hat Jeremy verdrängt. Komplett. Er erinnert sich überhaupt nicht an ihn. Jedenfalls noch nicht. Ich habe wiederholt versucht, Sams Sohn in unsere Treffen einzubeziehen, doch Jerry hat sich jedes Mal dagegen gewehrt. Oder eher, sein Verstand hat sich dagegen gewehrt. Aber es gibt immer noch Hoffnung. Wie ich schon vorhin erwähnt habe, können die Erinnerungen zu jeder Zeit wiederkommen. Sie könnten sogar alle auf einmal auf ihn einströmen."

„Und dann würde er aufwachen?", fragte Gordon.

Auch sie streckte eine Hand aus, um Squirt die Haare aus der Stirn zu streichen. Sie lächelte ihn liebevoll an. „Vermutlich. Oder die Erinnerungen sind für immer verloren. Wir werden das erst wissen, wenn er wieder in der Lage ist, mit uns zu sprechen."

„Falls er je wieder dazu in der Lage ist", sagte Gordon, so leise, dass er kaum zu verstehen war.

Doch die Ärztin hatte ihn trotzdem gehört. „Ja. Falls er je wieder dazu in der Lage ist."

Über Squirts Körper hinweg ergriff sie Gordons Hand. „Gordon, an eines müssen Sie immer denken. Jerry hat mehr als eine Schlacht vor sich. Er muss mit seinem Verstand kämpfen. Doch wenn er aufwacht, wartet noch eine ganze andere Schlacht auf ihn."

„Wie meinen Sie das?"

Die Ärztin drückte leicht seine Hand. „Wenn er aufwacht und seine Erinnerungen zurückgewonnen hat, muss er sich entscheiden, was er mit diesem Wissen anfangen will. Er wird wissen, wer Sie sind, Gordon. Er wird wissen, dass Sie der Grund für all das sind, was ihm zugestoßen ist. Und für alles, was Jeremy zugestoßen ist. Verstehen Sie? Vielleicht ist er nicht in der Lage, damit umzugehen. Vielleicht wird er Sie verlassen. Und vielleicht wird er Sie sogar hassen." Sie zog ihre Hand zurück und spielte wieder an ihrem Perlohrring herum. Gordon erkannte, dass das vermutlich eine Geste der Nervosität war. Ihr gefiel nicht, was Sie sagen musste. „Sie werden ihn vielleicht für immer verlieren, Gordon. Auf diese Möglichkeit müssen Sie sich einstellen. Es wäre unverantwortlich von mir, wenn ich Sie nicht wenigstens warnen würde. In Ordnung?"

Gordon nickte. Er hatte schon selbst daran gedacht, doch die Worte aus dem Mund einer Ärztin zu hören, machten sie gleich noch bedrohlicher.

Er zwang sich zu einer Antwort, zwang sich dazu, besonders sachlich zu klingen. Er nickte. „Ich verstehe", sagte er.

Sie zwinkerte seinem besorgten Gesicht aufmunternd zu. „Es ist nur eine Möglichkeit, Gordon. Sie ist noch nicht eingetreten und wird es vermutlich auch nie tun. Verzweifeln Sie nicht."

Gordon nahm Squirts Finger in seine Hand. „Er liebt mich", sagte er. „Er wird es verstehen. Er wird mich deswegen nicht verlassen. Ich weiß, dass er das nicht tun wird."

Die Ärztin schenkte ihm ein herzliches Lächeln, doch es erreichte nie ihre Augen, so als glaube sie nicht so recht an Gordons Worte. Oder an das, was *sie ihm* sagen musste. „In dem Fall müssen wir uns ja keine Sorgen machen", sagte sie und lächelte.

Sofort setzte sie wieder eine professionelle Miene auf. „Kommen wir mal aufs Wesentliche", schien sie sagen zu wollen, als sie sich aufrechter hinsetzte, ihre Weste zurechtrückte und sich auf der Station umsah. „Ich werde mit dem Personal vereinbaren, dass Sie ihn jederzeit besuchen können. Sie sind, zumindest in meinen

Augen, Jerrys Ehepartner. Wenn menschliche Zuwendung überhaupt einen Einfluss auf ihn hat, dann denke ich, dass Ihre Anwesenheit den größten Effekt haben wird."

Dr. Stark verdrehte den Hals, um Sam ansehen zu können. „Das gilt auch für Sie, Mr Booth. Sie können Jerry jederzeit besuchen. Ich schätze, wir wissen alle, dass es unwahrscheinlich ist, dass seine Familie hier auftaucht. Und ich bin auch erleichtert, dass sie das nicht tun wird. Die einzigen Menschen, die ich im Moment in der Nähe meines Patienten haben möchte, sind Menschen, die ihn lieben. Das bezieht sich auf Sie beide. In Ordnung?"

Sam nickte, sagte jedoch nichts.

Gordon murmelte: „Ja."

Die Ärztin sah ihnen nacheinander ins Gesicht. „Sind Sie beide in der Lage, an einem Strang zu ziehen? Wenn es Unstimmigkeiten zwischen Ihnen gibt – und ich bin überzeugt, dass es sie gibt –, können Sie sich in Jerrys Gegenwart zusammenreißen? Wie ich ja vorhin schon erläutert habe, wissen wir nicht, wie viele äußere Einflüsse zu ihm durchdringen. Ich möchte nicht, dass er unbewusst Streit und Uneinigkeit wahrnimmt. Verstehen Sie mich? Wenn ich von so etwas Wind bekomme, ziehe ich Ihnen die Ohren lang und werfe Sie unwiderruflich von meiner Station. Verstanden?"

Diesmal nickten Gordon und Sam synchron.

Und auch die Ärztin nickte als Antwort. „Gut." Sie stand auf. „Ich gehe jetzt in die Cafeteria und besorge mir einen Kaffee. Hat irgendjemand Lust, mitzukommen?"

„Ich", sagte Sam. „Kaffee klingt nach einer guten Idee."

„Ich bleibe lieber hier", sagte Gordon. „Wenn das in Ordnung ist."

„Natürlich", sagte Dr. Stark und lächelte ihn an. „Kümmern Sie sich um ihn, Gordon. Am Ende gehört er vielleicht wieder Ihnen. Zumindest hoffe ich das für Sie."

Gordons Augen füllten sich mit Tränen. „Das hoffe ich auch", sagte er leise. Er musste sich sehr anstrengen, um das Zittern in seiner Stimme zu unterdrücken.

Ohne ein weiteres Wort machten sich Sam und die Ärztin auf den Weg. Zurück durch den endlos langen Flur der psychiatrischen Abteilung des Mercy Hospital, wo das Elend zu Hause war, und in Richtung der Cafeteria irgendwo in den Eingeweiden des Gebäudes, wo sie herumsitzen und an ihrem Kaffee nippen konnten, ohne dass neben ihnen ein Irrer versuchte, mit den Fingernägeln die Wände zu zerkratzen.

Gordon sah ihnen nach und als die erste Tür, die von einer Schwester geöffnet und geschlossen wurde, hinter ihnen ins Schloss fiel, wandte er sich Squirt zu, der vor ihm im Bett lag.

„Es tut mir so leid, Schatz", flüsterte Gordon.

Er legte seinen Kopf auf Squirts Brustkorb und schloss die Augen.

Er konnte Squirts leisen Herzschlag hören. Squirts Finger lagen kalt und leblos in seiner Hand. Wenn wenigstens noch ein Hauch von Liebe für Gordon in Squirts Brust schlug, dann konnte Gordon es nicht fühlen.

Er schloss fest die Augen und versuchte, gegen die Angst anzukämpfen, die sich seiner bemächtigen wollte. Ihm wurde langsam bewusst, dass er Squirt vielleicht verloren hatte, obwohl er ihn doch gerade erst wiedergefunden hatte.

Gordon legte die Stirn auf Squirts Arm und schloss die Augen, um sich der eigenen Angst, der eigenen Vorstellungskraft nicht stellen zu müssen. Er weinte leise, bis Squirts Bettlaken von seinen Tränen ganz feucht waren.

Das nächste Mal öffnete er die Augen, als ein großgewachsener Pfleger mit einem riesigen Schlüsselbund am Gürtel ihn vorsichtig wach rüttelte. Die Besuchszeiten waren für heute vorbei.

Gordon setzte sich unter Mühen wieder auf. Er rieb sich den Schlaf und die Tränen aus den Augen.

„Dann werde ich jetzt mal gehen", murmelte er an den Pfleger gewandt.

Der Pfleger lächelte ihn freundlich an. „Die Besuchszeiten beginnen um neun Uhr morgens. Ich gehe mal davon aus, dass wir Sie dann sehen. Wenn Sie irgendetwas brauchen, fragen Sie einfach nach mir. Mein Name ist Nate. Meine Schicht beginnt um sechs."

„In Ordnung. Vielen Dank, Nate."

Gordon sah sich um. Soweit er sehen konnte, war er der einzige Besucher, der sich noch auf der Station aufhielt. Er hatte weder Sam noch Dr. Stark in dieser Nacht wiedergesehen. Er war sich nicht sicher, wie Sam nach Hause gekommen war.

Schweren Herzens ging er nach Hause in seine eigene kleine Wohnung und versuchte nicht daran zu denken, ob er sich einen Drink genehmigen sollte. Er blieb zwar standhaft, aber nur gerade so.

Er verbrachte die Nacht auf dem Sofa, wo er sich schlaflos hin und her wälzte. Er brachte es nicht übers Herz, in seinem Bett zu schlafen, denn das Bettzeug roch immer noch nach Squirt.

GORDON ARBEITETE weiterhin am Nachmittag in der Suppenküche. Mama Davis gab ihm die Vormittage frei, damit er Squirt besuchen konnte. Das ging eine Woche so. Dann ging Gordon auf, dass dieses Arrangement nur dazu führte, dass der Tag, an dem er seine Sozialstunden abgeleistet hatte, in noch weitere Ferne rückte. Daraufhin erschien er am nächsten Tag wie gewohnt zu seiner Morgen- und Mittagsschicht und beschränkte seine Besuche im Krankenhaus auf den Nachmittag und den Abend. Er blieb dann dort, bis die Besuchszeiten vorbei waren.

Der immer noch nicht unterschriebene Arbeitsvertrag von Channel 9 lag weiterhin auf dem Küchentisch und erinnerte Gordon täglich daran, dass er sein

Leben wieder in die Hand nehmen musste, wenn er etwas aus den Jahren machen wollte, die ihm noch blieben.

Doch damit konnte er sich im Moment nicht auseinandersetzen. Er brachte es einfach nicht übers Herz. Er wusste, dass er es nicht übers Herz bringen würde, bis Squirts Krankheit besiegt war. Er hatte Jackson Price, den Manager von KTSI, angerufen und ihm gesagt, dass er mehr Zeit brauchte, um über das Angebot nachzudenken. Mr Price hatte einen überraschten Eindruck gemacht, doch er hatte Gordon nicht gedrängt. In diesem Moment wusste Gordon, dass der Ball in seinem Spielfeld war. Mr Price würde sich nicht noch einmal wegen des Jobs bei ihm melden. Es wäre in jedem Fall an Gordon, die Initiative zu ergreifen. Er wusste auch, dass ihm die Zeit davonlief. Mr Price würde das Angebot sicher zurückziehen, wenn Gordon sich nicht bald zu einer definitiven Antwort durchrang.

Und doch: Er konnte sich im Moment nur auf Squirt konzentrieren. Bis es Squirt wieder gut ging, musste der Job eben warten.

Eines Tages, als er gerade die Zeit zwischen seinen Schichten mit einem Spaziergang füllte, entdeckte er in einem Ladengeschäft eine Schaufensterpuppe, die den buntesten Schlafanzug trug, den er je gesehen hatte. Zum ersten Mal seit Tagen stahl sich ein echtes Lächeln auf sein Gesicht und er betrat den Laden, um drei Schlafanzüge zu kaufen, die alle in verschiedensten Neonfarben daherkamen. Jeder Schlafanzug hatte eine andere Looney-Tunes-Figur auf der Brusttasche: Bugs Bunny, Daffy Duck und Marvin, der Marsmensch.

Da er nun schon im Geschäft war, kaufte er auch bunte und fröhliche Bettwäsche für Squirt, damit er in dem verblichenen Bettzeug des Krankenhauses nicht so blass und verloren aussah. Er kaufte zwei Mal Bettwäsche für Squirt. Auf der einen waren lauter Teddybären aufgedruckt und auf der anderen Obst. *Massenweise* Obst. Melonen, Äpfel, Bananen, Ananas. Außerdem fand er eine sonnengelbe Decke mit aufgedruckten Sonnenaufgängen und SpongeBob SquarePants, der durch ein Feld voller schwarzäugiger Susannen hopste und mit Regenbögen und Blütenblättern um sich warf.

Wie schwul war das bitte?

Wenn Gordon jetzt den langen Gang der Station hinunterging, konnte er Squirt sofort entdecken. Squirts Bett war so auffällig wie eine Feuerwerksfabrik, die irgendwo am Horizont explodierte. Und Squirt lag inmitten dieser Farbexplosion und war ebenfalls quietschbunt angezogen.

Es vergingen zwei weitere Wochen. Und obwohl die Bettwäsche und die Schlafanzüge täglich wechselten, blieb Squirts Zustand unverändert. Er hatte immer noch nicht die Augen geöffnet. Er hatte sich noch nicht bewegt. Seine Haut sah mittlerweile noch blasser aus.

Gordon versuchte verzweifelt, die Hoffnung nicht aufzugeben. Er fing an Squirt vorzulesen, während dieser im Bett lag. Anfangs las er mit leiser Stimme, um die anderen Patienten nicht zu stören. Dann bemerkte er eines Tages drei Patienten, die in der Nähe herumlungerten, um ihm zuhören zu können. Als er begriff, was sie da taten, las er ein bisschen lauter, damit sie mithören konnten. Nach ein paar Tagen hatte er sich ein treues Publikum erarbeitet, das auftauchte, wann immer er Squirt vorlas (er hatte sich für Tom Sawyer entschieden) – sechs oder sieben verlorene Seelen, für die Gordons Lesestunde offensichtlich der Höhepunkt des Tages war.

Diese sechs oder sieben Seelen schienen nie Besuch zu bekommen, jedenfalls nicht, soweit Gordon das feststellen konnte. Darum begannen sie, Gordon einzugemeinden.

Gordon machte das überhaupt nichts aus.

Die Zeit verging. Mit der Zeit kannte Gordon die Namen des Personals: Lucy, die Oberschwester; Jill, die Krankenschwester, die immer am Wochenende arbeitete; ein paar Ehrenamtliche, die Bücher und Magazine für diejenigen Patienten mitbrachten, die in der Lage waren, Bücher zu lesen oder Bilder anzuschauen; und die Physiotherapeutin Ms Dennis, die Squirt manchmal Massagen verabreichte, damit das Blut auch gleichmäßig in den Gliedmaßen floss, die er ja nicht benutzte, während er im Bett lag. Sie waren alle freundlich und schenkten ihm großzügig ihre Zeit. Gordon dankte ihnen mehr als einmal dafür, dass sie sich so gut um den Mann unter der SpongeBob SquarePants-Decke kümmerten.

Es entspann sich auch eine schüchterne Freundschaft mit Nate, dem einzigen männlichen Pfleger auf der Station. Nate war ebenfalls schwul. Daher lernte er Nate besser kennen als das restliche Personal. Gordons Hingabe zu Squirt schien ihm ein bisschen Ehrfurcht einzuflößen. Gordon vermutete, dass es in Nates Leben keine feste Beziehung gab, obwohl er sie mehr als verdient hätte. Er war immerhin gut aussehend genug, um jemanden sehr glücklich zu machen.

In der dritten Woche von Squirts Krankenhausaufenthalt hörte Gordon Schritte näherkommen, als er immer noch aus demselben Buch vorlas. Gordon legte einen Finger auf die Seite und schloss das Buch. (Tom und Becky Thatcher hatten sich in der Höhle verirrt und ihre Kerze war gerade ausgegangen!)

„Oh, hören Sie doch jetzt nicht auf!", murmelte einer der Patienten, doch sie verfielen alle in Schweigen, als ein Mann und eine Frau in ihre Mitte traten. Als sie begriffen, dass das Paar gekommen war, um den Mann in dem bunten Bett zu besuchen, trollten sie sich wieder zurück in ihre eigenen farblosen Betten. Dort machten sie sich vielleicht Sorgen darüber, dass Tom und Becky immer noch in dieser schrecklichen Höhle festsaßen. Und vielleicht fragten sie sich, wie das wohl alles enden würde.

Gordon war sprachlos, als er die Besucher erkannte: „Mom! Mr Rhiner!"

Vielleicht überraschte es ihn noch mehr, als seine Mutter sich zu ihm herabbeugte, um ihm einen Kuss auf den Scheitel zu geben, während Mr Rhiner ihr stolz zusah. Als seine Mutter sich wiederaufrichtete und zum allerersten Mal die Person im Bett betrachtete, ergriff sie Mr Rhiners Hand. Die Geste entging Gordon nicht. Vielleicht lächelte er sogar ein wenig, als er sie bemerkte.

Sowohl Gordon als auch Mr Rhiner folgten dem Blick von Gordons Mutter, als sie den Mann im Bett ansah.

„Das ist er also", sagte seine Mutter. Sie lächelte, als sie sprach. „Meine Güte, er ist ja ein Kohlkopf. Er hat wunderschönes Haar."

Gordon beugte sich über Squirt, um ihm eine Wimper von der Wange zu streichen. Seine Finger verweilten lange genug, um eine Haarsträhne beiseitezustreichen, die sich über das Kissen ergoss. „Ja", sagte er. „Hat er."

Mr Rhiner kam auf ihn zu und streckte eine Hand aus. Gordon ergriff sie und sie schüttelten sich freundschaftlich die Hände. Als sie losließen, sah Mr Rhiner – nicht nur Gordons Bewährungshelfer, sondern jetzt offensichtlich auch die neueste Eroberung seiner Mutter – den Mann auf dem Bett an.

„Ich erkenne ihn von den Fotos vom Unfallort, Gordon. Er hatte in dieser Nacht kaum einen Kratzer abbekommen. Genauso wie Sie. Es schien, als hätte Mr Booth allein die ganze Wucht des Aufpralls zu spüren bekommen. Das habe ich nie so recht verstanden."

„Er war als Einziger nicht angeschnallt", sagte Gordon. „Trotzdem ..." Sowohl seine Mutter als auch Mr Rhiner wussten, was er nicht aussprach.

„Trotzdem war es Ihre Schuld", sagte Mr Rhiner und vollendete damit vorsichtig Gordons Satz.

Gordon nickte. „Ja. Trotzdem war es allein meine Schuld."

Mr Rhiner trat zurück, gerade als Gordons Mutter auf ihren Sohn zuging, um ihm über die Wange zu streichen.

„Danke, dass du mir eine Nachricht hinterlassen hast, Gordon. Dass du mich hast wissen lassen, was vor sich geht. Ich habe mir Sorgen um dich gemacht. Du warst nie zu Hause."

„Ich war hier", sagte Gordon schlicht.

Tränen schwammen in den Augen seiner Mutter. Es schien ihr nichts auszumachen, dass sie ihre akkurat aufgetragene Mascara ruinieren würden. „Gab es irgendwelche ... Fortschritte?"

„Nein." Gordon brachte es kaum übers Herz, dieses kleine Wort auszusprechen. Er schmückte es weder mit Entschuldigungen noch Erklärungen. Er ließ es einfach so in der Luft hängen wie eine alte, zerfledderte Fahne an einem windstillen Tag.

Der Blick seiner Mutter streifte die umstehenden Betten, das grauenhafte Linoleum, die kotzgrünen Wände. Dann richtete er sich auf das Buch in Gordons Schoß.

„Du liest ihm vor", sagte sie mit sanfter Stimme.

„Ja."

Sie rückte ein wenig näher an Mr Rhiner heran, so als suche sie seine Unterstützung. Er legte ihr eine Hand ins Kreuz und die Geste schien ihr Kraft zu geben.

„Du siehst erschöpft aus, Gordon. Komm mit uns essen. Bitte. Du siehst aus, als hättest du seit Wochen nichts Vernünftiges mehr gegessen."

„Tut mir leid", sagte Gordon. „Ich habe gerade unten in der Cafeteria was gegessen." Das war eine Lüge. Er hatte seit Mittag nichts mehr gegessen. „Geht einfach ohne mich."

Seine Mutter neigte den Kopf und betrachtete ihn eingehend. „Du hast Angst, ihn allein zu lassen. Du hast Angst, dass er aufwacht, während du woanders bist. Stimmt's?"

„Ja." Das war Gordons größte Angst. Er musste hier sein, um Squirt alles erklären zu können, sobald er die Augen öffnete. Er musste ihm seine Sicht der Dinge schildern, bevor Squirt sein Herz vor ihm verschloss, weil er begriff, wer Gordon wirklich war.

„Können wir dir eine Weile Gesellschaft leisten?", fragte seine Mutter.

Gordon nickte. Die Dankbarkeit, die er aufgrund dieser Geste seiner Mutter empfand, überraschte ihn.

Mr Rhiner machte sich auf die Suche nach zwei Plastikstühlen, die er brav zurück an Squirts Bett trug. Einen Stuhl stellte er neben Gordon, damit sich seine Mutter setzen konnte. Den anderen stellte er für sich auf der anderen Seite des Bettes an die Wand.

„Nein, Tom", sagte Gordons Mutter zu Mr Rhiner. „Setz dich neben mich."

Und das tat Mr Rhiner. Er zog den Stuhl auf die andere Seite des Bettes und als er sich gesetzt hatte, nahm er ihre Hand. Das war das erste Mal, dass Gordon den Vornamen des Mannes hörte. Irgendwie machte ihn das in Gordons Augen menschlicher.

In diesem Moment erkannte Gordon, dass seine Mutter und Mr Rhiner einander liebten, und es freute ihn, das zu sehen. Gordon hatte viel über die Liebe gelernt, seit Squirt in sein Leben getreten war. Und seit dem Tag, an dem Squirt die Augen vor der Welt verschlossen und Gordon allein zurückgelassen hatte, hatte er noch mehr über die Liebe gelernt.

Sie blieben und leisteten Gordon Gesellschaft, bis die Besuchszeit zu Ende war. Sehr zum Ärger der sechs oder sieben Patienten, die sicherlich gern herausgefunden hätten, wie es Tom und Becky in der Höhle erging.

Um neun Uhr verließen sie zusammen mit Gordon die Station. Am Haupteingang, als sie sich gerade trennen wollten, damit jeder zu seinem Auto gehen konnte, sprach Gordon endlich die Worte aus, die ihm schon den ganzen Abend auf der Zunge lagen.

„Ich bin froh, dass ihr zwei euch gefunden habt."

Seine Mutter errötete.

Mr Rhiner strahlte. „Danke, Gordon."

Gordons Mutter verabschiedete sich von ihm mit einem liebevollen Kuss auf die Wange. „Bleib stark", flüsterte sie ihm ins Ohr. „Und ich mag deinen Freund. Er ist ein echter Hingucker."

„Danke", sagte Gordon.

Gordon sah zu, wie sie Hand in Hand davongingen. Ihre Schultern berührten sich fast. Als sie um die Hausecke gebogen waren, wo vermutlich ihr Auto stand, machte sich Gordon ebenfalls auf den Weg, um zu seinem Wagen zu gelangen. Es war zwei Blöcke weiter in *diese* Richtung geparkt. Er machte sich auf den Weg, es zu suchen. Unter dem Licht einer Straßenlaterne musste er grinsen, als er an seine Mutter und Mr Rhiner dachte. Nun gut. Er freute sich für die beiden.

Gordon hatte nicht die geringste Ahnung, dass sich sein Leben schon am nächsten Tag erneut drastisch ändern würde.

Und diesmal würde es sich für immer verändern.

17

DER ANRUF kam um sieben Uhr in der Früh. Gordon kämpfte sich aus den Laken und griff dann nach dem Telefon.

Die Stimme am anderen Ende der Leitung erkannte er nicht.

„Gordon? Mr Stafford? Sind Sie das?"

Gordon blinzelte gegen das helle Sonnenlicht an, das durch das Schlafzimmerfenster hereinfiel. Es war viel zu früh für Sonnenlicht. Oder etwa nicht? „Ja", sagte er. „Ich bin's. Äh, wer ist da bitte?"

„Hier ist Nate. Der Krankenpfleger aus dem Mercy. Sind Sie wach? Ich muss wissen, ob Sie wach sind."

Gordon setzte sich abrupt auf und sein Herz hämmerte wild in seiner Brust. Nate. Der Pfleger von der psychiatrischen Station. Was konnte der bloß wollen?

„Ich bin wach, Nate. Was ist los? Ist was passiert?"

„Ich denke, Sie sollten besser sofort herkommen."

„Sie meinen, *jetzt gleich*? Bis zur Besuchszeit ist es noch ein paar Stunden hin. Ich rufe auf der Arbeit an, dass ich nicht komme und bin dann pünktlich um neun da. Ist das in Ordnung?"

„Nein, Gordon. Kommen Sie sofort. Ich denke wirklich, dass Sie alles stehen und liegen lassen und herkommen sollten. Machen Sie sich über die Besuchszeit keine Gedanken. Ich lasse Sie rein. Die diensthabende Ärztin schläft in ihrem Büro und wird erst in ein paar Stunden ihre Runde drehen. Ich halte nach Ihnen Ausschau und lasse Sie rein, wenn Sie hier sind. Ist das in Ordnung? Werden Sie kommen?"

„Äh, ja. Schätze schon. Ich bin gleich da. Ist Squirt – ich meine Jerry – geht es ihm gut? Es ist nichts passiert, oder? Es ist doch nicht etwa an der Zeit, die Magensonde zu setzen? Sie bereiten ihn nicht für eine OP vor oder so etwas? Ich denke, über die Magensonde sollten wir erst noch einmal reden, bevor …"

„Kommen Sie her, Mr Stafford. Kommen Sie einfach sofort her."

„Na gut, Nate. Werde ich. Ich bin schon auf dem Weg." Und Nate legte auf.

Gordon blinzelte, um endgültig wach zu werden. Er überlegte kurz, ob er seine Mutter anrufen sollte, damit sie sich mit ihm im Krankenhaus traf. Wenn etwas Schlimmes passiert war, war er nicht sicher, ob er sich dem allein stellen konnte. Wenn er sie jetzt anrief, würde dann Mr Rhiner an ihren Ohrläppchen knabbern? Würde er seufzen und stöhnen? Oh, Gott. Dafür war Gordon noch nicht bereit. Und was sollte er ihr sagen? Er hatte schließlich keine Ahnung, was vor sich ging.

Nein. Er war erwachsen. Er brauchte seine Mutter sind. Er würde das auch allein schaffen.

Er warf die Bettdecke beiseite und begann sich etwas überzuziehen. Als er angezogen war, verbrachte er zwei kostbare Minuten damit, sich die Zähne zu putzen und zu pinkeln (und zwar gleichzeitig). Dann verließ er fluchtartig seine Wohnung und eilte die Treppe hinunter zu seinem Parkplatz. Als er auf dem Fahrersitz saß, erhaschte er einen Blick auf sein Gesicht im Rückspiegel und konnte nur mit Mühe einen erschrockenen Aufschrei unterdrücken. Sein Haar, das viel zu lang war und einen Schnitt brauchte, stand in alle erdenklichen Richtungen ab. Er spuckte sich in die Hand und versuchte die widerspenstigen Strähnen zu bändigen. Er gab den Versuch ziemlich bald auf und ließ den Motor an.

Er hätte jetzt zu gern einen Kaffee getrunken. Doch weil er dafür nicht anhalten wollte, war er in weniger als zehn Minuten am Krankenhaus. Durch einen glücklichen Zufall fand er einen Parkplatz keine zweihundert Meter vom Haupteingang entfernt. Er eilte durch den Eingangsbereich auf einen offenen Fahrstuhl zu, trat ein und schlug mit der flachen Hand auf den Knopf für die fünfte Etage. Als er schließlich bemerkte, dass sein Hosenstall offen war und er das verstohlen änderte, stand er schon am Eingang zur psychiatrischen Station.

Nate erwartete ihn bereits. Er grinste breit. „Sie sehen furchtbar aus."

„Danke. Warum haben Sie angerufen? Was ist passiert?"

Nates Blick schweifte über den langen Gang, der durch die vergitterten Türen in drei Teile unterteilt war. Vom Haupteingang konnte man bis zur Wand am anderen Ende sehen – dort, wo eigentlich Squirts Bett stand.

Gordons Blick folgte Nates und er riss überrascht die Augen auf. Dann machte er einen Schritt nach vorn, um besser sehen zu können.

Squirts Bett war leer.

„Oh, Gott", sagte Gordon. „Wo ist er? Er ist nicht im OP, oder? Es ist noch viel zu früh für diese verdammte Magensonde. Sam und ich haben denen noch gestern gesagt, dass sie nicht …"

Nate packte ihn an der Schulter. „Beruhigen Sie sich, Gordon. Beruhigen Sie sich und folgen Sie mir."

Anstatt auf die erste Tür zuzuhalten, machte Nate auf dem Absatz kehrt und ging den Flur in die entgegengesetzte Richtung hinunter.

„Wo gehen wir hin?", fragte Gordon. „Können Sie denn so einfach die Station verlassen? Sind Sie nicht im Dienst?"

„Ich habe Pause. Kommen Sie."

Gordon folgte Nate, der mit forschem Schritt zurück zum Fahrstuhl ging und den Knopf für den ersten Stock drückte.

„Wo ist Squirt, Nate? Antworten Sie mir!"

Nate lächelte. „Gedulden Sie sich noch eine Minute und Sie werden alles erfahren, was Sie wissen wollen."

Ein kalter Schauer lief Gordon den Rücken hinunter. „Mein Gott, Nate, wir sind nicht etwa auf dem Weg in die Pathologie, oder?"

Nate brach in schallendes Gelächter aus. „Himmel, Sie haben eine ganz schön morbide Ader."

Sie verließen den Fahrstuhl und Nate zeigte auf einen Pfeil, der auf die Wand aufgemalt war. Der Pfeil führte zur Cafeteria.

„Nein, Nate. Ich habe verdammt noch mal keinen Hunger. Sie wissen schon, dass Sie mir gerade ziemlich auf die Nerven gehen?"

Gordon hatte Nate noch nie so glücklich erlebt. Er schien sich über einen Witz zu amüsieren, den er noch nicht mit dem Mann teilen wollte, der ihm wie ein Hündchen folgte.

„Es geht nicht immer nur um Sie, Gordon. Auch andere Menschen haben vielleicht Hunger."

„Bestimmt, aber …"

Bevor sie den Eingang zur Cafeteria erreichten, blieb Nate stehen. Mitten im Gang drehte er sich zu Gordon um.

„Gut, dass ich meinen Kamm dabei habe", sagte er. Bei diesen Worten zog er einen Kamm aus der Gesäßtasche seiner Hose und attackierte Gordons verwüstete Haarpracht.

„Autsch", sagte Gordon. „Was zum Teufel tun Sie da?"

„Ich sorge dafür, dass Sie vorzeigbar aussehen. Stecken Sie sich das Hemd in die Hose."

„Mein Hemd?"

„Ja, stecken Sie es sich in die Hose."

Gordon gehorchte. Er seufzte theatralisch auf und sagte: „Nate, bitte. Sagen Sie mir einfach, was hier vor sich geht. Ich bin kurz davor, Ihnen eine reinzuhauen."

„Da ist aber jemand gereizt", säuselte Nate und zog den Kamm durch einen letzten, widerspenstigen Haarknoten. Dann sah er den Kamm an. „Ups, diese Strähne habe ich Ihnen wohl rausgerissen."

Gordon fiel das gar nicht auf, denn er hatte jemanden durch die offene Tür der Cafeteria entdeckt. Dieser Jemand saß an einem Tisch im hinteren Teil in der Nähe der Fenster, durch die man gerade den Sonnenaufgang bewundern konnte. Auf dem Tisch, an dem dieser Jemand saß, standen ein halbes Dutzend Teller auf denen sich bergeweise Essen befand. Gordon konnte einen Frühstücksteller mit Eiern und Schinken und einem Stapel Eierkuchen erkennen. Außerdem gab es noch eine Plastikschüssel mit frittiertem Hühnchen, eine Portion Pommes mit einem Hamburger und mindestens sechs Tetra Packs mit Schokoladenmilch. Ein paar waren noch ungeöffnet, andere schon ausgetrunken und zerknüllt.

Der Jemand, der an diesem Tisch saß, war Squirt und er kostete abwechselnd von jedem Teller. Er trug einen zerknitterten grünen Schlafanzug mit Daffy Duck auf der Brusttasche. Seine Haare sahen noch schlimmer aus als Gordons. Er konnte sehen, dass Squirts Füße unter dem Tisch bloß waren. Er genoss das Essen so sehr, dass er die Zehen krümmte.

In seinem ganzen Leben hatte Gordon nie etwas Schöneres gesehen. Auf seinem Gesicht breitete sich ein Lächeln aus, doch so schnell wie es erschienen war, verschwand es auch wieder.

Hatte Squirt sein Gedächtnis wiedererlangt?

Gordon ergriff Nates Arm. „Geht es ihm gut? Ist sein Verstand in Ordnung?"

Nate lächelte zwar immer noch, doch er sah auch ein bisschen verwirrt aus, als er Gordons plötzliche Sorge entdeckte.

Er schob Gordon auf die Tür zu. „Sehen Sie selbst nach", sagte er. „Ich habe ihm gesagt, dass Sie kommen."

„Haben Sie?"

„Ja", meinte Nate kurzangebunden. „Das da drüben ist doch Ihr Freund, oder? Dann gehen Sie rüber und sagen Sie Hallo, um Gottes willen. Worauf warten Sie denn?"

Gordon biss sich in die Wange und beobachtete, wie Squirt das Essen herunterschlang. In der Cafeteria war viel los. Squirt hatte ihn noch nicht bemerkt.

Gordon hatte einen Kloß im Hals, der mindestens so groß war wie ein Hühnerei. Er fürchtete sich zu Tode. Er hielt sich an Nates Arm fest wie ein Ertrinkender, der sich an einen Ast klammerte. „Was hat er gesagt, als Sie ihm erzählt haben, dass ich komme?"

Nate legte den Kopf schief und sah Gordon mitfühlend an.

„Er hat gefragt, ob Sie ihn besucht haben."

„Und was haben Sie ihm geantwortet, Nate?"

Nate stemmte die Hände in die Hüften und rollte die Augen. „Ich habe ihm die Wahrheit gesagt. Dass Sie jeden Tag hier waren. Jeden. Verdammten. Tag."

„Und was hat er dazu gesagt?"

Nate grunzte. „Sie versuchen nur Zeit zu gewinnen. Jetzt gehen Sie schon zu Ihrem Freund hinüber oder ich lege Sie mir über die Schulter und schleppe Sie wie einen Sack Kartoffeln."

„Schon gut!", sagte Gordon. „Ich geh ja schon!"

Als wäre er auf dem Weg zum Schafott, ging Gordon auf zittrigen Beinen durch die Cafeteria und blieb vor dem Tisch stehen, an dem Squirt sich gerade Pommes frites in den Mund schob.

Squirt sah auf, sah Gordon dort stehen, und blinzelte. Mit einiger Anstrengung schaffte er es, das Essen zu zerkauen und sobald er es heruntergeschluckt hatte, sagte er: „Du bist gekommen."

Gordon nickte.

Squirt sah sich für einen Augenblick in der Cafeteria um und konzentrierte sich dann wieder auf Gordon. „Du darfst dich gern setzen, wenn du magst", sagte er leise.

Gordon nickte und setzte sich auf den Stuhl neben Squirt. Das Essen roch fantastisch und er hatte einen Bärenhunger, doch er konnte den Blick nicht von Squirt abwenden. Er hoffte, auf seinem Gesicht irgendeine Emotion erkennen zu können. Glück? Hass? Unsicherheit? Doch da war nichts. Wenn Squirt in seinem einmonatigen Koma irgendeine Erleuchtung in Bezug auf sie beide gehabt hatte, dann behielt er sie offensichtlich für sich.

Gordon saß stumm da und wusste nicht, was er sagen sollte, weil er keine Ahnung hatte, was Squirt gerade von ihm hielt.

Das Schweigen dauerte so lange an, dass Squirt ihm schließlich die Hühnerflügel vor die Nase schob. „Willst du was davon?"

„Klar", sagte Gordon. „Danke." Er nahm sich mit zitternden Fingern ein Stück Hühnchen.

Squirt räusperte sich. Er schien begriffen zu haben, dass eine irgendwie geartete Unterhaltung zwischen ihnen davon abhing, dass er den Ball ins Rollen brachte. Schließlich schien Gordon seine Zunge verschluckt zu haben. „Sie haben mir gesagt, dass ich ein paar Wochen verschlafen habe."

„Ja", sagte Gordon.

Squirts Blick wurde weich, doch er lächelte nicht. „Und trotzdem sehe ich besser aus als du. Wie lange genau war ich weg?"

„Einunddreißig Tage. Und danke, ich bin gerade erst aufgewacht."

„Ich auch. Du hast mitgezählt?"

„Was mitgezählt?"

„Die Tage."

„Sicher. Ständig."

„Ich habe dich vermisst", sagte Squirt.

Das zauberte ein winziges Lächeln auf Gordons Lippen. „Nein, hast du nicht. Du hast geschlafen."

„Ich meine, seit ich aufgewacht bin, habe ich dich vermisst."

„Oh." Dann drang die Bedeutung der Worte zu ihm vor. „Hast du? Ich meine, tust du? Mich vermisst, meine ich?", fragte Gordon atemlos.

„Ja. Die Ärztin ist gerade gegangen. Hast du sie noch getroffen?"

„Nein. Meinst du Dr. Stark?"

„Susan. Ja. Sie war schon seit vier Uhr bei mir. Ich schätze, eine der Schwestern hat sie gerufen, als ich aufgewacht bin. Sie ist direkt hergefahren."

„Du siehst gut aus", sagte Gordon. Tatsächlich jedoch sah Squirt angespannt und übernächtigt aus. Das war wohl verständlich, fand er. Er hatte dunkle Ringe unter den Augen und seine Lippen bildeten eine dünne, ernste Linie, wenn er nicht gerade auf etwas zu essen herumkaute. Auch seine Bewegungen machten einen steifen Eindruck. Gordon selbst fühlte sich auch immer steif wie ein Brett, wenn er zu lange geschlafen hatte. Er wollte sich gar nicht vorstellen, wie sich das anfühlen musste, nachdem man einen Monat im Bett gelegen hatte. Und trotzdem musste er zugeben, dass Squirt besser aussah als er selbst.

„Du musst halb verhungert sein", sagte Gordon. Er sah verwundert auf die schiere Masse an Essen, die auf dem Tisch stand. Nur ein kleiner Teil davon schien allerdings bereits verzehrt worden zu sein. Vielleicht waren Squirts Augen größer als sein Magen gewesen. „Fand die Ärztin es eine gute Idee, dich gleich wieder ins Koma zu füttern, nachdem du verdammt noch mal gerade erst aufgewacht bist?"

„Ich habe sie nicht gefragt. Und wieso fluchst du?"

„Ich bin nervös."

„Oh." Squirt betrachtete das Essen auf dem Tisch, als frage er sich gerade, was er sich wohl dabei gedacht hatte, als er all das bestellt hatte. „Die Ärztin meinte, dass ich bestellen darf, wonach mir der Sinn steht, aber dass ich wahrscheinlich nicht viel essen kann. Ich habe gedacht sie ist noch verrückter als ich."

„Und? Ist sie das?"

„Nein." Squirt sah traurig aus, als er das sagte. „Sie hatte leider recht. Ich schätze, mein Magen ist geschrumpft, während ich geschlafen habe. Und ich fühle mich irgendwie schwach."

„Und deine Erinnerungen?", wagte Gordon zu fragen. Er fürchtete die Antwort, doch er musste die Frage stellen. „Wie steht es damit?"

Squirt wartete nicht darauf, dass Gordon weiter ins Detail ging.

„Ich kann mich an alles erinnern. An fast alles. Was noch nicht wiedergekommen ist, wird es eines Tages tun. Das sagt jedenfalls die Ärztin."

„Dann ist der Unfall also … na ja, du erinnerst dich, was in dieser Nacht passiert ist, als … na ja, Ich meine, du weißt Bescheid … oh verdammt nochmal." Gordon hielt inne und schwieg, weil er fürchtete, sich noch weiter zu verrennen.

Squirt legte vorsichtig seine Gabel auf dem Tellerrand ab und legte dann seine Hände unter dem Tisch in den Schoß. Er drehte den Kopf, um aus dem Fenster sehen und den Sonnenaufgang beobachten zu können. Der Ausblick schien ihm zu gefallen. Gordon vermutete, dass ein neuer Morgen eine ziemlich coole Angelegenheit war, wenn man einen Monat lang keinen gehabt hatte. „Ich erinnere mich, Gordon. Zumindest an das meiste."

Gordons Herz schlug so heftig, dass er das Gefühl hatte, den Rhythmus auch noch in den Zehenspitzen zu spüren. „Und die Artikel im Schlafzimmerschrank? Kannst du dich erinnern, dass du sie gefunden hast?"

„J-ja. Das hat mich zuerst verwirrt. Dann dachte ich, ich würde verstehen, was das alles zu bedeuten hat. Ich kann mich nicht erinnern, was danach passiert ist. Die haben mir gesagt, dass sie mich unter der Brücke gefunden haben. Unter derselben Brücke, wo diese Jungs den armen Mann angezündet haben. Erinnerst du dich daran, Gordon? In der Nacht, als er getötet wurde, waren wir da."

„Ja, ich erinnere mich. Das werde ich nie vergessen. Manchmal wache ich nachts auf und höre ihn immer noch schreien."

Dann übermannte ihn die Erinnerung an einen anderen Schrei. Und an das Quietschen von Reifen auf Asphalt. An den Aufprall von Metall auf Metall, als dieser andere Schrei die Luft um ihn herum erfüllte. Squirts Schrei. Squirts Schrei, weil sein Freund gegen die Frontscheibe geschleudert wurde. So plötzlich aus dem Leben gerissen.

Und damit Squirt allein zurückließ.

Gordon erinnerte sich daran, wie die Zähne des Wolfs aufeinanderschlugen, als er nach ihm schnappte. Er war ihm auf den Fersen, versuchte, ihn zu erreichen, ihn zu Boden zu reißen, ihn zu verschlingen. Nein. Moment mal. Das war ein Traum. Das war nicht real. Oder etwa doch?

Gordon rieb sich die Augen, um die Erschöpfung abzuschütteln. Er versuchte, sich zu konzentrieren. Squirt sah so wunderschön aus, während er da saß. Sein helles Haar schimmerte in dem morgendlichen Licht, das durch das Fenster hereinfiel. Er hatte ein wenig Ketchup auf der Unterlippe. Seine blauen Augen glänzten wie Kristalle. Endlich waren sie wieder offen und sahen nach den langen Wochen der Dunkelheit wieder das Licht.

Vorsichtig streckte Gordon unter dem Tisch eine Hand aus und legte sie auf Squirts Bein. Squirt sah interessiert auf die Hand herab, so als wisse er nicht so recht, was Gordon da tat oder warum er es tat. Als er den Blick hob, um Gordon anzusehen, glänzten Tränen in seinen blauen Augen. Sein Kinn zitterte leicht.

In diesem Moment wusste Gordon, dass er falsch lag. Squirt wusste, warum die Hand dort war. Er wusste es genau. Er verstand besser als Gordon, was vor sich ging.

Seine nächsten Worte machten das mehr als deutlich.

„Du liebst mich also noch?", fragte Squirt. „Du und ich zusammen, das war nicht nur ein Traum, oder, Gordon? Du liebst mich noch. Stimmt's? Du hast mich nie verlassen?"

Gordon klammerte sich unter dem Tisch an Squirts Hand. „Nein, Schatz. Ich habe dich nie verlassen. Du hast mich verlassen. Du bist krank geworden und hast mich verlassen. Das war nicht deine Schuld. Dir ging es nicht gut." Gordon versuchte, Ordnung in seine Gedanken zu bringen. Er entrang sich ein angestrengtes Lachen. „Ich liebe dich so sehr, dass ich keinen klaren Gedanken fassen kann."

Sie sahen sich für einen Moment schweigend an, dann sagte Gordon: „Meine Liebe zu dir stand nie in Frage, Squirt. Ich habe mir Sorgen gemacht, ob du mich noch liebst. Nach allem, was ich dir angetan habe, muss ich es wissen. Kannst du mich so lieben, wie du es damals versprochen hast? Bevor … du eingeschlafen bist. Bevor du herausgefunden hast, wer ich wirklich bin. Denn das weißt du jetzt, oder, Squirt? Du weißt, wer ich bin, oder nicht?"

Squirts Hand lag reglos in Gordons. Sie fühlte sich genauso an wie letzten Monat, als Squirt schlafend in seiner kreischbunten Bettwäsche gelegen hatte. Reglos. Teilnahmslos. Leblos. Squirts Hand fühlte sich genauso an wie letzten Monat, als Squirts Verstand endlos weit weg gewesen war. Als das Koma ihn übermannt hatte. Würde er Gordon nun noch einmal verlassen? Würde Gordon in der Lage sein, ihn jemals zurückzugewinnen? Oder würde Squirt allein den Weg zurückfinden? Wollte er das überhaupt?

Squirt betrachtete Gordons Gesicht eingehend. Er sah ernst aus, als er das tat. „Sag du mir, wer du bist, Gordon. Ich glaube, ich muss das von dir hören."

Ein Feuer schien hinter seinen Augen zu brennen und es trieb ihm die Tränen in die Augen, sodass er nur noch verschwommen sah. Er kannte das Gefühl dieser brennenden Hitze gut. Es war das Gefühl der Scham. Doch da war noch eine andere Glut, die das Feuer nährte, die seinen Verstand verbrannte, ihm Tränen in die Augen trieb und ihm die Kehle zuschnürte.

Das war das Feuer der Angst. Die Angst davor, was er hier vielleicht verlieren konnte.

„Erzähle es mir", sagte Squirt erneut. Er klang, als würde er mit einem Kind reden. Mit einfachen Worten. Flehend. „Wer bist du, Gordon? Lass mich verstehen, wer du bist. Wer du bist und was du willst. Erzähle mir, was ich dir bedeute, Gordon."

Das Stimmengewirr in der Cafeteria hörte Gordon nicht mehr. Seine gesamte Aufmerksamkeit galt Squirt, der da neben ihm saß und so unschuldig und so … geduldig aussah. Und so verletzt.

„Ich bin der Typ, der dich liebt, Squirt. Ich habe dich schon in dem Moment geliebt, als ich dich das erste Mal gesehen habe. Damals wusste ich noch nicht, wer du bist. Das musst du mir glauben. Ich hätte nie die Nerven gehabt, mich dir zu nähern, wenn ich das gewusst hätte."

„Wenn du was gewusst hättest? Wer ich bin? Dann sag's mir. Sag mir, wer ich deiner Meinung nach bin. Sag mir, wer ich für dich sein soll. Kannst du das tun?", fragte Squirt, der das Essen auf dem Tisch vergessen zu haben schien. Auch in seinen Augen standen Tränen. Er fragte Gordon nach Dingen, die er fürchtete auszusprechen. Aber er musste das tun, oder nicht? Gordon musste diese Dinge früher oder später ans Tageslicht bringen oder es gab für sie keine Zukunft.

Also überwand sich Gordon. Sein Herz schlug ihm bis zum Hals.

„Ich war in dieser Nacht in dem anderen Auto. Das weißt du, oder nicht? Ich war es, Squirt. Ich bin derjenige, der deinen Freund getötet hat. Alles Schlimme, das dir seither passiert ist, ist meine Schuld. Aber ich bin so dumm, Squirt. Ich habe es nicht gewusst. Ich habe nicht gewusst, dass du in dieser Nacht dort warst. Das habe ich erst herausgefunden, als du aus der Wohnung geflüchtet warst, nachdem du die Artikel im Schrank gefunden hattest. An dem Tag, an dem du die Wahrheit erfahren hast, habe auch ich die Wahrheit erfahren. Ich bin zum Elektrogeschäft gefahren, um nach dir zu fragen. Da habe ich Sam kennengelernt. Jeremys Vater. Er hat mir alles erzählt. Zusammen haben wir nach dir gesucht, Squirt. Wir sind zu dem Friedhof gefahren, auf dem Jeremy begraben ist. Stundenlang haben wir geredet. So wie ich nicht wusste, wer du wirklich bist, hatte auch Sam keine Ahnung, bei wem du eigentlich eingezogen warst. An diesem Abend haben wir versucht, uns um die Wahrheit zu drücken. Doch es ist an der Zeit, sie endlich ans Licht zu bringen."

An diesem Punkt konnte Gordon seine Tränen nicht länger zurückhalten. Sie liefen ihm ungehindert über die Wangen, während Squirt ihre Reise interessiert beobachtete. Er saß so still da, dass es schien, als würde er nicht einmal atmen.

Leblos. Doch Gordon konnte sehen, dass unter der Haut seines Halses ein Puls pochte. Als er schluckte, hüpfte Squirts Adamsapfel auf und ab.

Squirt wartete schweigend. Er wartete darauf, dass Gordon die Worte aussprach, die er hören musste.

„Squirt. Mir tut so unendlich leid, was ich in dieser Nacht getan habe. Ich war unvorsichtig und betrunken und einfach dumm. Seit diesem Tag hasse ich mich dafür. Ich habe mich bis zu dem Tag selbst gehasst, an dem ich dich getroffen habe. In der Suppenküche, erinnerst du dich? Da hatte ich plötzlich das Gefühl, dass es wieder einen Grund gab, zu leben. Ich wollte mit dir zusammen sein, Squirt. Das ist mein Grund, zu leben. Es ist der einzige Grund, den ich brauche. Bitte nimm mir das nicht weg. Bitte … hasse mich nicht." Ihm versagte die Stimme und er musste hart schlucken.

Squirt holte mühsam Luft. Er tauchte von dem Ort auf, an den er verschwunden war, während er Gordons Worten zugehört hatte. Gordons Flehen.

„Ich habe dich nie gehasst", sagte Squirt. „Ich glaube nicht, dass ich das überhaupt könnte."

„Gut", seufzte Gordon. Er schloss die Augen und versuchte sich zu beruhigen. Er versuchte zu verstehen, was für eine Zukunft sie zusammen haben konnten.

Squirt starrte durch die Cafeteria hinweg Nate an, der immer noch bei der Tür stand und sie beobachtete.

„Ich habe den Pfleger gebeten, dich anzurufen, Gordon. Ich kenne seinen Namen nicht. Wusstest du, dass ich ihn gebeten habe, dich anzurufen?"

„Nein", sagte Gordon. „Das hat er mir nicht erzählt. Und er heißt Nate."

„Wirklich?"

„Ja."

Gordon rückte näher an Squirt heran. Unter dem Tisch umklammerte er immer noch Squirts Hand. Ein Mann, der ein paar Tische entfernt saß, beobachtete sie. Dann drehte er sich weg, so als wäre ihm plötzlich bewusst geworden, dass er einem Augenblick beiwohnte, der ihn nichts anging.

Squirts Stimme war so sanft wie eine herabschwebende Feder. „Was in dieser Nacht geschehen ist, war ein Unfall. Das war es doch, oder, Gordon? Es war nicht deine Absicht, dass das passiert. Stimmt doch."

Gordon erbleichte. „Natürlich nicht."

„Die Ärztin hat mir erzählt, dass du deshalb im Gefängnis warst."

„Wann hat sie dir das erzählt?"

„Heute Nacht. Ist es wahr?"

„Ja. Ich war ein Jahr im Gefängnis. Es hätte mehr sein müssen, ich bin leicht davongekommen. Das weiß ich jetzt."

„Aber es hat dein Leben ruiniert. Das hat sie mir gesagt. Stimmt das auch?"

Squirt befreite seine Hand aus Gordons Griff und wischte ihm mit dem Ärmel seines Schlafanzugs die Tränen von der Wange. Dann legte er seine Hand wieder in Gordons.

Diese kleine, aufbauende Geste gab Gordon mehr Hoffnung als alles andere. Trotzdem konnte er spüren, wie nah er daran war, Squirt zu verlieren. Es fühlte sich an, als balanciere er auf der Schneide eines Messers und könne in jede Richtung herunterfallen – ins Glück oder zurück in die Hölle, die sein Leben gewesen war, bevor Squirt aufgetaucht war, um ihn zu retten.

„Ja", sagte Gordon. „Mein Leben war nach dem Unfall ruiniert. Ich wollte nicht mehr leben. Ich sah keinen Sinn mehr darin, weiterzuleben. Das hielt bis zu dem Tag an, an dem ich dich getroffen habe. Das kannst du glauben oder nicht, aber es ist die Wahrheit. Dass ich dich getroffen habe, hat mir mein Leben zurückgegeben. Dich zu lieben, hat mir den Grund zu leben zurückgegeben."

„Das glaube ich dir", sagte Squirt schlicht.

„Tust du das, Schatz? Warum?"

Squirt lächelte traurig. „Weil mein Leben genauso war. Du hast es verändert. Du hast es mir zurückgegeben."

„Aber ich war derjenige, der es dir weggenommen hatte."

Squirt senkte den Blick. Er sah auf das Essen auf dem Tisch, auf das heillose Durcheinander. Doch er schien nichts davon wirklich wahrzunehmen. Er sah zwischen den Menschen hin und her, die in der Cafeteria aßen, sich einen Platz suchten oder ihre Mahlzeiten bei der Frau hinter der Kasse bezahlten. Auch das schien er nicht wirklich wahrzunehmen.

„Es ist schon komisch, Gordon. Ich war nie in der Lage, mich der Wahrheit zu stellen. Als ich dann diese Artikel in deinem Schrank gefunden habe und alles die Nacht hindurch gelesen habe, hat das irgendwie den Nebel in meinem Kopf gelichtet. Es hat die Angst ausgelöscht. Ich kann es nicht erklären, aber ich denke, es ist gut, dass es so gekommen ist. Wenn es nicht unsere Vergangenheit gäbe, deine und meine, dann hätten wir keine Zukunft. Wir hätten uns nie kennengelernt. Und selbst wenn, wären wir dann nicht die Menschen gewesen, die wir heute sind. Vielleicht hätte ich dich dann nicht geliebt, nicht auf den ersten Blick. Und vielleicht hättest du mich nicht geliebt. Wir hätten vielleicht nicht so gut zusammengepasst."

„Nein", sagte Gordon. „Ich schätze, das stimmt."

„Ich habe Jeremy geliebt", sagte Squirt und blinzelte gegen neue Tränen an. „Aber er ist fort. Ich werde ihn nie wieder vergessen. Aber auch dich kann ich nie wieder vergessen. Ich kann nicht zulassen, dass ich dich … verliere. Was damals an dieser Straßenecke passiert ist, war nicht geplant. Du hast es nicht absichtlich getan. Du hattest nicht vor, mein und Jeremys Leben zu zerstören. Und du hattest auch nicht vor, das Fundament dafür zu setzen, dass wir zwei für den Rest unseres Lebens glücklich sein könnten. Es ist einfach so passiert. Alles. Alles in unserem heutigen Leben, das Gute wie das Schlechte, erwächst aus dem einen Moment, in dem du weggeschaut hast. In dem du unvorsichtig warst. Und deshalb ist Jeremy gestorben. Aber wir nicht. Wir sind immer noch hier. Und wir haben einander gefunden."

Gordon drückte Squirts Hand. „Oh Gott, Squirt, bedeutet das, dass du mir vergeben kannst? Heißt das, dass du mich immer noch liebst?"

Squirt errötete. „Ich schätze, das heißt es tatsächlich." Sein Lächeln wurde breiter. „Ich *weiß*, dass es das heißt."

Plötzlich wurde Squirt aschfahl.

Als Gordon das sah, keuchte er erschrocken auf. „Was ist los?"

Squirt hielt sich den Bauch. „Ich glaube, ich habe zu viel gegessen."

Gordon war so erleichtert, dass er fast vom Stuhl fiel. Er lachte, doch dann ging ihm auf, dass das vielleicht keine angebrachte Reaktion war. Er gab Nate ein Handzeichen und zusammen brachten sie Squirt von der Cafeteria zurück auf die Station. Dort angekommen, kroch Squirt unter seine SpongeBob SquarePants Decke und war fest eingeschlafen, bevor Nate oder Gordon eine Chance hatten, ihn ordentlich zuzudecken.

Zufrieden, dass es seinem Patienten gut ging, verabschiedete sich Nate und schickte sich an, nach seiner Schicht nach Hause zu gehen. Doch bevor er sich abwenden konnte, zog ihn Gordon in seine Arme.

„Danke, Nate. Danke, dass Sie mich angerufen haben."

„Das war Jerrys Idee."

„Ich weiß, aber trotzdem danke." *Squirt liebt mich immer noch.* Gordon wollte die Worte laut herausschreien. *Er hat es fast gesagt. Wenn ihm nicht schlecht geworden wäre, hätte er es gesagt.*

Nate sah auf Squirt herab, der in seinem Bett lag. Squirts helles Haar lag um ihn herum wie eine dünne Schneedecke. Gordon fand, dass man an seinen geschlossenen Augen kaum erahnen konnte, wie wunderbar blau seine Iris war. Die Art, wie sie das Licht einfingen. Die Art, wie sie Gordon ansahen, wenn ein Gefühl von Liebe ihn überwältigte. Oder das Verlangen nach Gordons Körper. Doch Gordon wusste es.

Gordon hatte es immer gewusst.

„Mit euch beiden ist alles in Ordnung?", fragte Nate. „Ich weiß, Ihr hattet … Probleme."

Gordon schenkte dem Mann ein schiefes Lächeln. „Alle Probleme, die wir hatten, waren auf meinem Mist gewachsen. Aber ja, ich denke, jetzt ist alles in Ordnung. Vielleicht konnten wir die Vergangenheit endlich begraben. Nein. Nicht begraben. Ans Tageslicht bringen. Zumindest hoffe ich das. Ich glaube, Squirt hat mir vergeben. Und er liebt mich immer noch. Das macht mich zum glücklichsten Menschen auf der Welt."

Nate sah mit einem liebevollen Blick erst Gordon, dann den schlafenden Squirt an. „Ich habe die Art bewundert, wie Sie sich um ihn gekümmert haben. Wenn ich jemals einen Mann finde, hoffe ich, dass er so wie Sie ist. Squirt kann sich glücklich schätzen, Sie zu haben."

„Nein", sagte Gordon, den Nates Aufrichtigkeit anrührte. „Ich kann mich glücklich schätzen, *ihn* zu haben."

„Dann nehmen Sie ihn nie als gegeben hin, als selbstverständlich", sagte Nate. Er machte plötzlich ein ertapptes Gesicht, so als frage er sich, ob er zu viel gesagt hatte.

Gordon sah den Blick und wusste sofort, was er bedeutete. Wieder zog er Nate in seine Arme, um den für ihn peinlichen Moment zu entschärfen. „Danke noch einmal, Nate. Ich schulde Ihnen was. Und machen Sie sich keine Sorgen, dass Sie in Schwierigkeiten geraten könnten, weil Sie mich angerufen haben und so. Ich werde es niemandem erzählen. Ihr Geheimnis ist bei mir sicher."

Nate nickte. Und bevor er sich wirklich zum Gehen wandte, erwiderte er Gordons Umarmung.

„Auf Wiedersehen", sagte er leise.

Dann machte er sich auf seinen langen Beinen auf den Weg nach Hause. Gordon hob eine Hand zum Gruß, um ihm noch einmal zu danken, doch Nate drehte sich nicht um, und sah die Geste daher nicht.

Gordon sah ihm ein bisschen traurig hinterher und wünschte ihm nur das Allerbeste. Und als er endlich mit Squirt allein war, zog er das zerlesene Exemplar von *Tom Sawyer* unter Squirts Matratze hervor, wo er es am Abend zuvor versteckt hatte.

Sofort näherten sich ihm ein paar Patienten. Sie kamen aus allen möglichen Richtungen angeschlichen und sahen sowohl das Buch als auch Gordon erwartungsvoll an. Sie waren aufgeregt. Wissbegierig.

Gordon sah Squirt an, der einmal mehr fest schlafend in seinem Bett lag. So wie in den vergangenen einunddreißig Tagen. Nur dieses Mal wusste Gordon, dass er aufwachen würde.

Dieser Gedanke zauberte ein Lächeln auf sein Gesicht. Als die Patienten immer näher kamen, lachte Gordon in sich hinein, als er ihre hoffnungsvollen Gesichter sah. Er legte sich einen Finger auf die Lippen und bat um Ruhe. Sie machten es ihm nach und riefen sich gegenseitig zur Ordnung wie ein Haufen verrückter Bibliothekare.

Gordon setzte sich auf die Bettkante und öffnete das Buch zu der Seite ungefähr in der Mitte, die er mit einem Eselsohr markiert hatte. Um Squirt nicht zu wecken, begann er in einem kaum vernehmbaren Flüstern vorzulesen. „Kapitel einunddreißig. Gefunden und wieder verloren."

Als sie seine leise, tiefe Stimme hörten, machten es sich seine Zuhörer bequem. Wie Blätter im Herbst sanken sie zu Boden. Sie lauschten jedem Wort, das aus Gordons Mund kam, als er Tom und Becky sicher aus der Höhle herausführte.

Und die ganze Zeit, als Gordon vorlas, schnarchte Squirt leise in seinem Bett. Seine Hand lag sanft auf Gordons Rücken.

Epilog

„HAST DU morgen was vor?", fragte Gordon. Er stellte die Frage ganz beiläufig, denn eigentlich waren seine Gedanken im Moment ganz woanders. Nämlich dabei, dass er drei Weihnachtssterne und einen Regenschirm balancierte, während er den Hügel zu Jeremy Aldritch Booths Grab auf dem Guadalupe Circle hinauflief.

Auch Squirt balancierte mehrere Weihnachtssterne in den Händen, doch irgendwie sah er dabei viel anmutiger aus. Und er hatte sich nicht mit einem Regenschirm aufgehalten, das half natürlich auch. „Ich muss noch die Elektrik in einem Haus in Kensington machen. Sam meint, das dauert einen ganzen Tag. Wahrscheinlich bin ich erst spät zu Hause."

Gordon grinste. „Dann halte ich das Bett für dich warm."

„Schlampe."

„Oh", sagte Gordon. „Ich muss mir für das Wetter am Abend noch mal die Zahlen von dem Sturm ansehen. Sally ist toll vor der Kamera, aber sie kann einfach nicht vom Teleprompter ablesen. Vermutlich bin ich selbst spät dran."

Jetzt war es an Squirt zu grinsen. „Dann halte ich das Bett für *dich* warm."

„Prima!"

„Da du vermutlich später als ich zu Hause sein wirst", sagte Squirt, „werde ich die Anzüge für die Hochzeit aus der Reinigung holen. Deine Mutter wird uns beide ungespitzt in den Boden rammen, wenn wir nicht wie aus dem Ei gepellt aussehen. Und auch die Ansteckblumen. Die hole ich beim Floristen ab."

Gordon rollte die Augen. Die Ansteckblumen hatte er schon völlig verdrängt. „Danke. Vielleicht sorgt eine Ehe ja dafür, dass diese Frau ein bisschen milder wird."

„Das bezweifle ich."

„Ich auch. Der arme Mr Rhiner."

„Du sagst es."

Für eine Stadt wie San Diego war die Luft recht kühl. Squirt hatte seine Haare unter einer Wollmütze versteckt, was dazu führte, dass die klaren Linien seines Gesichts betont wurden. Er sah aus, als wäre er aus Marmor. *Da gibt es keinen Zweifel,* dachte Gordon, *mein Schatz ist ein echter Hingucker.*

Squirt warf Gordon einen Blick zu. Ein Grinsen lag auf seinen Lippen. „Du checkst mich ab", sagte er.

„Blitzmerker", antwortete Gordon.

Als sie die Hügelkuppe erreichten, sagte Squirt: „Tut mir leid, dass ich es mit den Blumen so übertrieben habe, aber Jeremy hat Weihnachtssterne geliebt. Es schien mir eine gute Idee zu sein, sein Grab damit zu schmücken. Ich habe nur nicht

168

daran gedacht, dass ich sie dann am kältesten und verregnetsten Tag der Geschichte hier heraufschleppen müsste."

Gordon neigte den Kopf und fing an zu kichern. „Wir haben fast zehn Grad und es nieselt ein bisschen. Das ist wohl kaum der kälteste und verregnetste Tag der Geschichte. Und ich weiß das, schließlich bin ich der örtliche Wettermoderator. Meine Güte, die Leute in San Diego sind solche Memmen."

„Danke für diese Information, Mr Pullover-Mantel-Handschuhe-Zwei-Schals-Ohrschützer-Galoschen-und-Regenschirm."

„Na ja, man muss halt vorbereitet sein."

„Oi", sagte Squirt, obwohl er gar kein Jude war.

Ohne weiter darüber nachzudenken, rückte Gordon für die letzten Meter auf dem Weg zur Hügelkuppe näher an Squirt heran. Es hatte ihn überrascht, als er bemerkt hatte, dass er das immer wieder machte. Und immer, wenn er es machte, tat Squirt es ihm gleich. Das war eine scheinbar unbewusste Reaktion. Gordon fand, dass sie einfach besser funktionierten, wenn sie sich so nahe waren, dass sie einander berühren konnten. Schließlich waren sie unsterblich ineinander verliebt. Vielleicht war das also doch nicht so überraschend.

Es regnete schon seit Tagen und der Boden unter ihren Füßen war aufgeweicht. Jeremys Grabstein war vom Regen reingewaschen worden und er sah brandneu aus, wie er dort zwischen dem grünen Gras stand. Squirt und Gordon sahen auf ihn hinunter. Beide hielten immer noch ihre Weihnachtssterne fest und jeder von ihnen hing seinen eigenen Gedanken nach.

Die Schwermut, die Gordon immer an diesem Ort empfand, hatte in letzter Zeit etwas nachgelassen, doch sie entlockte ihm immer noch von Zeit zu Zeit eine Träne. Meistens passierte das, wenn er es am wenigsten erwartete. Im Moment jedoch gab es ihm ein gutes Gefühl, hier zu sein. Immerhin war das, was sie hier taten, ja eine nette Geste. Obwohl es natürlich längst nicht genug war, um seine Fehler wiedergutzumachen. Nichts konnte das je schaffen.

„Ich vermisse ihn immer noch", sagte Squirt leise. Sein Gesicht wurde von den Blättern des Weihnachtssterns eingerahmt. „Manchmal, wenn wir miteinander schlafen, stelle ich mir vor, dass du er bist." Er riss plötzlich die Augen auf und sah Gordon an, um seine Reaktion abzuschätzen. „Das hätte ich dir vielleicht nicht sagen sollen."

„Ist schon in Ordnung", sagte Gordon. „Manchmal, wenn wir miteinander schlafen, stelle ich mir vor, dass du kein abgebrochener Zwerg bist."

Squirt blinzelte überrascht, dann lachte er herzhaft. „Touché."

Sie dekorierten das Grab mit den Weihnachtssternen, indem sie sie in einer Reihe vom Grabstein zum Fuß des Grabes aufstellten. Das Arrangement packten sie in rote Federn ein. Das Ergebnis gefiel ihnen jedoch nicht, deshalb verteilten sie die Weihnachtssterne um den Grabstein herum. Das gefiel ihnen beiden besser.

„Jeremy bedankt sich", sagte Squirt, während er die Töpfe ein letztes Mal an den richtigen Ort schob.

Gordon lächelte und streckte eine Hand nach Squirt aus. Das war nicht das Richtige, deshalb ließ er Squirts Hand wieder los und zog sich seinen Handschuh aus. Dann nahm er wieder Squirts Hand, sodass er diesmal seine Haut spüren konnte. Das war viel besser.

„Ich wünschte, ich hätte ihn kennengelernt", sagte Gordon.

Squirt sah ihn lange an. Von dem beißenden Wind, der über den Hügel pfiff, war seine Nase gerötet. Er hatte sich in Schals und Jacken eingehüllt. Seine Hand drückte Gordons fester. „Jeremy hat für fast drei Jahre dein Leben beherrscht, Gordon. Ich bezweifle, dass es einen einzigen Tag gegeben hat, an dem du nicht an ihn gedacht hast. Ich glaube nicht, dass irgendjemand ihn besser kennt als du."

„Drei Jahre", sinnierte Gordon laut. Er wunderte sich darüber, wie die Zeit verflogen war. Eine durch und durch menschliche Reaktion. „Das heißt, wir sind fast seit einem Jahr zusammen. Unser Jahrestag rückt näher."

„Ich weiß."

„Es ist schon komisch, aber jeden Tag, wenn ich in deinen Armen aufwache, liebe ich dich mehr."

Squirt schenkte ihm ein liebevolles Lächeln. „Auch das weiß ich."

Im Herzen verbunden und Händchen haltend, schauten sie gemeinsam auf das Grab. Sie waren zufrieden. Es war jetzt ein frohes Grab, lebendig und voller Farben und Schönheit und Weihnachten. Schließlich war es nicht mehr lange hin.

„Nur noch ein bisschen Deko", sagte Squirt und fischte eine Handvoll Lametta aus seiner Jackentasche. Er bückte sich und legte das Lametta vorsichtig über die Weihnachtssterne. Als er fertig war, glitzerte das Grab. Der Wind sorgte dafür, dass das Lametta immer neue Funken sprühte.

Gordon grinste. „Ich schätze, Jeremy mochte Glanz und Glitter und Flitterkram?"

„Welcher schwule Mann mag das nicht?"

Als der Regen zunahm, öffnete Gordon seinen Regenschirm und Squirt suchte unter dem Schirm Schutz vor dem Wetter. Sie standen noch eine Weile länger am Grab. Squirt hatte seine Hand in Gordons Manteltasche gesteckt. Da sie langsam anfingen zu frieren, beschlossen sie, den Rückweg zum Auto anzutreten.

Gordon zeigte mit dem Finger auf die Coronado Bridge, die man am Horizont sehen konnte. Beide Männer standen für ein paar Augenblicke im Regen und betrachteten sie durch den Schleier aus Tropfen.

„Wir haben unsere erste gemeinsame Nacht unter dieser Brücke verbracht", sagte Gordon.

Squirt schmiegte sich enger an ihn. „Das war die Nacht, in der der Mann angezündet worden ist."

„Ja." Gordon dachte an diese lang vergangene Nacht zurück, an das Gute und an das Schlechte. Squirt sah ihn überrascht an, als er sagte: „Ich würde gern dorthin fahren. Jetzt. Vielleicht könnten wir in Coronado essen gehen. Ich habe Appetit auf Meeresfrüchte."

170

„Na gut", lächelte Squirt. „Wenn du das gern möchtest."

Wegen des Wetters war auf den Straßen nicht viel los. Auf der Brücke waren nur ein paar Autos unterwegs.

Als Gordon auf dem höchsten Punkt des Bogens angekommen war, an dem sich die Brücke über die Bucht schwang, fuhr er langsamer und wechselte auf die rechte Spur. Er griff unter seinen Sitz und zog ein schwarzes Päckchen hervor, das mit reichlich Paketband verschnürt worden war.

Er drückte es Squirt in die Hand. „Halte das mal kurz."

Squirt nahm das Päckchen, wog es in den Händchen und betrachtete es interessiert, während Gordon die Scheibe auf der Beifahrerseite herunterließ, sodass der Regen und die kalte Luft hereinströmen konnten.

„Was ist das?", fragte Squirt und lehnte sich zu Gordon herüber, um dem offenen Fenster und dem Wind zu entgehen. „Es fühlt sich fast wie eine Pistole an."

„Es ist eine Pistole", sagte Gordon. Er nahm Squirt das Päckchen wieder ab und warf es aus dem Beifahrerfenster. In hohem Bogen flog es über das Brückengeländer und verschwand im Nebel.

Dann ließ er die Fensterscheibe wieder hochfahren, um Wind und Regen auszuschließen und machte es sich wieder hinter dem Steuer bequem, so als wäre nichts Außergewöhnliches passiert.

„Willst du mir vielleicht sagen, was das gerade sollte?", fragte Squirt und drehte sich in seinem Sitz um, um zu dem Punkt zurückzuschauen, wo das seltsame Paket im Nirgendwo verschwunden war.

Sie fuhren weiter in Richtung Coronado und Gordon nahm die erste Abfahrt, die sie in die Stadt bringen würde.

„Lieber nicht", sagte er und ein ungeahntes Gefühl von Freiheit breitete sich in ihm aus. „Jedenfalls nicht heute. Lass uns einfach essen gehen."

Squirt sah ihn einen Moment an, dann nickte er und ließ es dabei bewenden. „Na gut, Gordon. Wenn es das ist, was du möchtest." Er streckte eine Hand aus und strich über Gordons Mantel. „Garnelen sind doch lecker. Was meinst du?"

„Dann essen wir also Garnelen", sagte Gordon und strich Squirt mit einer Hand über die Wange.

Die Scheibenwischer gaben einen Rhythmus gegen den Regen vor und die Autoheizung pustete herrlich warme Luft ins Auto, als Squirt seine Lippen auf Gordons behandschuhte Hand drückte. So zufrieden in Squirts Gesellschaft, wie er es immer war seit dem Tag, an dem er ihn getroffen hatte und sicher, dass Squirt ganz genau so fühlte, lenkte er ihr Gespräch auf Alltägliches, während die Skyline von San Diego am Horizont leuchtete.

Squirt beugte sich zu ihm hinüber und hob verspielt einen Ohrschützer an. „Ich liebe dich, weißt du", sagte er.

„Danke, Squirt. Und ich liebe dich." Gordon lächelte, als er die Worte aussprach, denn sie hinterließen einen köstlichen Geschmack auf seiner Zunge.

Und später, im Restaurant, waren die Garnelen genauso köstlich.

Ein Ständchen für
Stanley

EIN TITEL DER
BELLADONNA ARMS SERIE

JOHN INMAN

Ein Titel der Belladonna Arms Serie

Willkommen im Belladonna Arms, einem heruntergekommenen Mietshaus auf einem der Hügel in der Innenstadt von San Diego. Es ist das Heim der Verlorenen, der Liebeskranken und der Liebestollen.

Der schüchterne Archäologiestudent Stanley Sternbaum ist gerade erst hier eingezogen. Er verbringt seine Zeit damit, die exzentrischen Nachbarn zu beobachten, seinem Teufelsbraten von Mutter aus dem Weg zu gehen und ansonsten möglichst unbemerkt zu bleiben … Letzteres erweist sich als das größte Problem – jedenfalls soweit es Roger Jane angeht, der ebenfalls im Belladonna Arms wohnt. Der muskelbepackte Krankenpfleger mit den wunderschönen grünen Augen ist nämlich hoffnungslos in Stanley verknallt und macht ihm unbeirrt den Hof. Doch Stanley hat immer ein ruhiges, zurückgezogenes Leben geführt und ist nie das Risiko eingegangen, sich zu verlieben. Besonders nicht in einen Mann, der so umwerfend gut aussieht wie Roger Jane.

Während Roger versucht, die Mauern um Stanley einzureißen, wendet der sich an seine Nachbarn, um mehr über die Liebe zu lernen: An Ramon, der keine Angst davor hat, sein Herz dem falschen Mann zu schenken; an Sylvia, eine Transsexuelle, die sich nichts mehr wünscht, als endlich eine Frau zu werden; an deren heimlichen Verehrer, der sie so liebt, wie sie ist; an Arthur, die Dragqueen, die sie alle liebt und nie etwas dafür erwartet – und an Roger, dessen Herz schon einmal gebrochen wurde, der aber bereit ist, es für Stanley wieder zu riskieren. Wenn Stanley es nur endlich schaffen würde, seine eigenen Unsicherheiten zu überwinden und ihn einzulassen.

www.dreamspinner-de.com

Als Tyler Powells Leben von einem furchtbaren Verbrechen erschüttert wird, sehnt er sich nach Rache. Während er sich bemüht, die Trümmer seiner Existenz zusammenzusetzen, kann er kaum an etwas anderes denken. Rache.

Wird er diesem Verlangen nachgeben und zu dem werden, was er am meisten hasst? Zu einem Mörder?

Erst mithilfe von Detective Christian Martin, der in Tylers Fall ermittelt, sieht er die Möglichkeit eines neuen Lebens – durch die verblüffende Enthüllung einer Liebe, mit der Tyler niemals wieder gerechnet hatte.

Wird es ihm gelingen, diese Liebe in sein Leben zu lassen, oder ist es bereits zu spät? Ist Rache ihm wichtiger als sein Glück – und das Glück des Mannes, der ihn liebt? Auch wenn Tyler entschlossen ist, seinen Rachedurst zu stillen, ohne dabei jede Hoffnung auf eine Zukunft mit Christian zu opfern, weiß er, dass es sich um ein schweres oder gar unmögliches Unterfangen handelt. Möglicherweise wird er am Ende gezwungen sein, eine unerträgliche Entscheidung zu treffen.

www.dreamspinner-de.com

JOHN INMAN schreibt Geschichten, seit er alt genug ist, einen Stift zu halten. Er und sein Partner leben im wunderschönen San Diego, Kalifornien. Beide lieben das Theater und Bücher. Sie nutzen die vielen Wanderwege und Schluchten der Gegend gern zum Spazieren oder Fahrrad fahren. Und wenn ihnen danach ist, entspannen sie auch gern mal mit einem Bier und einem guten Film. Johns Rat an all diejenigen, die gern Schriftsteller werden wollen? „Nimm dir jeden Tag die Zeit zum Schreiben und tu es dann auch. Habe keine Angst davor, mit anderen zu teilen, was du geschrieben hast. Feedback ist wichtig. Wenn du von einem Verlag abgelehnt wirst, zerreiße den Brief und versuche es wieder. Schicke immer wieder Manuskripte heraus. Bleib dran, schreibe, schreibe um und schreibe dann wieder um. Das Endergebnis ist jede Minute wert, also gib nicht auf. Niemals. Denke daran, dass Verleger ein bisschen so wie Liebhaber sind. Manchmal muss man lange suchen, um den Richtigen zu finden."

John Inman ist über john492@att.net erreichbar. Auf Facebook www.facebook.com/john.inman.79. Seine Webseite ist www.johninmanauthor.com

Von JOHN INMAN

Payback
Ein Ständchen für Stanley
Zerbrochenes Glas

Veröffentlicht von DREAMSPINNER PRESS
www.dreamspinner-de.com

www.ingramcontent.com/pod-product-compliance
Lightning Source LLC
Chambersburg PA
CBHW022157240626
47153CB00007B/2697